리버스

리버스

リバース

미나토
가나에

김선영 옮김

비채

제 1 장

'후카세 가즈히사는 살인자다.'

갑자기 눈앞에 닥친, 숨통을 단번에 꽉 죄는 그 말을 간신히 받아들일 수 있었던 것은 오늘 하루의 흐름이 여기서 갈무리되지 않을까 하는 예감이 불현듯 가슴 한구석에 자라고 있었기 때문인지도 모른다.

*

앞유리에 빗방울이 떨어졌다. 한 방울, 두 방울, 일 엔짜리 동전만한 크기의 누런 물방울이 생기는 것을 보고 후카세 가즈히사는 투명한 줄 알았던 유리에 사실은 흙먼지가 얇게 끼어 있었다는 사실을 깨달았다. 이어서 몇 방울. 같은 무늬가 생겼지만 아직 와이퍼를 작동할 정도는 아니다. 아마 그전에 목적지에 도착할 것이다.

신사복 매장이나 패밀리레스토랑이 늘어선 국도 교차점을 꺾어, 지방도로로 몇백 미터 들어가자 가나가와 현립 나라사키 고등학교 교문이 보였다. '니시다 사무기 주식회사'의 영업사원인 후카세가 담당하는 단골 거래처 중 한 곳이다. 하얀 차체에 파란색으로 회사 이름이 적혀 있는 차를 본관 현관 옆 방문객 주차장에 세웠다. 비는 아직 유리에 투두둑 떨어져 얼룩을 만드는 정도였다. 대시보드에서 사원증을 집어 목에 걸고 조수석에 두었던 납작한 상자를 옆구리에 끼고 현관까지 달려갔다.

입사한 지 이 년하고도 삼 개월, 일주일에 한 번은 나라사키 고등학교에 들르기 때문에 목례만으로 서무실 앞은 통과할 수 있다. 걸음을 멈추지 않고 같은 건물 일층에 있는 교무실로 향했다. 오전 11시, 3교시 수업 시간, 복도를 오가는 교사나 학생은 없다. 7월에 접어들어 에어컨을 켜기 시작한 뒤로 창문도 문도 전부 닫혀 있다. 문에는 '기말고사 기간 중 학생 출입 금지'라고 적힌 종이가 붙어 있다.

용무가 있어 왔지만 몰래 빈집에 들어가듯 문손잡이를 조심스레 잡아 가볍게 들어올리며 천천히 밀었다. 비쩍 마른 몸으로 좁은 틈새를 빠져나가 조용히 문을 닫았다. '3학년' 팻말이 걸린 구획의 가장 구석 자리에 아사미 고스케가 있다. 노트북 컴퓨터와 교과서를 번갈아 보며 손가락을 놀리고 있다. 아사미는 사회과 교사이다. 아사미의 뒤에 서서 십자군 원정, 세계사구나, 그런 생각을 하고 있는데 아사미가 의자째 몸을 돌렸다.

"어, 후카세. 왔으면 왔다고 말을 하지."

"방해될까봐 미안해서."

"정말 넌 기척을 숨기는 데 도가 텄다니까. 파일 벌써 가져온 거야?"

아사미가 팩스로 A4 서류 파일 열 개를 주문한 것은 한 시간 전이었다.

"이 정도 수량은 회사 창고에도 있으니까. 전부 핑크색 맞지?"

후카세는 안고 있던 상자를 아사미에게 건넸다. 아사미는 상자를 무릎 위에 내려놓고 열었다.

"여름방학 보충용이니까 다른 과목하고 구별만 되면 아무 색이나 상관없어. 이것밖에 안 되는데 일부러 가져다주다니 미안하네."

"조금인데도 잊지 않고 우리 회사에 주문해줘서 고마워."

아사미가 상자 속에서 전표를 꺼냈다. 한 개에 칠십 엔, 세금까지 포함해 합이 칠백오십육 엔이다. 차로 편도 사십 분이나 걸리는 회사에 일부러 주문하지 않아도, 학교에서 도보 십 분 거리에 있는 슈퍼마켓 균일가 코너에 가면 비슷한 상품을 세 개 백 엔에 판다. 사러 가는 게 귀찮다면 저렴한 사무용품 사이트에서 인터넷 주문을 해도 하루면 배송된다. 학교는 값싸게 구입할 궁리를 하지 않는다.

학부모 중에는 특정 업자와의 유착이라고 규탄하는 사람도 있다고 아사미에게 들었다. 그때는 뭐라 대꾸할 말을 찾지 못했다. 후카세조차 어째서 우리 회사에 주문하는 건지 의아해하면서 이 일을 하고 있기 때문이었다. 하지만 아사미는 후카세의 대답을 기다리지 않고 말을 이었다.

'균일가 매장이나 유니클로는 개인이 활용하기 위해 있는 거야. 뭐가 유착이야? 관공서나 학교 같은 공공기관은 그 지역의 회사와 가게를 지켜야 하는 책임이 있다는 걸 생각해본 적이 없겠지. 다 서로 돕고 사는 건데.'

오호라. 공무원만 세금으로 먹고사는 줄 알았는데, 작은 회사에서 일하는 그 역시 사회에 깔린 암묵적 양해 속에서 살고 있었다는 것을 통감했다.

"그럼 다음에 또 봐. 필요하면 또 아무 때나 불러."

노트북 화면이 스크린세이버로 바뀔 때쯤 물러나는 게 좋다. 아사미도 어, 하고 한 손을 들더니 상자를 발밑에 내려놓고는 책상을 마주하게 의자를 돌렸다.

문 앞까지 갔을 때 참, 하고 부르기에 고개를 돌렸다.

"조만간 시간 좀 내줄래? 무라이가 오랜만에 다 함께 한잔하자는데. 너도 만나고 싶다더라."

"그래."

웃으며 대답했지만 목소리는 제대로 나왔는지, 웃음은 충분히 자연스러웠는지 자신이 없다. 이벤트를 제안하는 쪽은 늘 무라이였다. 하지만 무라이가 그의 이름을 말했을 리 없다. 마지막으로 만난 게 일 년 전. 그것도 즐거운 자리가 아니었다. 직장에서 가끔 마주치는 인연으로 아사미가 먼저 이름을 꺼냈는지도 모른다. 그런 아사미조차 진심으로 그를 부르는 것은 아니리라.

후카세는 술을 한 방울도 못 마신다.

복도로 나가서야 빗줄기가 굵어진 것을 깨달았다.

"니시다 씨, 때마침 잘 오셨어요."

교무실 옆 인쇄실에서 여교사가 고개를 내밀었다. 올 4월에 부임한 기다 미즈키라는 국어과 교사이다. 파일이나 펜글씨 용품을 몇 번 배달해준 적이 있는데도 후카세를 늘 회사 이름으로 부른다. 굳이 정정하기도 귀찮다.

"무슨 일이십니까?"

"인쇄기 화면에 이상한 아이콘이 떠서요."

인쇄실로 들어가 기다가 가리키는 디지털 인쇄기 표시 화면을 확인해보았다. 또다. 치밀어오르는 한숨을 삼켜야만 했다. 전혀 별 문제 아니다.

"마스터 교환 표시네요."

"마스터?"

"마스터인쇄용 롤지 말입니다."

"그런가요? 아니, 이걸 직접 갈아야 한다고요?"

"지금은 제가 할 테니 옆에서 보세요. 간단하니 금방 배우실 겁니다."

후카세는 인쇄기 옆에 놓인 작은 상자에서 새 마스터를 꺼내고는 인쇄기 덮개를 열었다. 죄송해요, 하고 미안한 표정으로 옆에 서서 후카세의 손을 들여다보는 기다에게 천만에요, 하고 웃으며 대답했다. 오늘은 이것 때문에 불려온 게 아니니까. 인쇄기가 고장났으니 당장 와달라는 전화를 받고 달려와보면 마스터나 잉크롤러 교환 혹은 단순한 용지 걸림 문제였던 적이 한두 번이 아니다.

"그런데……."

기다가 한 걸음 다가와 마스터를 교환하는 후카세와 시선을 맞추었다. 고백이라도 하려는 걸까, 그런 기대는 품지 않는다. 그렇게 낙관적인 상상력은 십대 초반에 이미 버렸다.

"니시다 씨는 아사미 선생님하고 친한가요?"

예상대로이다. 손끝에 시선을 떨어뜨린 채로 대답했다.

"대학 동창입니다. 지도 교수님이 같았고요."

"어머나……."

어중간하게 끊긴 뒷말을 상상해보았다. 제법 훌륭한 대학을 나왔는데 당신은 이렇게 시시한 회사에 다니는군요. 하지만 기다는 빙그레 웃으며 후카세 쪽으로 한 걸음 더 다가왔다.

"아사미 선생님, 애인 있나요?"

고개를 들자 기다의 뺨이 새빨갛게 물들어 있었다.

"아니, 요즘 여자하고 둘이 있는 광경을 봤다는 소문이 학생들 사이에 돌아서……. 선생님께 직접 물어본 아이가 그러던데, 그냥 아는 사이라고 했다지만 정말 그럴까요?"

기다의 얼굴을 보지 않으려 애쓰는 한편, 작업이 끝났음을 신호하듯 인쇄기 덮개를 덮었다. 하는 김에 배출함도 비워놓았다. 예비 잉크롤러도 확인했다. 아직 충분하다.

"자세한 사정은 잘 모르겠지만 저는 그런 이야기는 못 들었습니다. 항상 일 얘기만 하거든요. 학창 시절부터 진정한 교사가 되고 싶다고 했으니까요."

"그랬군요. 확실히 다른 선생님들하고는 일에 임하는 자세가 달라요. 아, 제가 이런 말을 하면 안 되는데. 하지만, 역시 친구는 다르군요."

친구가 아니다. 우연히, 4학년 때부터 같은 지도 교수 밑에 있었을 뿐이다. 그전에는 같은 과인데 말 한마디 나눠보지 않았다. 아사미는 내 이름조차 모르지 않았을까?

"그럼 이만, 문제 있으면 언제든지 연락주세요."

여전히 더 묻고 싶은 눈치인 기다에게 등을 돌려 종종걸음으로 인쇄실을 벗어났다. 아사미도 같은 타이밍에 교무실에서 나왔다. 쪽지시험인지 교재 프린트물인지, 작성하던 자료가 완성되었는지 한 손에 A4 용지를 몇 장 들고 있다.

"뭐야, 아직 있었어?"

"인쇄기 좀 손보느라. 이제 가려고."

딱히 켕기는 구석은 없었지만 아사미가 없는 곳에서 그의 학창 시절을 이야기했다는 사실에 어쩐지 죄책감이 밀려와 창밖으로 시선을 돌렸다. 비는 아까보다 더 굵어졌다. 아사미도 같은 쪽으로 시선을 돌렸다.

"조심해서 가."

시선이 마주치자 아사미는 A4 용지를 손에 든 채 핸들 쥐는 시늉을 했다.

"태풍이 오고 있다더라."

"고마워. 아, 무라이한테도 말 좀 전해줘. 나는 주말은 아무 때나 괜찮으니까."

이번에는 순순히 대답할 수 있었다. 비를 보고 똑같은 생각을 한다면 아사미는 친구, 아니, 동지다. 어쩌면 이 시기에 세미나 동창회를 제안한 무라이도.

거리 풍경이 잿빛으로 변할 만큼 빗줄기는 점점 더 거세졌다. 하지만 카 라디오에서 경보가 발령되었다는 뉴스는 나오지 않았다. 경보가 내린다고 일을 내팽개칠 수는 없는 노릇이지만. 바깥 상황과는 달리 여름휴가철을 앞두고 바캉스 특집으로 경쾌한 음악이 흘러나오고 있다. 와이퍼를 최고 속도로 올려도 시야가 나빠 핸들을 쥔 손에 평소보다 힘이 들어갔다. 그래도 그 후 아사미가 인쇄실로 들어갔을 때 기다가 어떤 표정으로 그를 맞이했을지 상상해볼 정도의 여유는 있었다.

아사미에게 정말 애인이 있을까?

아사미의 휴대전화 번호도 메일 주소도 알고 있지만, 그쪽으로 연락한 적은 없다. 회사로 주문이 들어와 배달을 나갔을 때 아사미가 마침맞게 커피라도 마시겠느냐고 해서 진로상담실 같은 데에서 마주한 경우도 있지만, 애인 이야기는 한 번도 해본 적이 없었다.

업무중이라 그런 것도 있겠지만 신입 교사로 나라사키 고등학교에 부임한 첫해부터 1학년 담임을 맡은 아사미는 안고 있는 문제를 일방적으로 후카세에게 떠들 뿐이었다. 그것은 한 학년씩 올라가 3학년 담임이 된 지금도 변함없다. 여름방학 보충수업도 아사미가 자발적으로 실시하는 것이라고 했다.

고민 상담은 아니다. 아사미는 머릿속 생각을 소리내어 말하면서 정리하는 것이다. 그렇게 자연히 도출되는 답을 다시 소리내어 말하며 확인한다. 눈앞에 있는 상대가 반드시 후카세일 필요도 없다. 다만 후카세에게 말한다는 것은 업무로 인한 고민을 털어놓을 수 있는 상대가 직장 밖에 따로 없다는 뜻으로도 생각할 수 있다.

그렇다면 애인도 없을 것이다. 친구도, 없나?

오만한 생각이다. 후카세는 가볍게 고개를 저었다. 설마 남들이 나를 필요로 한다고 착각이라도 하는 건가? 가슴속에 담아둔 비밀은 단 한 사람, 소중한 사람이 들어주는 것만으로 족하다. 그렇게 생각하는 것은 후카세 같은 사람뿐이고, 늘 사람들에게 둘러싸여 있는 아사미 같은 사람은 얘기하고 싶다고 생각한 타이밍에 눈앞에 있는 사람에게, 그게 누구든 아무런 거부감 없이 내면의 일부를 보여줄 수 있는 것이다.

그렇기 때문에 아사미의 고교 교사라는 직업에 대한 열정을 고작 대학교 동창일 뿐인 후카세도 알 수 있었다.

메이쿄 대학 경제학부 경제학과, '야마모토 세미나'의 소속 학생은 후카세를 포함해 다섯 명이었다. 이과와는 달리 매일 세미나에 출석할 필요는 없었다. 연구 테마도 개인별로 마련되어 있었다. 그래서 연초부터 아르바이트니 회사 방문이니 해서 모두 한자리에 모이는 날은 거의 없었다. 후카세와 아사미가 세미나실에서 우연히 단둘이 만난 것은 5월 골든위크(일본에서 4월 말부터 5월 초까지 공휴일이 집중된 일주일)의 끝 무렵이었다. 다들 자기 자리에서 노트북을 펴고 앉아 있는데 아사미가 먼저 입을 열었다.

'교수님이 안 계신 날에도 온 걸 보니 후카세는 정말 성실하네.'

'그러는 너도.'

'나는 다음 주부터 교생실습이라서.'

모교인 고등학교에 두 주 동안 실습을 나간다는 이야기는 모두 함께 있을 때 들었다.

'그랬지, 참. 아사미, 회사는 안 알아볼 거야?'

이런 질문을 할 수 있는 것은, 후카세가 지망한 세 군데의 도시은행(대도시에 영업 기반을 두고 전국에 많은 지점망을 갖춘 전국 규모의 보통 은행)의 1차 시험에 모두 통과했기 때문이다. 생각해보면 그때까지의 인생에서 가장 자신감에 넘쳤던, 짧은 기간이었을지도 모른다.

'내 목표는 오로지 교직이야.'

아사미는 한 치의 망설임도 없이 단언했다. 후카세에게 세미나 친구 다섯 명은 화려한 세 명과 수수한 두 명, 이렇게 두 그룹으로 인식되었다. 아사미는 화려한 그룹이었지만 그쪽 세 명 중에서는 말수가 적은 편이라고 생각했다. 나머지 두 사람이 요란하게 떠드는 모습을 빙그레 웃으며 바라본다. 하지만 원 밖에 있는 것은 아니다. 믿음직한 형, 그런 인상이었다. 그때는 감탄하며 맞장구를 칠 뿐, 진로에 대해 그 이상 묻지도 않았는데 아사미는 자발적으로 교직이 목표인 이유를 말했다.

아사미의 아버지는 고등학교 교사였다. 하지만 어릴 때부터 아버지의 뒷모습을 쫓았던 것은 아니다. 오히려 교사만큼은 되고 싶지 않았다. 그의 아버지는 매일같이 밤늦은 귀가는 당연하고, 게다가 고시엔(효고 현 소재 한신 야구장의 이름이자 그곳에서 열리는 일본 전국고교야구선수권대회의 별칭)을 목표하는 강호도 아니면서 야구부 고문이라며 휴일에도 아침부터 밤까지 동아리 지도에 열을 올렸다. 오봉(8월 15일 전후 조상을 섬기는 일본의 명절)이나 설날처럼 휴일을 맞아 모처럼 가족여행을 갔다가도 제자가 물건을 훔치다가 체포되었다는 소식이 있으면 가족을 뒤로하고 혼자 돌아가버리는 경우도 드물지 않았다.

자기 가족에게 등을 돌리고, 인생에서 겨우 몇 년 스쳐지나갈 뿐인 남의 아이들만 우선하는 아버지를 경멸한 시기도 있었다.

'아버지가 살아계실 때는 한 번도 존경해본 적 없어. 하지만……'

아사미의 아버지는 그가 대학교 입학한 해 가을에 돌아가셨다. 장례식은 평일이었는데도 장례식장에 다 수용하지 못할 정도로 많은 조문객들이 찾아왔다고 한다. 모두 아버지의 제자였다. 저마다 아사미와 어머니에게 은사와의 추억을 뜨겁게 토로했다.

'나는 모르는 일인데, 이야기 속에 나오는 아버지의 모습을 전부 상상할 수 있더라고. 좋은 인생이나 나쁜 인생이라는 건 죽은 뒤에야 비로소 알 수 있는 게 아닐까. 얼마나 많은 사람이 나를 만나 다행이라고 생각해주는지로 이 세상에 태어난 의미와 가치가 결정되는 게 아닐까? 그래서 나는 많은 사람을 만나고 싶어. 아버지처럼 진정한 교사로, 온 힘을 다해 누군가의 인생의 순간을 함께 하면서 내가 살아있었다는 증거를 남기고 싶어.'

그때도 흐음, 하고 흐리멍덩한 대꾸를 했던 기억이 난다. 아사미에게 압도당해 아무 말도 할 수 없었다.

'아이쿠. 마침 교육실습 일지에 지망 동기를 쓰고 있어서, 그만 열변을 토하고 말았네.'

아사미는 조금 쑥스러운 듯 어깨를 으쓱하며 웃었다. 입맛에 맞는 맞장구도 못 쳐줬는데 오히려 신경써주는 게 민망해서 커피 좀 가져올게, 하고 자리에서 일어섰다. 세미나실 구석에는 온수 포트와 커피메이커, 각자 가져온 컵이 놓여 있었다.

'같은 원두에 같은 기계라도 후카세가 나서면 맛있단 말이야.'

익숙하지 않은 칭찬은 거북하지만 이것만큼은 예외였다. 콧노래를 흥얼거리며 커피를 내렸다. 이야기를 조금 더 나누었지만 다시 진로에 대해 언급하는 일은 없었다.

그때……. 후카세는 핸들을 고쳐쥐었다. 갑갑하다 싶었더니 사원증을 그대로 목에 걸고 있었다. 인쇄실에서 작업하다가 그리되었는지 줄이 엉망으로 엉켜 있었다. 하지만 단순히 그 이유만은 아니라는 것도 알고 있다. 나는 뭘 하고 있는 걸까? 겨우 파일 열 개를 시간을 들여 배달하고, 인쇄기 마스터를 교체한다. 아무나 할 수 있는 일. 동정심으로 굴러가는 사회.

그때 나도 아사미에게 미래에 대한 꿈을 이야기했더라면 좋았을 텐데. 은행원이라는 직업에 아사미만큼 뜨거운 열정을 갖고 있지는 않았지만 남에게 털어놓으면 어렴풋한 인생 계획의 중심에 핵이 될 만한 것을 발견할 수 있었을지도 모른다. 적어도 면접 연습 정도는 되었을 것이다. 그랬다면 한 군데쯤 합격 연락을 받았을지도 모른다.

그랬을지 모른다, 그랬을지 모른다, 그랬을지 모른다.

이렇다 할 목표가 없는 나날이지만, 그 말만큼은 쓰지 않겠노라 다짐했는데, 머릿속에는 늘 이 일곱 글자가 똬리를 틀고 앉아 있다.

안 돼, 안 돼. 마침 신호에 걸렸다. 대시보드에서 껌 상자를 집어 뚜껑을 열었다. 고개를 젖히고 입을 벌린 채 대충 흔들어 입 안에 후두둑 떨어진 껌을 한꺼번에 씹었다.

생각이 부정적인 방향으로 기우는 것은 비 탓이다. 하지만 곰곰이 생각해봐. 후카세는 스스로 타일렀다.

지금 나는 불행하지 않아. 오히려 겨우 남들만큼 행복해졌잖아?

빗소리를 지우듯 라디오 볼륨을 높였다. 유즈의 '여름빛'이 흘러 나왔다. 이렇게 한가로운 음악이 흐르는데 나는 구질구질하게 무슨 생각을 한 걸까? 리듬에 맞춰 껌을 씹자 구름 사이로 빛이 쏟아지듯 미호코의 얼굴이 머릿속에 떠올랐다. 오봉 연휴에 여행이나 같이 가자고 해볼까? 사귄 지 석 달, 슬슬 그래도 괜찮겠지. 어디가 좋을까? 오키나와? 홋카이도? 하와이는 너무 비쌀까…….

'그럼 이쯤에서 팝송을 들어볼까요? 여름 하면 역시 이 곡이죠.'

귀에 익은 전주가 흘러나왔다. 하지만 가수 이름도 곡명도 떠오르지 않는다. 팝송에는 어두운 편이지만 이 곡은 몇 번이나 들었다. 차 안에서.

그날……. 팝송을 좋아하는 다니하라가 편집한 MD의 첫 곡이었다.

'다니하라 스페셜, 여름 편!'

그렇게 말하며 조수석에서 열창하는 다니하라에게 작작 좀 해, 하고 운전석에 앉은 아사미가 어이없다는 듯 불평했다.

'뭐야, 네가 졸릴까봐 흥을 돋워주는 거잖아. 그러지 말고 모두 같이 부르자.'

다니하라가 뒷좌석을 돌아보았다. 팝송은 못 부르는데, 하고 후카세는 옆에 앉은 히로사와에게 투덜거렸다. 하지만 뜻밖에 히로사와가 이 곡이라면 괜찮을지도 모른다며 가수 이름과 곡명을 가르쳐주는 게 아닌가? 영어 시간에 들은 적이 있다고 하면서.

비치 보이스의 '서핑 U.S.A.'였다.

니시다 사무기 주식회사는 주로 사무기기 및 사무집기의 판매, 대여, 관리 그리고 사무용품을 판매하는 회사이다. 사무실로 돌아가자 고야마 부장이 기다리고 있었다면서 장부에서 고개를 들어 후카세를 맞이했다. 일 때문이 아니라는 것은 고야마나 다른 사원들의 얼굴을 보면 안다. 종업원 열여덟 명인 이 회사에서 별실을 가지고 있는 사람은 사장뿐이고, 다른 사원들의 책상은 나란히 놓여 있다. 선배들이 입사 삼 년 차이지만 가장 젊은 후카세에게 기대하는 일은 단 하나.

커피를 내리는 것이다. 그렇다고 특수한 기계를 쓰는 것은 아니다. 후카세가 입사한 해에 새로 바꿨다는, 가전제품 가게에서 오천 엔 이하로 파는 커피메이커가 탕비 코너 중앙에 놓여 있다. 하지만 커피 원두는 후카세가 가져온 것이다. 로스팅된 원두를 구입해 내리기 직전에, 역시 후카세의 개인 물품인 핸드밀로 간다. 처음에는 혼자 마셨지만 열 잔까지 내릴 수 있는 기계로는 한 잔보다 여러 잔을 만드는 편이 더 맛있기 때문에, 하는 김에 같이 마실 사람을 찾다보니 사원 모두가 후카세의 커피를 기다리게 되었다. 이제는 하루 한 번, 후카세가 동료 전원의 커피를 내리는 게 암묵적인 규칙이 되었다.

한 잔에 백 엔. 그 돈으로 원두를 사올 테니 각자 마시고 싶을 때 마음대로 마시라고 제안했지만, 원두 종류나 로스팅 정도에 따라 분쇄 방법도 달라지기 때문에 다소 비싼 원두를 초보자가 다루는 것은 아깝다는 의견이 다수였다. 결국 후카세가 없을 때는 마트에서 구입한, 좋지도 나쁘지도 않은 원두를 썼다.

그래서 오늘처럼 오전부터 외근을 나간 날에는 그냥 돌아왔다는 사실만으로도 따뜻하게 맞이해주는 것이다.

한숨 돌릴 새도 없이 후카세는 자리에 앉아 서랍에서 커피 원두가 든 봉투와 핸드밀을 꺼내 드르드륵 갈기 시작했다. 대번에 사무실 안에 향기가 퍼졌다.

"이번 주엔 처음 마셔보네. 무슨 원두야?"

고야마가 자기 자리에서 큰 소리로 물었다. 자기가 먼저 받겠다고 주위를 가볍게 견제하는 의미도 있을 것이다.

"케냐예요. 오렌지, 다크초콜릿 같은 풍미가 특징이죠. 다른 원두보다 로스팅 시간이 길어 쓴맛도 강하게 느껴질 겁니다."

"오오, 내 취향에 맞겠군."

"난 지난번 원두가 좋던데. 그건 뭐였어?"

후카세 맞은편 자리에 앉은 여직원도 가세했다.

후카세가 입을 열기도 전에 후카세 옆자리의 사원이 과테말라야,

하고 대답했다. 복숭아 향기가 좋더라. 그렇지, 후카세? 후카세를 중심으로 이야기가 퍼져나간다. 원의 중심, 인생에서 처음 겪는 경험이었다.

커피를 컵에 따른 사람이 커피메이커 옆에 놓아둔 저금통에 커피 값도 직접 넣는 것이 규칙이라 장사한다는 느낌도 없고, 원두 값을 일일이 보고할 필요도 없다. 예산에 맞추려면 사실 한 단계 낮은 블렌드가 적정선이다. 블렌드라도 양판점에서 파는 가장 비싼 원두보다 몇 단계는 품질이 높지만, 매주 다른 종류의 고급 원두를 구입하는 것은 하루 중 고작 몇 분이라도 원의 중심에 있고 싶기 때문이었다.

먼저 드시라고 선배에게 양보해도 다들 후카세가 첫 잔을 잔에 따른 다음에야 줄을 서는 것도 기뻤다.

시시한 특기일지도 모르지만, 덕분에 그가 있을 자리가 존재한다.

후카세의 행동을 기뻐해주는 사람들이 있다.

이렇게 많은 인원은 아니지만 사회에 나오기 전에도 기뻐해준 사람이 있었다. 교수를 포함해 세미나 연구생 모두가 칭찬해주었지만, 지금까지 마신 어느 커피보다도 맛있다고 칭찬해준 것은 단 한 사람이었다.

완전히 잊을 수 있다면 얼마나 편했을까. 며칠 밤을 머리를 쥐어뜯게 한 끔찍한 사고가 불현듯 머릿속에서 천천히 고개를 들어도, 커피를 마시면 조금이나마 완화된다. 하지만 동시에 무력감에 휩싸이기도 한다. 나는 그 정도 일밖에 하지 못했던 것이다.

하다못해, 조금 더 맛있는 원두로 커피를 내려주고 싶었다.

후카세는 니시다에 취직하면서 '펄 하이츠'로 이사했다. 욕조가 딸린 다다미 여섯 장 크기의 원룸으로 월세는 육만 엔. 학창 시절에 살던 아파트는 똑같은 구조로 월세 사만 엔이라는 좋은 조건이었고, 회사까지는 지하철을 한 번만 타면 됐다. 하지만 좀 더 가시적으로 학창 시절과 결별하고 싶어 이사를 단행했다. 가구나 냉장고 같은 가전제품은 쓰던 물건을 가져왔기 때문에 여기저기 학창 시절이 생각나는 요소가 굴러다니고 있지만, 그래도 이제 그 시절로는 돌아갈 수 없다고 스스로 말할 수 있다.

펄 하이츠도 회사까지 민영 전철로 한 번에 갈 수 있지만 역까지 이십 분은 걸어야 한다. 비 오는 날에는 걸어다니지만 고등학교 때 이후로 인연이 없던 자전거를 타게 되었다.

'클로버 커피'를 만난 것은 입사 후 석 달쯤 지났을 때였다. 그날 은 아침부터 계속 비가 내렸다. 일기예보로는 저녁에는 그친다고 했는데, 정시에 퇴근해 집 근처 역에 도착했는데도 비는 변함없는 리듬으로 내리고 있었다. 역 앞 요시노야에서 소고기덮밥으로 저녁식사를 마쳤을 때쯤에야 겨우 비가 그쳤다. 후카세는 우산을 쓰지 않고 상점가를 빠져나가 주택가 막다른 골목에 있는 아파트로 향하는 길을 걸었다. 그런데 주택가에 접어들었을 때 다시 빗방울이 뺨을 때렸다.

우산을 쓸까 말까 고민하느라 걸음을 멈추었을 때, 문득 골목 안쪽에 작은 나무 간판이 보였다. 어렴풋한 외등 속에 '클로버 커피'라는 상호 아래 조금 작은 글씨로 커피 원두 전문점이라고 적혀 있는 것이 밤눈에도 보였다.

이런 가게가 있었나? 후카세는 주저 없이 걸음을 옮겼다. 커피를 내리는 데는 자신이 있었지만, 원두는 주머니 사정에 따라 가급적 질 좋은 것을 사되 대부분 슈퍼에서 구입했다. 그래도 블루마운틴 파는 곳도 찾아냈고, 충분히 신경쓰는 셈이라고 자부했는데……. 커피 원두 전문점을 발견한 것은 처음이었다.

가게는 평범한 주택의 일층 일부를 유리벽으로 개조한 곳으로, 간판이 없으면 원예에 조금 정성을 쏟는 일반 가정집으로 보일 것 같았다. 정말 가게가 맞나, 주위에 그 비슷한 건물이 달리 없는지 확인했을 정도였다. 학창 시절의 후카세였다면 망설였을지도 모르지만 영업 업무에 차츰 익숙해지기 시작한 터라 그리 큰 용기는 필요하지 않았다. 그래봤자 무작정 영업하는 것보다는 조금 나은 수준이라는 말이지만.

나무 문을 잡아당기자 딸랑 소리가 울리더니 어서 오세요, 하고 국숫집에 들어간 것처럼 활기찬 목소리가 날아들었다. 후카세와 부모의 중간 나이쯤으로 보이는 여성이 문 옆 카운터 안쪽에 서 있었다.

활기찬 인사와는 달리 가게의 인테리어는 차분한 컨트리풍으로 통일되어 있었다. 직접 만든 듯한 목제 선반에 한 손으로 들기 어려울 듯한 커다란 유리병이 한 단에 세 개씩, 모두 열두 개 놓였고 병 속에는 로스팅된 원두가 들어 있었다. 선반의 빈자리에는 색색의 판초를 입은 남자 인형과 나귀 모형 같은 중남미 분위기의 잡화가 장식되어 카페라는 느낌을 주었다.

병에는 손으로 쓴 이름표가 붙어 있었다. 클로버 블렌드, 이탈리안 블렌드, 아이스 블렌드. 이쪽은 후카세도 어떤 원두인지 연상할 수 있었다. 슈퍼마켓의 커피 원두 코너라면 이다음부터 킬리만자로, 모카, 블루마운틴으로 이어지겠지만 그런 유명한 커피는 없었다.

과테말라, 니카라과, 코스타리카, 엘살바도르, 브라질, 온두라스, 페루 등 중남미 국가의 이름이 늘어서 있었다. 케냐나 인도네시아 같은 다른 지역의 나라 이름도 있었다. 나라 이름 아래에는 '남국의 꽃, 복숭아 풍미' '멜론, 망고 풍미' '다크체리, 라즈베리 풍미'라는 식으로 설명이 붙어 있는데, 후카세는 아무래도 감이 잘 오지 않았다.

커피에 꽃이나 과일 풍미가 난다니 무슨 뜻일까? 점원에게 물어보면 그만이겠지만 그리 쉬운 문제가 아니다. 모르면 묻고, 불가능한 일을 불가능하다고 거절할 수 있었다면 후카세는 조금 더 편히 살았을지도 모른다. 그런 자각만큼은 조금 있었다.

블렌드나 사볼까, 그렇게 생각했을 때였다.

'손님, 처음 오셨지요? 괜찮으시면 안쪽에서 시음 한번 해보시겠

습니까?'

그 말에 점원이 손으로 가리키는 쪽을 보니 선반 건너편에 통로가 있었다. 하지만 저 안쪽이 가게인지, 사적인 공간인지 몰라 후카세가 멀뚱히 서 있자 점원이 카운터에서 나와 이쪽으로, 하고 안내해주었다. 통로 끝에 로스팅 기계와 커다란 자루가 놓인 방이 있고, 그 옆이 카페 전용 공간이었다. 나무 카운터에 의자 여섯 개가 전부인 좁은 공간이다. 카운터 안에 점원과 비슷한 나이의 남자가 있었다. 그가 사장이고 나를 맞아준 점원이 그의 부인이었는데, 회사를 그만두고 올봄부터 부부가 같이 이 가게를 열었다고 부인이 설명해주었다.

'저도 올봄에 취직해서 이 근처로 이사 왔습니다.'

사소하지만 인연을 느껴 자연스레 그런 말이 나왔다.

'그럼 데뷔 동기네요. 이거, 왠지 아이돌 같네.'

'마음에 드는 원두는 있던가요?'

수다스러운 부인의 절반쯤 되는 템포로 단어를 하나씩 끊듯이 말하는 사장에게 친근감을 느꼈다. 원두는 전부 사장이 직접 전세계의 커피 산지를 찾아가 엄선해서 사들인 것이라고 했다.

'취미가 도를 넘어 엉뚱한 짓을 시작한 거지요.'

사장은 머리를 긁적거리며 자학하듯 그렇게 말하면서도, 후카세가 대단하십니다! 하고 감탄하자 혹시 배워보시겠습니까? 하고 눈을 빛내며 자랑스럽게 물었다. 후카세가 선뜻 승낙하자 그럼 처음

갔던 온두라스부터, 라며 부인에게 판매 코너에서 원두를 가져와달라고 하더니 독일제 기계로 정중히 에스프레소 레귤러를 만들어주었다.

'맛있어요, 맛있습니다!'

산뜻한 산미가 입 안 가득 퍼지면서 그 속에서 희미하게 달콤한 맛이 솟아오른다. 사장이 '블루베리와 초콜릿 풍미'라고 설명해주었는데 이런 뜻이었나. 하지만 그보다 더 부드럽고 깊은 맛이 마치 숙성된 와인 같았다.

머릿속에 떠오른 감상을 더듬더듬 사장에게 전하면서 자신의 부족한 표현력을 깨닫고 어쩌나 애가 탔는지 모른다. 말을 거듭할수록 거짓말처럼 느껴졌다. 하지만 사장은 그렇죠, 그렇지요, 바로 그 맛입니다, 하고 기쁜 표정으로 맞장구를 쳐주었다.

결국 그날은 자정이 넘어서야 가게에서 나왔다. 두 잔째부터 드미타스 글라스로 바꼈지만 그날 마신 커피는 열두 잔, 모든 종류를 시음했다. 계산할 때 한 잔 값이면 된다는 사장과 잠시 실랑이를 벌였지만 결국 후카세가 졌다. 사장은 얌전해 보이지만 제법 완고한 사람이었다. 더욱이 한 잔에 삼백 엔이었다. 원두 가격은 종류에 따라 100그램에 오백 엔부터 이천 엔까지 다양했지만, 카페 공간에서는 어느 원두를 골라도 같은 값이라고 했다.

'원두에는 자신이 있지만 바리스타로서는 아직 공부중이라서요.'

후카세의 기술은 그런 사장의 발끝에도 미치지 못한다. 패배감보다도 새로운 세계가 열렸다는 사실이 기뻤다. 일찌감치 계산대 안쪽에 정리해둔 간판을 보고 폐점 시간이 오후 9시였다는 것을 알았다. 배웅을 나와준 사장 부인에게도 깊이 고개를 숙였다.

'신경쓰지 말고 또 놀러오세요.'

아아, 즐거웠다! 가게에서 나와 심호흡을 하며 고개를 들자 별이 가득한 밤하늘이 눈앞에 펼쳐졌다.

이튿날에는 우산을 깜박 잊었다는 핑계로 가게를 찾았지만, 그 후로 매일 퇴근길에 일과처럼 다니고 있다.

단골 가게라 하면 쑥스럽지만 그런 장소가 생겼다는 사실로 후카세의 일상이 커피처럼 진하고, 깊고, 그리고 향기로워졌다.

"후카세 씨는 아침에 빵?"

지정석이 된 카운터 제일 구석 자리에서 멍하니 커피를 홀짝이는데 카운터 너머에서 안주인이 물었다.

"굳이 따지자면 빵이지만 커피만 마실 때가 많아요."

"그럼 못쓰지, 젊으니까 아침밥은 꼬박꼬박 챙겨먹어야지. 당분은 필수잖아."

"그래도 아침 커피에는 설탕하고 우유 둘 다 충분히 넣는데요."

가게에서는 커피 원두 고유의 풍미를 오롯이 즐기기 위해 블랙으로 마신다.

"어머, 단것도 좋아하나보네. 그럼……."

안주인은 카운터 위에 손바닥에 얹을 수 있을 만큼 작은 병을 살짝 내려놓았다. 조청처럼 연한 노란빛이 감도는 끈적끈적한 액체가 담겨 있었다.

"벌꿀인데 좀 가져갈래? 친정 부모님이 직접 뜬 꿀이야."

안주인의 아버지는 정년퇴직 후에 동네 친구들과 양봉을 시작했다고 한다. 농가 사람들이 중심이 되어, 각자 벌통을 자택 마당이나 논밭에 설치해 일정 기간 후에 다 함께 회수한다는 것이다.

"작년에는 다 함께 팬케이크를 구워서 뿌려 먹었더니 동이 났다는데, 올해는 풍작이었다나봐. 우리한테 다섯 병이나 보내줄 정도이니. 꼭 팬케이크가 아니라도 토스트에 뿌려 먹으면 맛있어. 먼저 버터를 듬뿍 바른 다음에."

우아……. 병을 들어보니 꿀 표면이 끈적끈적하게 찰랑거렸다. 아마추어도 이렇게 투명한 꿀을 만들 수 있다니. 라벨을 붙이면 상품으로 팔리고도 남을 것 같았다.

안주인이 한번 먹어보라고 말하려는 순간에 문에 달린 풍경이 울렸다. 안주인은 황급히 판매 코너로 돌아갔다. 사장은 지난주에 원두를 사러 출국했다. 이번에는 케냐와 탄자니아를 비롯해 아프리카 각국을 도는 모양이다. 어제 안주인이 보여준 탄자니아 사진에는 커피 농원을 배경으로 사장이 까맣게 탄 얼굴로 함박웃음을 짓고 있었다.

후카세는 꿀병을 카운터에 내려놓았다.

양봉이 유행인 걸까? 그나저나 병도 사람 덩치에 비례하는 모양
이네…….

'고향에서 보내줬는데, 어디다 쓰면 좋을까?'

히로사와가 벌꿀이 든 병을 들고 후카세의 아파트를 찾아온 것은
대학교 4학년, 4월 초의 어느 날 밤이었다. 히로사와는 후카세의 아
파트를 찾을 때면 이따금 과자나 포장 주문한 소고기덮밥을 가지고
왔는데, 그날은 편의점 비닐봉지가 중력을 이기지 못하고 찢어질 기
세로 늘어나 있었다.

쿵, 묵직한 소리를 내며 히로사와는 테이블로만 쓰는 고타쓰 위에
비닐봉지에서 꺼낸 물건을 내려놓았다. 끈적끈적한 호박색 액체가
일 년 치 매실장아찌가 전부 들어갈 만큼 커다란 병의 목 부분까지
차 있었다.

'친척 아저씨가 양봉을 하거든. 내가 단걸 좋아한다고 이렇게 무
턱대고 보내면 어쩌라는 건지. 정말이지, 어머니도 생각 좀 하고 보
내지. 좀 먹을래?'

예의상 거절하기가 미안할 정도의 무게였다.

'어디다 쓸 수 있을지는 모르겠지만, 일단 밀폐용기 같은 데 옮겨
둘게. 균일가 판매점에 병을 사러 가는 게 나으려나.'

'아니, 통째 가져.'

히로사와의 아파트에 똑같은 병이 두 개나 더 있다고 했다. 히로
사와의 불평은 처음 듣는데, 후카세가 같은 일을 당했다면 훨씬 더

투덜거렸을 것이다.

'뭐, 이걸 어떻게 먹어치울지는 나중에 고민하기로 하고, 일단 커피나 내올게.'

히로사와가 후카세의 집에 올 때의 습관이었다. 커피를 마시며 텔레비전 예능 프로그램이나 근처 비디오 가게에서 빌린 영화 DVD를 본다. 이따금 히로사와가 라쿠고(재미있는 이야기를 익살스레 풀어낸 일본의 전통 예능) DVD를 가져올 때도 있었다.

그것이 동성 친구와 어울리는 일반적인 방법인지, 후카세는 알 길이 없었다. 그때까지 완전히 외톨이였던 건 아니다. 중학생 때 한 달쯤 반 아이들에게 철저히 무시당한 적은 있지만 그 이상으로 괴롭힘을 당한 적은 없다. 다만 초등학생 때부터 단짝이라 부를 만한 친구는 한 명도 없었다. 만약 친구 다섯 명의 이름을 대라고 하면 후카세의 이름을 쓸 사람이 세 명 정도는 있었을지도 모른다. 하지만 딱 한 명만 고르라고 한다면 아무도 후카세의 이름을 쓰지 않을 것이다. 후카세가 뽑은 단 한 명의 친구는, 후카세의 이름을 다섯 명 안에도 넣지 않았을지 모른다.

그게 세상에서 가장 부끄러운 일 같았다. 누가 그렇게 가르쳐준 것도 아닌데 인간의 가치가 친구의 숫자로 결정된다고 믿었다. 얼마나 많은 사람이 자신을 좋아하는지. 자신을 신뢰하는지. 숫자가 많다고 다 좋은 게 아니다. 누구인지도 중요했다. 가치가 있는 친구, 주위에서 선망의 눈빛으로 바라보는 사람들이어야 했다.

하지만 어렴풋하게나마 그런 사항을 의식하기 시작한 초등학생 시절, 후카세 주변에는 아무도 없었다. 이유는 금방 알 수 있었다. 운동에 서툴렀기 때문이다. 인사 대신 재미있는 개그를 하는 성격도 아니다. 쉬는 시간에 아무도 그에게 말을 걸지 않는 것은 책을 읽고 있기 때문이다. 책을 읽고 싶은 마음을 참아가면서까지 멍청한 녀석들과 어울릴 필요는 없다. 이런 식으로 스스로 위안하며 소란스러운 무리를 힐끗힐끗 훔쳐보았다.

중학생이 되면 공부 잘하는 사람이 우위에 서리라 기대했지만, 교실에서 낄낄거리며 큰 소리로 웃는 것은 여전히 초등학교 때와 같은 얼굴들이었다. 그것은 어쩔 수 없는 일이었다. 누가 우수한 사람인지, 아무도 알려고 하지 않고 알 기회도 없었으니까. 후카세가 다니는 중학교에서는 시험 점수를 공표하지 않았다. 부모님이 학교 다니던 시절에는 등수를 복도에 붙였다는데, 그 시절에 태어났더라면 그의 입장도 조금은 달랐을지 모른다. 책으로 얼굴을 가린 채, 후카세는 여유 교육(학생의 자율성과 종합 인성교육을 중시한 일본의 교육 방침으로, 2002년부터 공교육에 본격적으로 도입하였으나 기초학력 저하 등 부작용이 심해 다시 학력강화 교육방침으로 선회하였다)이라는 말을 저주했다. 그런 상황에서도 그 작가 책 재미있지 하고 말을 걸어주는 사람이 드물게 있었다. 신간을 서로 빌려주거나 방과 후에 함께 서점에 가는 친구는 생겼지만, 그들과 함께 지내는 교실을 편안하게 느낀 적은 한 번도 없었다.

진정한 실력을 발휘할 수 있는 건 고등학교 때부터라고 생각했다.

인근에서 가장 수준 높은 사립 인문계 고등학교에 충분히 들어가고도 남을 성적이었다. 하지만 중학교 2학년 여름, 아버지가 암에 걸려 투병 생활이 시작되었다. 식품 가공 회사에 다니던 아버지는 해고당하지는 않았지만, 휴직 기간에도 월급을 줄 만한 회사는 아니었다. 결국 사립학교에 가고 싶다고 부모님께 말하지 못하고, 집에서 가까운 공립 고등학교에 들어갔다. 바보들은 어느 정도 걸러졌지만, 같은 중학교 출신이 삼분의 일은 되는 학교에서 그의 입지가 달라질 리 없었다.

자신에게 진정 어울리는 삶을 살기 위해서는 이 시골에서 벗어나야만 한다.

수술이 성공해 아버지가 회사로 복귀하고부터는 고등학교 생활을 충실히 보내려는 노력보다도, 오로지 수준 높은 대학에 들어가는 것만이 그의 목표가 되었다. 시시한 놈이라는 딱지가 붙어도 아랑곳하지 않았다. 내 진짜 모습은 너희와는 달라. 그 말을 주문처럼 반복한 결과, 메이쿄 대학 합격 통지를 손에 들고 시골 동네를 뒤로했다. 새로운 주소는 동창생 누구에게도 알리지 않았다.

그런 새 환경에서 겨우 생긴 인생 최초의 단짝이, 히로사와 요시키였다.

"미안해, 왔다갔다 정신없이."

안주인은 말마따나 고무 샌들을 달각거리며 종종걸음으로 돌아왔다. 주문한 커피는 내주었으니 그냥 내버려둬도 괜찮은데, 그러지 못하는 게 안주인의 성격이리라.

"음, 뭐였더라. 맞다, 벌꿀."

안주인이 선반에서 자그마한 병을 새로 꺼냈다.

"접시에 담아줄까? 아니면 스푼으로 떠서 먹을래?"

"그보다 커피에 넣어보면 어떨까요?"

"어머! 그 생각을 왜 못 했을까? 후카세 씨, 좋은 생각이야!"

안주인이 손뼉을 쳤다.

'그래, 커피에 넣어보면 어떨까?'

그런 제안을 처음 했던 것은 히로사와였다. 하지만 후카세는 안주인처럼 바로 맞장구치지는 않았다. 커피 향이 벌꿀 향에 묻혀 맛을 버릴까봐 우려했던 것이다. 어쩌면 말과는 달리 히로사와는 커피가 맛없었던 게 아닐까? 순간 그런 의혹까지 떠올랐다.

'그렇게 마시면 맛있다고…… 우리 어머니가 그랬거든. 어디까지 믿을 수 있을지는 모르겠지만.'

그렇다면 한 잔만, 하고 후카세도 도전해볼 마음이 들었다.

안주인이 고개를 뻗어 후카세의 잔에 눈길을 떨어뜨렸다. 잔은 비어 있었다.

"한 잔 더 마실 수 있겠어?"

배에는 아직 충분한 여유가 있다. 시간을 말하는 걸까? 손목시계를 보았다. 오후 6시 40분, 약속 시간까지 아직 이십 분은 남았다.

"괜찮습니다."

그럼, 하고 안주인은 빈 잔을 가져갔다.

"이렇게 뭘 섞어 마실 때는 블렌드가 낫겠지?"

"찬성입니다."

안주인은 선반에서 클로버 블렌드 병을 꺼내 두 잔 분량의 원두를 전동밀에 넣었다. 이어서 갈아낸 원두를 에스프레소머신에 세팅했다. 위잉 하고 나직한 소리가 울려퍼지면서 진한 커피가 컵에 떨어졌다. 그것을 뜨거운 물에 부으면 완성이다.

익숙한, 튀지 않는 부드러운 향기가 콧속을 간질였다. 저대로 마시고 싶다고 마음이 흔들렸다. 그때 퐁, 소리와 함께 진하고 달콤한 향기가 퍼졌다.

안주인이 먼저 넣으라고 병을 내밀었다. 후카세는 티스푼으로 꿀을 푹 떠서 컵에 넣은 다음, 바닥을 천천히 휘저어 섞었다.

"한 스푼으로 끝이야?"

"네, 저는요. 하지만 설탕 한 스푼만큼 단맛을 내려면 세 스푼 정도 넣는 게 좋을 겁니다."

"뭐야, 벌꿀 전문가네."

이것도 히로사와가 알아낸 사실이었다. 안주인은 정확히 세 스푼을 넣고 스푼을 빠르게 빙글빙글 돌렸다. 히로사와도 저랬지. 커다란 손을 떠올렸다.

오늘은 아마도 이런 날인가보다.

콧속 가득 향기를 빨아들이며 커피를 홀짝였다. 마당에 벌통을 설치했다는 말을 들어서 그런지 들꽃 향이 입 안을 가득 채우는 기분이었다. 원래 이런 커피라고 해도 믿을 정도로 위화감 없이, 커피와 벌꿀이 한데 어우러진 향기와 맛이었다.

'어때, 맛있지?'

히로사와의 의기양양한 웃음이 머릿속에 떠올랐다.

"이거 괜찮네. 콘테스트에서 상위 입상한 원두에도 지지 않아. 아버지께 말하면 벌꿀은 그렇게 먹는 게 아니라고 펄펄 뛰시겠지만, 이번 주는 시험 삼아 '허니 블렌드'를 다른 손님한테도 권해볼까?"

안주인은 썩 마음에 들었는지 뜨거운 커피를 단숨에 비웠다. 지금까지 몰랐는데, 안주인과 히로사와는 마시는 모습까지 닮았다. 뜨거운 걸 잘 못 마시는 후카세는 흉내도 못 낼 호쾌한 모습이다.

"그럼 이것도 그냥 쓰세요."

카운터에 얹은 왼쪽 팔꿈치 앞에 놓아둔 작은 병을 안주인에게 내밀었다.

"그렇게 신경 안 써도 돼. 멋진 아이디어를 준 답례야. ……혹시 쓸 데가 마땅치 않으면 미호코한테 줘. 오늘은 혹시 안 만나?"

"7시 약속이니까 이제 곧 올 겁니다."

이번에는 휴대전화 시계를 확인했다. 오후 7시 정각, 이제 곧 풍경이 울릴 것 같아 매장 쪽을 돌아보았다. 미호코가 약속 시간에 늦은 적은 한 번도 없었다. 늦어질 것 같다는 문자도 없었다.

"그럼 허니 블렌드도 미호코가 온 다음에 만들걸 그랬네."

앗, 하는 얼빠진 소리를 지우듯 풍경이 울렸다. 후카세에게 윙크를 하고 판매 코너로 돌아간 안주인은 어머나, OO씨, 어서 와요, 하고 큰 소리로 미호코가 아닌 다른 이름을 불렀다. 아마 내게 알려주려고 그런 거겠지. 후카세는 그쪽으로 귀를 기울였다. 세상 돌아가는 이야기나 원두 종류를 설명하고 있다는 건 알겠는데, 정확한 내용까지는 들리지 않았다. 하지만 웃음소리는 똑똑히 들렸다.

이 가게를 열기 전에 사장이 도시은행에서 근무했다고 안주인이 다른 손님에게 말하는 것을 들은 적이 있다. 후카세도 응시했던 곳이다. 어머나, 창업을 용케 허락했네, 하고 놀라는 손님에게 안주인은 웃으며 한번 마음먹으면 듣지 않는 사람이라고 대답했다.

후카세는 꿈도 못 꿀 선택이었다. 사장보다 안주인이 대단하다고 생각했다. 꿈은 결혼과 동시에 포기하는 게 아니었나? 하지만 반대로 사장이 독신이었다면 가게를 열고 싶다는 꿈이 있어도 실현은 못 했을지도 모른다. 등을 밀어주는 사람이 있기에 한 걸음을 내디딜 수 있는 것이다. 어쩌면 사장은 안주인에게 맛있는 커피를 내어주고 싶은 마음에 전세계를 돌며 맛있는 원두를 찾는 것인지도 모른다. 그런 식으로도 생각할 수 있게 되었다.

다 미호코를 만난 덕분이다.

오치 미호코를 '클로버 커피'에서 처음 본 것은 넉 달 전이었다. 퇴근길에 가게에 들렀는데 후카세의 지정석인 카운터 제일 구석 자리에 낯선 여자가 앉아 있었다. 후카세가 가게를 찾는 오후 7시쯤에 다른 손님이 있다니 드문 일이었다. 주택가 한복판에 있는 이 가게의 카페 공간은 오후 1시부터 5시 사이가 가장 바쁘다고 한다. 저녁식사 시간, 커피만 파는 이 가게에 빈속을 채우려고 찾아오는 손님은 없다는 뜻이다. 그러다 오후 8시가 넘으면 한 손으로는 헤아릴 수 없이 많은 단골손님들이 이 가게를 찾는다. 술기운을 떨치려고, 저녁식사 후 디저트 삼아, 목적은 제각각이지만 후카세가 그 무리에 합류하는 경우도 잦았다.

하지만 그녀는 8시 이후 찾아오는 단골손님이 아니었다. 지역정보지에 몇 번 실린 뒤로 멀리서 찾아오는 손님도 늘었다지만, 그녀의 옷차림은 척 보기에도 평범해서 일부러 찾아온 손님 같지는 않았다. 근처에서 본 적도 없었다.

바로 다른 자리에 앉으면 될 것을, 후카세는 멍청히 서서 카운터 안쪽에서 커피를 내리는 사장 쪽을 바라보았다. 죄송합니다, 하고 말없이 사과하는 표정이 사장의 얼굴에 가득히 퍼져, 후카세는 허둥지둥 문에서 가장 가까운 자리에 앉았다.

'혹시 이 자리, 예약석이었나요?'

미호코가 쭈뼛쭈뼛 일어나 후카세에게 물었다.

'아니요, 그런 건 아니니 그냥 앉아 계세요. 사장님, 오늘도 같은 걸로.'

말은 그렇게 해놓고 단골이라는 사실을 티낸 것처럼 보이지 않았을까 신경쓰였지만, 미호코는 눈앞에 놓인 커피만 똑바로 바라보고 있었다. 컵을 들어 향기를 음미한 다음, 한 모금 홀짝였다. 그 순간 눈을 반짝 떴다. 상상 이상으로 맛있었으리라. 나도 이곳에 처음 왔을 때 저런 표정을 짓지 않았을까? 후카세는 그런 생각을 하며 미호코의 옆얼굴을 바라보았다.

'원두도 살 수 있죠?'

미호코는 후카세의 커피를 내리는 사장을 방해할까봐 조심스럽게 물었다가, 사장이 대답하기 전에 하지만…… 하고 말을 이었다.

'똑같은 원두라도 분명 여기서 마시는 게 더 맛있겠죠.'

맞아! 후카세는 가슴속으로 힘차게 수긍했다.

후카세가 커피를 마시기 시작한 것은 고등학교 3학년 가을, 본격적으로 수험 공부에 몰입하기 시작했을 때였다. 처음에는 집에 있는 인스턴트커피를 마셨지만 하룻밤에 두세 잔씩 마시다보니 아침에 속이 거북해지기 시작했다. 그래서 어머니에게 드리퍼와 전용 원두를 사달라고 했다. 대학생이 되자 커피 전문 서적을 읽어가며 종이에서 융 필터로 바꿔보기도 하고, 모카프레스를 시험해보기도 하며 연구에 힘썼다. 그리고 사회에 나와 이 가게와 만난 것을 계기로 첫 보너스를 전부 쏟아부어 가게에서 사용하는 것과 똑같은 독일제 에스프레소머신을 구입했다.

시간도 돈도 충분히 투자해, 동네 카페에서 파는 커피보다는 직접 내린 커피가 몇 배 더 맛있다고 당당히 자랑할 수 있게 되었지만(실제로 자랑한 적은 없으나), 클로버 사장님이 내려주는 커피만큼은 아무리 노력해도 따라잡을 수가 없었다. 게다가 사장님은 프로 강습에도 정기적으로 참가하기 때문에 꾸준히 실력이 향상되고 있다.

나도 그래서 이곳을 매일 찾는다고 한마디 해보면 이 자리가 조금 더 편안해질지도 모른다. 그렇게 생각하면서도 실제로는 사장님이 내려준 커피를 홀짝거릴 뿐이었다. 하지만 그것 말고도 대화의 실마리는 있었다. '오늘도 같은 걸로'라는 주문은 사장님에게 추천해달라는 의미다. 새콤달콤한 베리 계열의 풍미.

'코스타리카?'

'정답입니다.'

가끔은 틀릴 때도 있고, 새로 구해온 원두일 때는 사장님이 장황하게 설명을 늘어놓기도 하지만 맞혔을 때는 그 한마디로 끝난다. 이 년 가까이 단골로 다녔는데도 사장님과 커피 이외의 이야기를 나눈 적은 거의 없었다.

후카세가 원두 종류를 맞혔을 때, 그를 흘깃 쳐다보는 미호코의 시선을 느꼈다. 하지만 그녀는 대단하시네요, 라거나 어떤 맛인데요? 하고 묻지는 않았다. 커피를 한 모금 머금고 마음은 먼 곳에 있는 것처럼 하늘을 올려다보는 옆얼굴이 왠지 좋아, 후카세 쪽에서 그녀를 흘깃거리기만 했다.

그 후로 운이 좋으면 일주일에 세 번, 나빠도 한 번은 가게에서 미호코와 마주쳤다. 대체로 미호코가 먼저 와 있었는데, 후카세의 지정석을 비워두는 것처럼 입구에서 두 번째 자리에 조용히 앉아서 나중에 들어오는 후카세에게 살짝 목례를 했다.

이따금 사장님이 미호코에게 원두를 설명해줄 때도 있었지만 셋이서 조용히 유선 방송에서 나오는 라틴음악에 귀 기울일 때가 더 많았다.

하지만 이 가게에는 중요한 인물이 한 명 더 있었다.

'미호코 씨는 역 맞은편에 있는 '그림빵'에서 일해.'

그녀가 가게에 오지 않은 날, 안주인이 불쑥 그런 말을 했다. 처음에는 미호코 씨가 누구인지 몰랐다. 오후 7시쯤 오는 새로운 단골손님이라는 말을 듣고서야 비로소 이름을 알았다.

'카레빵이나 샌드위치처럼 속이 든든해지는 빵이 많으니까, 출근 전에 점심식사용으로 사보면 어때?'

사원 식당이 있는 회사는 아니지만 회사 주변에 괜찮은 가게가 몇 군데 있었다. 바쁜 아침 시간에 멀리 돌아가는 것도 귀찮았다. 그래도 일주일 뒤 휴일 점심 때 찾아가보았는데, 계산대에 미호코의 모습은 없었다.

헛수고했다는 생각에 자갈이라도 걷어차고 싶은 마음으로 고가 밑을 지나다가 우뚝 멈췄다. 난 뭘 기대했던 거지? 빵을 사러 갔던 게 아니었나? 억지로 카레빵에는 어떤 커피가 어울릴지 생각해보았다.

이튿날, 평소와 같은 시간에 '클로버 커피'에 가니 미호코도, 카운터 안쪽에 안주인도 있었지만 어제 빵집에 갔었다는 이야기는 하지 않았다. 그로부터 사흘 뒤였다. 안주인이 영화 표가 든 봉투를 내밀었다.

'상공회 사람한테 받았는데, 나도 바깥양반도 호러영화는 잘 못 보거든. 후카세 씨, 가질래?'

후카세는 호러영화에 별로 관심이 없었지만 마침 그 작품은 보고 싶었다. 학창 시절부터 좋아하던 감독의 작품이기 때문이었다. 사이코 미스터리에 강한 감독이 어떤 식으로 호러물을 풀어낼지, 오랜만에 극장에 가봐야겠다고 생각하던 차였다. 고맙다는 말을 하고 봉투 속을 보니 표가 두 장 들어 있었다.

'괜찮으면 애인하고 가.'

'그런 사람 없어요.'

다른 사람이 그렇게 말했다면 혀를 찼을 텐데, 안주인에게는 자연스럽게 쑥스러워하거나 투정하는 소리도 할 수 있었다.

'그럼 미호코 씨한테 물어보면? 전에 미호코 씨하고 영화 이야기를 한 적이 있거든. 그때 이 감독을 좋아한다고 했던 것 같은데.'

사장님이 여보, 하고 작은 소리로 부인을 타일렀다.

'그럼 이건…….'

미호코 씨한테 주는 게 낫지 않겠습니까? 후카세가 무슨 말을 할지 내다볼 수 있기라도 하듯 안주인은 후카세가 부정적인 발언을 하려고 하면 그의 말문을 막는다. 끝까지 말해버리면 사양이나 겸손이 현실이 되어버려서 안 돼. 안주인은 두 손을 저으며 눈으로 그렇게 말했다.

'뭐든 단골 1호인 후카세 씨가 우선이야.'

예상치 못한 말에 눈시울이 찡해졌다. 딱 한 사람만 꼽을 수 있는 항목에 그의 이름을 써주는 사람이 있다. 그때 미호코가 찾아왔다. 평소보다 노골적인 그들의 시선을 알아차렸는지 미호코는 어? 하고 조금 당황한 기색으로 얼굴을 매만지고 옷을 살폈다. 나중에 들어보니 밀가루라도 묻은 줄 알았다고 한다.

미호코가 자리에 앉자 안주인이 능글맞은 시선을 던졌다.

자, 빨리. 용기를 내. 전부터 이 아가씨가 신경쓰였잖아?

지극히 자의적인 해석이라는 것을 깨닫지 못하고 안주인을 쏘아보았다.

이랬는데 거절당하면 커피에는 미련이 있지만, 이 가게에는 다시는 오지 않을 겁니다.

누군가를 상대로 강력한 마음을 먹는다는 것은 두 손을 꽉 움켜쥐는 것과 똑같은 효과가 있는 모양이다. 말없이 일어나 미호코 옆에서 걸음을 멈추고 저기요, 하고 배 속에서 목소리를 쥐어짰다.

그 후로도 정기 휴일을 제외하면 매일, 이 가게를 찾고 있다.

"미호코 씨, 갑자기 추가근무라도 하는 걸까? 요즘은 제빵도 자주 돕는다던데."

판매 코너에서 돌아온 안주인이 후카세를 염려하듯 말했다. 영화를 계기로 두 사람이 사귀게 된 후로도 안주인은 맛있는 프렌치 레스토랑이 생겼다더라, 그러고 보니 후카세 씨는 라쿠고도 좋아하지? 하고 적극적으로 데이트를 응원해주었다. 한번은 미호코에게 옛날 중매쟁이가 저런 느낌이려나? 하고 물으려다가 황급히 입을 다문 적이 있다.

아직 사귄 지 석 달밖에 되지 않았는데.

"잠깐, 실례하겠습니다."

휴대전화를 집었다. 문자를 보내는 게 나을까? 아니, 약속 시간이 이십 분이나 지났으니 근무중이라고 해도 전화했다고 뭐라 하지는 않겠지. 그런 적은 한 번도 없지만.

미호코에게 전화를 걸었다. 열 번의 신호음 끝에 음성사서함 안내로 넘어갔다. 아직 '클로버 커피'에 있다고 알리는 게 나을까 싶어 녹음 신호를 기다리는데 갑자기 여보세요…… 하고 작은 목소리가 들렸다. 빗소리가 들려 실외일 거라 짐작했다.

"클로버로 오는 길이야?"

빗소리에 묻힐까 크게 말한 건데, 안주인에게는 전화가 연결되었다는 티를 내려고 그러는 것처럼 보였을까 민망했다. 벽을 바라보는 자세로 다시 앉아 전화기를 귀에 꾹 갖다댔다. 가게에 흐르는 음악이 늘 이렇게 시끄러웠나 눈썹을 찌푸릴 정도로 전화 너머에서 들려오는 미호코의 가녀린 목소리는 알아듣기 힘들었다. 하지만 간신히 미호코가 지금 어디 있는지 알아냈다.

"죄송합니다, 계산 좀. 벌써 제 아파트까지 가버린 모양이에요."

"어머나, 그럼 서둘러야지."

지갑을 꺼내면서 허둥지둥 일어나 차갑게 식어버린 커피를 단숨에 들이켰다. 커피와 하나가 되었던 벌꿀의 맛과 향이, 식은 뒤에는 두 종류의 혼합물이라는 것을 확실히 알 수 있을 만큼 본연의 특징을 주장하면서 목구멍을 지나갔다.

"벌꿀, 잊지 마."

안주인은 그 한마디만 남기고 먼저 계산대가 있는 판매 코너로 향했다.

늘 '클로버 커피'에서 만나는 것은 아니다. 오히려 역에서 만나 그대로 저녁식사를 하러 가는 경우가 더 많지만, '그림빵'의 정기 휴일 전날은 '클로버 커피'에서 만나곤 했다. 미호코가 팔다 남은 빵을 잔뜩 받아오기 때문이다. 그것을 후카세의 아파트에서 둘이 먹는다. 저녁밥이 빵이라는 데에 후카세는 딱히 거부감이 없었다. 일주일에 한 번쯤 그런 날이 있으면 어떤가.

'미안, 지금 가즈히사 아파트 앞이야.'

미호코가 전화로 그렇게 말했다. 무슨 일이 있었던 걸까? 가게에서 나오자마자 아파트를 향해 달렸다. 우산을 썼는데도 100미터도 못 가서 구두가 철벅거리기 시작했다. 바지도 무릎 밑은 어둡게 물들어 다리에 휘감겼다.

어쩌면 미호코도 이렇게 흠뻑 젖어서 가게에 오지 못한 것일지도 모른다. 심각한 일이 생긴 건 아닐까 하는 불안이 조금 옅어졌다. 아니면 호우경보라도 발령된 걸까? 그래서 가게도 문을 닫았다고 착각했을지도 모른다. 어제 수건을 몽땅 세탁해두길 잘했다.

어디 지붕 밑에 들어가 있긴 하겠지만 분명 춥겠지. 일단 따뜻한 커피를 내려줘야겠다. 미호코는 가게에서도 커피에 설탕과 우유를 넣는다. 안주인에게 받은 벌꿀을 보여주면 기뻐하지 않을까? 그래……

이번 기회에 열쇠를 하나 건네볼까. 미호코의 아파트에 가본 적은 없지만 '그림빵'에서 자전거로 십 분 거리라고 들었다. 서로의 아파트가 역을 사이에 두고 걸어서 오갈 수 있는 거리에 있으니 굳이 열쇠를 복사해 주인 없는 집에서 기다릴 이유는 없다. 후카세는 혼자 그렇게 생각하고 말았지만 솔직히 미호코가 거절할까봐 두려울 뿐이었다. 상대가 침입을 허락해주는 범위에 맞춰 이쪽도 문을 열면 된다. 하지만 미호코도 똑같은 생각을 하고 있다면 둘 사이의 거리는 줄어들지 않겠지. 언제까지고 '클로버 커피'의 안주인에게 의지할 수도 없다. 안주인도 두 사람 그냥 같이 살지그래, 라는 말까지 해주지는 않을 것이다.

아파트가 눈에 들어왔다. 이층짜리 목조 건물. 후카세의 집은 일층이다. 부동산을 찾았을 때, 햇볕이 잘 드는 이층 모퉁이 집이 비어 있어 손님은 운이 좋다고 했지만 실제로 둘러보고 하나 더 비어 있던 일층 집으로 정했다. 이층 모퉁이 집은 철제 계단 바로 앞이었다. 실내를 둘러보는데 이층 사람인지, 누가 계단을 올라오는 소리가 카랑카랑 경쾌하게 들렸다.

아주 잠깐, 마음이 흐트러졌다. 다음 순간 현기증이 날 정도로 머리 꼭대기를 짓누르는 압박감에 휩싸였다.

저 소리와 함께 나를 찾아와주는 사람은, 이제 없다. 하지만 나는 분명 저 소리를 들을 때마다 그 녀석을 떠올릴 것이다.

미호코는 그 계단에 숨듯이 서 있었다. '그림빵'의 비닐봉투를 품에 끌어안고 있다. 미안, 하고 달려갔지만 미호코는 생각만큼 비에 젖어 있지 않았다. 맨발에 샌들을 신어 발이 젖어 있었지만, 가게에 들어가기 미안할 정도는 아니다. 오히려 온몸이 흠뻑 젖은 것은 후카세 쪽이었다.

미호코는 조금 더 이른 시간, 비가 거세지기 전부터 여기에 있었던 게 아닐까? 그런 생각이 머릿속을 스쳤다. 매장과 카페 공간을 왕복하던 안주인이 바깥을 바라보며 어머나, 심상치 않네, 라고 말한 것은 후카세가 매장 계산대에서 계산을 하고 있을 때였다.

"왜 사과해? 가게에 가지 않은 내가 잘못했는데."

미호코의 말투는 밝지 않았지만 전화로 들은 힘없는 목소리는 아니었다. 그냥 커피를 마실 기분이 아니었던 걸까? 일단 문을 열고 재촉해 미호코를 안으로 들였다. 현관 옆 세면실에서 꺼내온 수건 한 장을 미호코에게 건네고, 안에서 기다리라고 말한 뒤 후카세는 세면실에 들어가 옷을 갈아입었다. 그대로 샤워를 하고 싶었지만 그래도 될 분위기가 아니었다.

세면실에서 나와 보니 미호코는 텔레비전도 켜지 않고 현관을 등지듯 고타쓰 테이블 앞에 무릎을 모으고 앉아 있었다. 처음 찾아온 날처럼, 고개를 크게 기울이며 방을 둘러보고 있다. 남자가 사는 집 치고는 깔끔한 편이라고 생각한다. 전에 미호코가 찾아왔을 때와 크게 달라진 점은 하나도 없다고 해도 될 정도다. 무엇이 마음에 걸리는 걸까?

뒷손으로 세면실 문을 닫자, 큰 소리를 낸 것도 아닌데 미호코가 흠칫 떨며 돌아보았다.

"많이 기다렸지. 커피를 내올게. 클로버 사모님이……."

"됐어."

미호코가 그의 말을 자른 것은 처음이었다. 날카롭고 강한 목소리에 저도 모르게 숨을 삼키고 말았다. 그가 모르는 곳에서 무슨 일이 있었던 게 아닐까 걱정했는데, 날카롭고 딱딱하면서도 바늘 끝으로 살짝만 찔러도 당장 울음을 터뜨릴 것 같은 미호코의 표정을 보니, 혹시 잘못한 사람은 자신일지도 모른다는 생각이 들었다. 하지만 이유를 짐작조차 할 수 없다.

"왜 그래?"

테이블을 사이에 두고 미호코의 맞은편에 앉아 그렇게 물었다. 자연히 무릎을 꿇었다. 미호코는 목소리를 쥐어짜내듯 얼굴을 찌푸리고 입을 열었다.

"가즈히사는…… 시시할 만큼 평범한 인생을 살아왔다고 했는데, 정말 그래?"

교제를 시작했을 때 분명 그렇게 말한 적이 있었다. 조금 세련된 레스토랑에서 저녁식사를 한다는, 누구나 할 수 있는 그런 일조차 제대로 해내지 못했다. 수프와 채소만 가득한 요리가 나오거나, 미호코 앞에서 지갑을 열었다가 동전을 쏟는 촌스러운 추태까지 부렸다. 그 민망함을 감추려고 인생 최초의 애인이 미호코라는 사실도 솔직히 털어놓았다. 하지만 그것만으로는 미호코가 인간적으로 결함이 있는 사람이라고 오해할 것 같아, 나라는 인간에게 매력이 없는 게 아니라 자신을 둘러싼 환경 자체가 시시했던 탓이라고 넌지시 말했던 것이다.

"맞아. 한심한 노릇이지만."

뭐하면 고향에 중학교, 고등학교 졸업 앨범이라도 보내달라고 해서 미호코에게 보여줄 수도 있다. 학급별로 작성하는 자유 노트에 후카세의 모습은 중앙의 단체 사진, 그것도 겨우 구석에 있는 게 전부였다. 고등학교 때는 앞에 선 녀석의 머리와 겹쳐 조금 널찍한 이마밖에 찍히지 않았다. 아니, 애초에 그런 추억의 물건을 이곳에 하나도 가져오지 않았다는 사실이 시시한 인생을 보냈다는 증거다.

"세상에 떳떳하지 못한…… 그런 일은?"

지금, 미호코가 그에게 들이대려는 문제는 그와 미호코 사이의 문제가 아닐지도 모른다. 그런 생각이 가슴속에 싹텄다. 그 싹은 빗소리를 타고 점점 뻗어나가 덩굴이 되어, 몸속을 온통 얽어매며 후카세를 옥죄는 듯한 착각을 일으켰다.

"이력서라도 보여줄까? 내 인생에 특별한 색은 없지만…… 공백도 없어."

"그럼 그 인생을 전부 내게 얘기해줄 수 있어?"

"왜 그래야 하는데?"

별안간 굵은 덩굴의 뿌리가 뚝 끊겼다. 압박감에서 해방되었다. 불안을 잘라낸 것은 불쾌감이었다. 비 오는 날, 누군가 흙발로 다다미방에 들어온 듯한 불쾌감.

후카세는 일어나서 주방으로 갔다. 이대로 얼굴을 맞대고 있으면 미호코에게 심한 소리를 퍼부을 것만 같았다. 하지만 미호코에게 상처주기 싫어서인지, 그의 안에 허락하기 싫은 장소가 있다는 사실을 들키기 싫은 건지는 알 수 없었다.

"역시 커피를 내려야겠어. 나도 마시게. 그래, 가방 안에 벌꿀이 있으니 꺼내줄래? 클로버 사모님이 주셨어."

미호코에게 등을 돌린 채 그렇게 말하며 커피 원두를 담은 케이스에서 클로버 블렌드 봉투를 꺼내 핸드밀에 원두를 넣었다. 진정해, 진정해. 드르륵드르륵 손잡이를 돌리면서 지금 상황을 생각해보았다.

미호코가 내게 묻고 있다.

내게는, 하나뿐이기는 하지만 가슴속에 봉인해둔 과거가 있다.

미호코는 그것을 털어놓으라고 하는…… 걸까?

무색에 가까운 인생에 검고 짙은 사건은 하나밖에 없다. 미호코가 몰아세우는 통에 분명 그 문제일지 모른다고 동요하기는 했지만, 냉정하게 생각해보면 그녀가 그 일을 알 리 없다. 전부 그의 착각. 무심코 제 무덤을 팔 뻔했다.

등 뒤에 기척을 느끼고 최대한 온화한 표정을 지으며 뒤를 돌아보았다.

"금방 찾았어? 직접 만든 거래."

하지만 미호코가 내민 것은 벌꿀이 든 작은 병이 아니었다. 봉투였다. 규격 사이즈의 노란 봉투에 프린터로 인쇄한 글씨가 찍혀 있다. 미호코 앞으로 되어 있지만 주소는 '그림빵'이었다. 받아서 뒷면을 보았지만 발신인의 주소와 이름은 없었다. 팔십이 엔 기본 우표, 소인은 물에 번져서 글씨를 알아볼 수 없었다. 칼로 잘랐는지 위쪽이 열려 있었다.

"내용, 읽어도 돼?"

미호코는 잠자코 고개를 끄덕였다. 깊은 의미는 없었지만 후카세는 봉투를 옆구리에 끼고 싱크대에 걸어둔 수건으로 두 손을 닦은 다음 봉투에 든 종이를 꺼냈다. 종이는 한 장뿐. A4 사이즈의 하얀 복사지가 두 번 접혀 있었다. 굵은 고딕체로 세로쓰기 한 줄, 뭐라 적혀 있는지 훤히 비쳤다. ……세 가즈……. 내 이름이 적혀 있지 않은가? 심장이 펄떡 뛰었다.

　종이를 펼치기 전에 미호코를 보았다. 눈도 깜빡거리지 않고 후카세를 지긋이 바라보고 있다. 주저해도 소용없다. 위아래를 붙잡고 종이를 펼쳤다.

　'후카세 가즈히사는 살인자다.'

　호흡이 따라잡지 못할 정도로 심장이 빠르게 뛰었다. 하지만 서서히 낯빛을 잃어가는 자신을 저만치 멀리 떨어진 곳에서 차가운 눈으로 바라보는 또 다른 자신도 있었다. 이것은 아무 예고 없이 튀어나온 말이 아니다. 처음부터 여기로 갈무리되도록 짜여 있었던 것이다.

　친구, 동창회, 팝송, 비, 커피, 벌꿀…….

　냉소적인 자신이 동요하는 자신에게 묻는다. 너는 언젠가 이런 날이 오리라는 예감이 조금도 없었나? 불행한 일상 속이 아니라, 행복이 찾아왔을 때 그날을 맞이할까봐 불안에 떤 적이 한 번도 없었나?

　대답은…… NO다. 휘말려서는 안 된다.

　"언제, 이걸?"

　"오늘 저녁. 가게로 온 우편물 속에 섞여 있었어. 점장님 말로는 가끔 있는 일이래. 아르바이트 아가씨 앞으로 가게에 편지나 선물을 보내는 사람이 있대. 하지만 개중에는 스토커 같은 사람도 있으니 이상한 내용이면 바로 말하라고 충고도 해주셨어. 하지만 이건 아무한테도 보여줄 수 없어. 클로버 사장님이나 사모님께도. 난 마음이 그대로 얼굴에 드러나니까 가게에 가면 무슨 일이 있었다는 걸 금방 들킬 것 같아서 갈 수 없었어. 그렇다고 이런 장난을 백 퍼센트 곧이 곧대로 받아들이는 건 아니야."

미호코한테 눈독을 들인 변태 같은 손님이 어떻게든 나하고 헤어지게 만들려고 이런 황당무계한 거짓말을 적어서 보낸 거야.

지금이라면 미호코의 불안을 지워주듯 웃는 얼굴로 그렇게 말하며 편지를 찢을 수도 있다. 하지만 미호코는 백 퍼센트 믿지 않는다고 말하지도 않았다. 의심하는 마음이 어딘가에 있는 것이다. 오히려 이곳에 온 뒤로 그녀의 태도를 생각해보면 의심 쪽이 더 강한 것처럼 보였다.

살인자라고 불릴 만한 과거는 절대 없다. 지금 그렇게 강하게 주장한다 해도, 앞으로 미호코를 지금까지와 똑같이 대할 수 있을까? 미호코는 내 말이나 태도에 이상한 구석이 없는지 찾으려 들지도 모르고, 나는 그런 의심을 사지 않으려고 언행을 주의하며 앞으로 더욱 선을 그을 게 분명했다.

진정 행복해지고 싶다면 전부 털어놔.

문득, 그 녀석이 편지를 보낸 건 아닐까 하는 어리석은 생각이 떠올랐다가 금세 사라졌다. 꿈결 속에 나타난다거나 하는 비현실적인 현상이 일어난 거라면 또 몰라도, 편지는 분명 이 세상에 존재하는 물체다. 죽은 자는 편지를 쓰지 못한다.

미호코에게 고백하자.

그렇게 결심했지만 아무래도 망설여졌다. 현실을 직시하면서, 진실을 제대로 설명할 수 있을까? 결국 경찰에게 말한 것과 똑같은 내용을 반복하는 데 그치지 않을까? 자신을 지키기 위해서.

제대로 설명하겠다는 약속만 먼저 하고, 오늘 밤은 미호코를 집으로 돌려보낸 뒤 나중에 글로 써서 보내는 편이 내 마음에도 그날 있었던 일을 순서대로 정리하면서 되돌아보기에도 좋고, 미호코에게도 좀 더 정확한 사실을 전달할 수 있을 것이다. 그 글을 읽고 나서 미호코가 어떻게 판단할지는…… 지금 여기서 생각할 문제가 아니다.

그래야 한다. 미호코의 안색을 살피면서 말하다가는 그녀의 표정에 따라 이야기 내용도 바뀌고 말 것이다. 안 봐도 뻔하다.

"미호코, 오늘 밤은……."

후카세의 목소리를 덮어버리듯 창밖에서 강풍이 휘몰아쳤다. 쿵, 하고 문이 흔들렸다. 빈 캔 같은 게 아니라 더 큰 물건이 날아와 부딪힌 것이다. 자전거일까? 빗소리가 수그러들 기미도 없다.

이런 날씨에 미호코를 밖에 내보낼 수는 없다. 역시 오늘은 그런 날인 것이다.

"시간 괜찮아? 꼭 해야 할 이야기가 있어. 하지만 굉장히 길어질 거야."

"난 괜찮아."

내일은 목요일, '그림빵'의 정기 휴일이라는 게 생각났다. 빵 봉투는 테이블 밑에 놓여 있다. 그러고 보니 '클로버 커피'도 목요일이 정기 휴일이다. 일하러 가야 하는 건 후카세 한 사람뿐. 하품을 삼키며 출근하는 고단한 모습이 머릿속에 떠올라…… 저도 모르게 피식 웃고 말았다. 중요한 이야기를 털어놓을 참인데, 그 끝에 평소와 똑같은 일상이 있을 거라고 생각하다니.

"왜 그래?"

미호코가 조심스러우면서도 의아한 눈빛으로 쳐다보았다.

"아니, 아무것도 아니야. 미안, 이제부터 중요한 이야기를 하려는 참에. ……한숨 돌린 다음 말하고 싶은데 일단 커피 좀 내려도 될까?"

미호코는 받아들이기 어려운 표정이었지만 말없이 고개를 끄덕이고 방으로 들어갔다.

핸드밀 손잡이를 잡았다. 아까 몇 번이나 돌렸더라? 생각이 나지 않아 갈다 만 원두를 개수대에 버렸다. 최고로 맛있는 커피를 내리자.

보관 케이스에 클로버 블렌드를 도로 넣고, 브라질을 꺼냈다. 커피의 본고장 브라질의 콘테스트에서 우승한, 킹 오브 킹이라고 사장님이 유난히 자신 있게 설명한 원두다.

이런 원두는 앞으로 언제 또 구할 수 있을지 모르니, 가장 중요한 순간에 써. 원두에 대해서는 많은 말을 하지 않는 안주인도 그렇게 말했다.

커피를 내린다. 그가 할 수 있는 최선의 행동.

후회라는 어둠 속에 스며드는 단 한 줄기의 빛.

제2장

삼 년 전 여름.

마다라오카 고원에 가지 않겠냐고 제안한 것은 무라이 다카아키
였다.

나가노 현과 니가타 현 경계에 있는 스키장으로 유명한 그곳에
숙부의 별장이 있다고 했다. 일상 대화에서 '별장'이라는 말이 나와
낯설었지만, 아버지가 현의회 의원인 무라이가 딱히 자랑하는 기색
도 없이 당연하다는 듯이 하는 말에는 아무런 위화감을 느끼지 못
했다.

7월 초, 세미나실에는 간만에 구성원 모두가 모여 있었다. 재미있
겠네, 다니하라 야스오가 큰 소리로 옆자리의 아사미에게 그렇지?

하고 동의를 구했다. 후카세는 귀에 신경을 집중했지만 시선은 노트북 컴퓨터 화면에서 떼지 않았다.

후카세의 반경 3미터 내에서 오가는 대화에 그가 꼭 포함되는 건 아니라는 사실은 통감하고 있다. 요즘 인기라는 영화를 보러 가자, 새로 생긴 라멘 가게에 가보자, 그런 말에 무심코 반응하고는 어, 너도 간다고? 라는 노골적인 소리를 들으면 갑자기 볼일이 생각난 시늉을 한 것이 몇 번이던지.

그는 색이 없는 공기 인간이다. 재미있는 이야기가 들려와도 반응해서는 안 된다. 아무도 그를 부르지 않았으니까. 그렇게 가슴속으로 중얼거리며 제출 기한이 아직 많이 남은 과제를 마치 당장 내야 하는 것처럼 공허한 문장을 두드리고 있었는데…….

"후카세는 어쩔래?"

다니하라가 이름을 콕 집어 물었다.

"모처럼 좋은 기회이니 다 함께 가자."

티 없는 웃음에 후카세는 몇 초 주저했다. 사람 수가 삼사십 명쯤 된다면 도저히 후카세와 한 그룹에 속할 리 없을, 중심 그룹의 리더 격 존재. 밝고, 못하는 운동이 없고, 재치 있는 인기인. 그런 다니하라가 '다 함께'라고 그를 불러주었다.

"뭐 때가 때니까 억지로 강요할 수는 없지만."

그 무렵, 취직자리가 정해진 것은 다니하라와 무라이뿐이었다. 대기업 상사인 '구조물산'에 합격한 다니하라는 이미 추억이나 만드는 시즌에 돌입했는지도 모른다. 무라이는 친척이 경영하는 건설회사에서 몇 년 일한 뒤에 현의원인 아버지의 비서가 되어 장래에는 정계로 진출할 계획이라고 했다.

"아사미는 어떻게 할래?"

대답하지 않는 후카세는 뒷전으로 돌리고, 다니하라는 아사미에게 물었다.

"1차 시험 이후라면 나도 괜찮아."

교직원 채용 시험을 치르는 아사미는 그렇게 대답했다. 1차 시험은 7월 넷째 주로, 오봉 연휴 전에 합격 결과를 알 수 있다. 합격하면 8월 25일 전후에 2차 시험을 치른다. 2차 시험은 공부할 필요 없어? 그렇게 묻는 다니하라에게 아사미가 면접과 논문뿐이라고 대답했고, 그렇다면 8월 초가 낫지 않겠느냐고 이야기가 척척 진행되었다.

똑같이 취직이 결정되지 않은 입장이라도 아사미처럼 1지망인 곳의 시험이 아직 남아 있다면 묻는 쪽이나 대답하는 쪽이나 거부감이 없을 터였다. 하지만 도시은행을 비롯한 대기업 채용에 모조리 떨어진 후카세에게는 다니하라 역시 대놓고 묻지 않았다. 그것은 히로사와에게도 마찬가지였다.

고향으로 돌아갈지 말지 부모와 옥신각신하는 사이, 정신을 차리고 보니 취업 경쟁에서 뒤처져 있더라고. 히로사와는 후카세의 아파트에서 커피를 마시며 그렇게 중얼거렸다. 분명 후카세가 1지망 도시은행의 2차 시험에 떨어진 날이었다. 하지만······.

"히로사와는 어때?"

"재미있겠는데? 가고 싶어."

히로사와는 고민하는 기색 없이 대답했다. 히로사와가 간다면……. 후카세가 다니하라를 보려던 참에 마침 다니하라가 한 번 더 불러주었다.

"어때, 후카세도 가자. 다 함께 즐겁게, 응?"

"그럼 나도……."

후카세가 대답을 다 마치기도 전에 다니하라는 좋아, 하고 외쳤다.

냉큼 무라이와 다니하라를 중심으로 지도와 다이어리를 펼쳐 계획을 세우기 시작했다. 8월 첫째 주, 화수목 이박 삼 일로 정했다.

그런데 여름철 스키장에서 뭘 해? 갑자기 다니하라가 진지한 얼굴로 무라이에게 물었다. 무라이는 근처에 골프장이나 패러글라이딩, 열기구와 같은 아웃도어 스포츠도 있지만 일단 바비큐를 하고 밤새 주위 눈치 볼 것 없이 떠들기만 해도 즐겁지 않겠느냐고 했다. 낮에는 느긋하게 책을 읽어도 좋겠네. 아사미의 말에 후카세도 동의하듯 고개를 끄덕였다. 히로사와가 프리스비를 가져갈지 묻자 트럼프 카드든 우노 게임이든, 재미있어 보이는 건 알아서 뭐든 가져가자고 했다.

만일 이 구성으로 초, 중, 고등학교 시절을 보냈더라면. 후카세는 생각했다. 특히 다니하라처럼 '다 함께'가 입버릇인 리더가 같은 반에 있었다면. 자기와 같은 그룹의 소수만이 아니라, 모두가 쾌적하게 보낼 방법을 고민하는 친구가 반을 이끌었다면. 그건 그것대로 짜증날 때가 있겠지만 적어도 그는 조연 혹은 비교 상대라는 열등감에서 조금은 해방되지 않았을까?

무라이는 다소 강압적인 면도 있지만 이 녀석들도 부르는 거야? 라는 표정은 전혀 보이지 않았다. 원래 그다지 깊이 생각하는 타입은 아니다. 나서기 좋아하는 사람들이 보통 그러듯 자기의 즐거움을 최우선으로 따지지만, 자기를 위해 타인을 깎아내리는 경우는 없었다. 유심히 관찰하면 외모도 얼굴도 성적도 운동신경도, 딱히 뛰어나지는 않은 듯하지만 내면에서 흘러넘치는 자신감 덕에 실제보다 한층 더 커 보였다. 후카세는 무라이에게 그런 인상을 받았다.

계획을 세운다고 떠들썩했지만, 날짜를 정하자 나머지는 무라이가 거의 알아서 정리했다. 친구들 중 유일하게 자가용이 있는 무라이가 아마 RAV4(도요타의 SUV 차량)를 제공하고, 면허가 없는 다니하라와 후카세를 제외한 나머지 세 명이 교대로 운전하기로 했다. 바비큐 도구는 별장에 있고, 숯불이나 석쇠, 자잘한 일회용 용품은 다섯 명 가운데 유일하게 가족과 함께 사는 무라이가 준비하기로 했다.

"왠지 미안한데."

잠자코 따를 생각이었지만 저도 모르게 그렇게 흘려버린 후카세에게 무라이는 잠깐 고민하더니 그럼 커피는 후카세에게 맡길게, 하고 말했다. 갑자기 후카세는 마다라오카 고원 여행이 진심으로 기다려졌다.

그리고 당일.

오전 9시 정각에 약속 장소인 다니하라의 아파트 근처 편의점에 도착하자, 무라이를 제외한 세 명은 이미 모여 있었다. 꼴찌가 아니라 다행이라고 안심한 것도 잠시, 다니하라에게 무라이가 어젯밤 사고를 당했다는 말을 들었다.

애인과 차에서 데이트를 하는데 신호 대기 중 뒤에서 들이받혔다는 것이었다. 다행히 무라이는 다치지 않았지만 차가 부서졌고, 안전띠를 매지 않았던 애인이 머리를 다쳤다고 했다.

"그럼 중지?"

원두와 드리퍼, 융 필터 등 커피 용구를 담은 가방에 눈길을 던지며 후카세는 다니하라에게 물었다.

"아니, 다 함께 즐겁게 놀다 오래."

다니하라는 주차장에 세워둔 은색 비츠(도요타의 소형 차량)를 돌아보았다. 무라이의 어머니가 모는 차였다. 짐을 싣기 위해 트렁크를 열자 큼직한 아이스박스가 눈에 들어왔다. 무라이가 바비큐용 고기까지 준비해주었다고 했다.

"뭐, 무라이가 다치지 않았으니 천만다행이지. 수습이 끝나면 합류할지도 모른다고 했으니 우리끼리 먼저 놀자고."

야구부 주장이었던 다니하라가 부원들을 이끌듯이 말하자 다들 동의하며 차에 올랐다. 운전석에는 아사미가 앉았다.

"히로사와도 면허 딴 지 얼마 되지 않았으니까 고속도로 타서 길이 좀 편해질 때까지는 내가 운전할게."

"미안해."

히로사와는 순순히 따랐다. 조수석에 다니하라, 뒷자리에 후카세와 히로사와가 앉았다. 맞다, 하고 후카세는 발밑에 내려놓은 배낭의 지퍼를 열어 뚜껑 달린 텀블러를 꺼냈다.

"운전은 못하지만 대신 커피를 내려왔어."

"센스 있는걸. 설탕은?"

아사미가 컵을 받으며 물었다.

"들어 있어. 우유도."

히로사와의 취향에 맞춘 커피였다. 아사미가 한 모금 마시더니 맛있다, 하고 감탄했다. 다니하라가 자기도 달라며 컵을 빼앗아갔다.

"정말. 졸음이 확 달아나네. 아사미, 이거 전부 마실 거야?"

"당연하지. 그건 양보 못해. 졸음운전이라도 하면 큰일이잖아."

아사미가 컵을 빼앗아갔다. 다니하라가 졸음운전 대책이라면 자기도 준비해왔다며 카스테레오에 MD를 넣었다. 커피를 단숨에 비운 아사미가 요즘 시대에 MD라니, 하고 구박하면서 시동을 걸었다. 경쾌한 팝송이 흘러나왔다.

일기예보에서는 흐리다 비가 올 거라고 했지만 하늘은 맑았다. 무라이의 불참이라는 변수는 있었지만 시작은 제법 괜찮았다.

다니하라의 수다와 함께 차 안에는 1970-80년대 팝송을 중심으로 한 BGM이 흘렀다. '서핑 U.S.A.'를 아네 마네 하는 소리가 나온 것도 그때였다. 세계 평화의 슬로건이라느니, 마음을 채워주는 최강의 에너지라느니 하는 음악에 대한 편협한 사랑을 토로하다가 화제가 야구로 바뀌었다.

초등학생 때부터 투수로 활약하던 다니하라는 어깨를 다쳐 대학 야구부나 동아리에는 들지 않고 동네의 소년 야구단 OB들이 결성한 아마추어 야구팀에 들었다. 한 달에 두 번, 사이타마에 있는 고향 집에 가 연습에 참가하는데 여행 일주일 전에 오랜 라이벌 팀과의 시합에서 극적인 일이 있었다고 한다.

"9회 이사만루였어. 승부의 순간이 오니 나답지 않게 긴장했었나 봐. 목이 잔뜩 타더라고. 진정해, 진정해, 앞으로 하나만, 하고 팔을 휘두른 순간 갑자기 눈앞이 새하얘지더니 그것도 모자라 머릿속까지 새하얘진 거야. 이케타니의 목소리를 듣고 눈을 떴을 때는 의무실 침대 위였어. 어라, 공을 던지기 전에 쓰러졌나? 당황해서 벌떡 일어났는데 글쎄, 내가 공도 끝까지 던진 데다가, 투수 앞 땅볼을 주워 홈에 송구까지 했다니 깜짝 놀랄 일이지⋯⋯."

이케타니가 누군지, 팀 동료의 이름을 말해봤자 알아듣는 사람은 아무도 없었지만 다니하라의 생기 넘치는 이야기에 저도 모르게 대단하네, 하고 맞장구를 쳤다. 히로사와는 태평한 얼굴로 웃으며 들었다. 냉정하게 되물은 사람은 아사미였다.

"너, 그거, 지금은 멀쩡해 보이니 다행이지만 열사병이었던 거 아니냐? 네가 긴장하는 타입이냐? 목이 마르다 싶으면 엉뚱한 소리 중얼거리기 전에 물을 마셔야지."

핸들을 쥔 채 담담하게 말하는 아사미가 후카세 입장에서는 약간 매정해 보였지만, 다니하라는 불쾌해하지 않았다.

"아사미 선생님 말씀이 맞아! 학생 건강관리도 교사의 주요 업무이고 말이지. 하지만 그때 타임을 요청해 물을 마시러 가면 다들 김이 빠지지 않겠어? 인생은 드라마틱하게. 그렇지, 히로사와?"

다니하라가 갑지기 돌아보자 히로사와는 잠시 뭐가? 하는 얼빠진 표정을 지었지만 평범한 게 최고라고 대수롭지 않게 대꾸했다. 시시해, 다니하라는 과장스럽게 어깨를 움츠리며 앞으로 고개를 돌리고는 후렴에 들어간 노래를 신나게 따라부르기 시작했다. 후카세는 자기에게 묻지 않아 다행이라고 안도의 숨을 쉬었다.

시시해. 다니하라가 화난 게 아니라는 것쯤은 안다. 그래도 그의 호의로 여행에 참가하는 입장에서는 상대의 기분을 해칠 만한 언동을 해서는 안 된다는 생각에 필요 이상으로 몸을 사리고 만다. 때에 따라서는 상대의 별것 아닌 말도 생각 이상으로 듣는 사람의 가슴을 파고든다.

히로사와도 어쩔 수 없다는 듯 피식 웃으며 창밖을 바라보고 있지만 속으로는 은근히 신경쓰는 게 아닐까? 분위기도 수습할 겸 뭔가 재미있는 이야기를 해야만 한다.

"다음 휴게소에서 텔레비전에 나온 지역 대표 닭튀김을 팔더라고. 된장 소스를 찍어 먹는대."

예상대로 가장 먼저 반응한 것은 다니하라였다. 잠깐 쉴 겸 휴게소에 들렀다. 토종닭 다리살을 특제 소스에 하룻밤 재워, 겉은 바삭하고 속은 육즙이 흘러넘칠 정도로 촉촉한 닭튀김을 매운 소스에 찍어 먹는 음식이었다. 넷이서 두 팩을 사서 맛있다, 정말 맛있네, 하며 먹어치웠다. 시시하다던 불평도 사그라들었다. 뜨거운 음식을 못 먹는 후카세가 세 번에 나누어 먹은 닭튀김을 히로사와는 한입에 꿀꺽 삼켰다.

"히로사와, 제대로 씹기는 하는 거야?"

아사미가 물었다.

"정말 언제 봐도 먹음직스럽게 먹는다니까."

다니하라가 히로사와를 올려다보았다.

키 185센티미터의 히로사와를 보면 어렸을 때 그림책으로 읽은, 전래동화 속 거인이 생각난다. 한 줄로 찍 그려진 실눈은 웃는 건지 졸린 건지 분간이 안 간다. 마을 아이들은 굼벵이라고 조롱하지만 언제나 동물들과 작은 새들에게 둘러싸여 있는 다정한 청년. 어차피 후카세는 다람쥐나 족제비 취급이겠지만, 함께 있으면 마음이 푸근하다.

차로 돌아가자 이번에는 다니하라가 후카세를 돌아보았다.

"닭튀김, 진짜 맛있던데?"

함박웃음을 지으며 그런 말을 하니 당연히 기쁘긴 했지만 특별히 어떤 역할을 했다는 의식은 없었다. 여행을 나설 때면 목적지나 거기에 이르는 길에 있는 관광지와 맛집 정보, 유명한 가게를 미리 알아보는 건 당연한 일 아니던가? 노트북 혹은 휴대전화 같은 누구나 갖고 있는 도구로 간단히 얻을 수 있는 정보다. 하지만 후카세를 제외하고는 누구도 앞으로의 여정에 대해 아무런 사전 조사를 하지 않았다는 사실을 닭튀김을 먹을 때부터 눈치챘다.

"디저트는 뭐 없어?"

다니하라의 질문에 두 번째 휴게소에서 판매하는 고원 우유로 만든 프리미엄 푸딩을 알려주었다. 거기에도 들렀고, 그 후에도 프랑크푸르트 소시지며 된장 어묵, 멜론빵을 줄줄이 먹어치웠다.

"슬슬 밤에 바비큐를 어떻게 할지 생각해야지."

먹고 죽자 캠프 같은 상황에 제동을 건 사람은 역시 아사미였다. 후카세도 처음에는 조사해온 곳에 전부 가보자고들 하니 기쁨이 컸지만, 먼저 그만하자는 말을 꺼내지는 못하던 차에 아사미의 말이 고마웠다.

"맛있는 음식 들어갈 배는 따로 있는 법이야."

다니하라는 투덜거렸지만 고집을 부리지는 않았다.

"확실히 너무 많이 먹긴 했어."

아사미에게 동의한 것은 아직 배에 여유가 있어 보이는 히로사와였다. 후카세는 히로사와가 반론하는 모습을 본 적이 없었다. 둘만

73

있을 때도 그랬다. 점심 메뉴나 보고 싶은 DVD에서 의견이 갈려도 그것도 괜찮다며 따르는 것은 언제나 히로사와 쪽이었다.

나가노 현에서 고속도로를 빠져나와 지방도로를 느긋하게 달리다가 문득 정오가 지났다는 것을 깨달았다. 휴게소에서 배가 터지도록 잔뜩 먹었는데도 누구랄 것 없이 점심 메뉴를 물색하기 시작했다.

"어디 괜찮은 데 없어?"

다니하라가 묻자 후카세는 1킬로미터쯤 떨어진 곳에 '알프스 초막'이라는 국숫집이 있다고 말했다.

"알프스의 천연수를 사용한 물메밀국수를 맛볼 수 있대."

"물메밀국수? 처음 들어보는데, 맛있을 것 같네."

모두 선뜻 동의해서 물레방아가 돌아가는 국숫집에 도착해 차에서 내렸을 때였다.

"미안하지만 난 저쪽 가게에서 먹어도 될까?"

히로사와가 방금 지나온 길을 가리켰다. 100미터쯤 되돌아간 자리에 붉은 삼각 지붕 건물이 보였다.

"레스토랑 말이야? 모처럼 신슈(나가노 현의 별칭)까지 왔으니 다 함께 메밀국수나 먹자."

다니하라가 말했다.

"하지만 마다라오카 고원 돈가스 카레라는 간판이 신경 쓰여."

"그것도 맛있을 것 같네. 카레라면 별 수 없지."

히로사와는 학교식당에서 늘 카레를 먹곤 했다. 카레라면 매일, 아니 세 끼 연속으로 먹어도 물리지 않는다고 했다. 입맛이 까다롭지 않아 어지간하면 맛있다며 먹지만 카레에는 유독 식탐이 많아, 맛있는 카레 가게가 있다는 말을 듣고 오로지 그것을 먹기 위해 반나절이나 들여 찾아갔다는 이야기도 들었다.

마다라오카 고원의 돈가스라는 말에 후카세도 구미가 당겼다. 히로사와를 따라가도 상관은 없었지만 어쨌거나 배가 아직 꺼지지 않아 국수 정도라면 들어가겠지만 돈가스 카레를 한 접시 다 비울 자신은 없었다.

"난 메밀국수 먹을래."

아사미가 말했다.

"고원 돈가스와 천연수를 사용한 물메밀국수라. 그럼 나도 메밀국수에 한 표."

다니하라가 물레방아 오두막을 돌아보았다. 소박한 분위기의 건물에 후카세도 마음이 끌렸지만 다니하라, 아사미와 함께 셋이서 밥을 먹느니 히로사와와 둘이 먹는 게 마음 편하다. 어쩐다? 히로사와에게 눈짓으로 물었다.

"미안해, 후카세. 일부러 맛집을 찾아와줬는데. 같이 가서 먹고 와."

히로사와가 그렇게 말하고 달려가버렸기 때문에 후카세는 다니하라, 아사미와 함께 셋이서 국숫집에 들어갔다. 다행히 분위기나 화제에 대한 걱정을 싹 날려버릴 정도로 국수는 맛있었다.

메뉴는 '물메밀국수' 하나뿐이었다. 주문하자 평범한 메밀국수와 별다를 것 없는, 채반에 담긴 메밀국수가 나왔다. 국수장국이 든 병과 종지, 파와 고추냉이가 담긴 작은 접시도 있다. 그 옆에는 소금 종지와 냉수가 든 유리병도 함께 있었다. 테이블 옆에 '맛있게 먹는 법'이라는 종이가 있어 읽어보니, 먼저 메밀국수를 냉수로 헹궈 먹으라고 적혀 있었다.

"오호라, 그래서 물메밀국수인가?"

다니하라였는지 아사미였는지, 누군가 그렇게 중얼거렸다. 썩 구미가 당기는 방법은 아니었지만 세 사람 다 그대로 따랐다.

메밀국수 끝을 냉수에 담가 휘휘 젓다가 입으로 가져갔다. 차가운 감촉과 함께 미끈한 메밀국수가 쏙 빨려들어가 입에서 콧속까지 메밀 향이 가득히 퍼졌다. 그전에는 메밀국수나 우동면 자체의 맛이나 향기를 의식한 적이 없었다. 메밀국수는 목을 넘어가는 감촉과 식감, 국수장국의 맛을 즐기는 음식이라고 생각했다. 하지만 새삼스럽게, 아니 그때 처음으로 메밀국수의 향을 이해했다.

다음으로 소금을 찍어먹으라고 적혀 있었다. 상아색이 감도는 세토 내해의 해초 소금은 바로 먹어도 혀에 자극적이지 않은 부드럽고 짭조름한 맛이었다. 그것을 젓가락 끝으로 메밀국수에 살짝 얹어 후루룩 삼키자 입 속에 단맛이 흘러넘쳤다. 이것이 메밀국수의 맛이란 말인가? 깜짝 놀라서 이런 게 바로 새로운 발견이라는 거구나, 하고 찬찬히 음미하며 먹었다.

그 후에는 편하게 먹으면 된다, 국수장국도 메밀국수의 향과 맛을 강조하도록 풍미와 매운맛을 조절했다는 설명이 있었다. 배가 터질 것 같았지만 세 사람 다 메밀국수를 한 그릇씩 추가로 주문했다.

"대박이었네."

다니하라가 휴대전화로 사진을 찍어 보냈다. 애인한테 보내는 거야? 아사미가 그렇게 묻자 다니하라는 무라이한테, 라고 대답했다. 휴게소에서도 몇 번 문자를 보냈는데 답장은 없다고 했다.

"그 녀석이 답장을 안 하다니 사고 처리가 어지간히 까다로운가 봐. 역시 나중에 합류하긴 어렵겠지?"

다니하라는 아쉽다는 듯이 휴대전화를 집어넣었다. 아사미도 시무룩한 표정으로 고개를 끄덕였다.

"올 수 있으면 좋을 텐데."

후카세도 그렇게 말해보았지만 그렇게 간절히 바라는 건 아니었다. 무라이라면 사전에 맛집 정보도 조사했을지 모른다. 설령 후카세의 정보가 더 매력적이라 해도 무라이는 자기 제안을 고집했을 것이다. 이 정도 균형이 딱 좋다.

메밀국수만 먹는 것도 맛있지만 역시 국수장국에 찍어먹는 게 최고야, 왁자지껄하게 밖으로 나가자 히로사와가 이미 차 옆에 서 있었다. 히로사와는 세 사람의 기척을 느끼고는 손에 있던 휴대전화를 바로 주머니에 넣고 한 손을 흔들었다.

"고원 돈가스는 어땠어?"

다니하라가 묻자 히로사와는 만족스러운 얼굴로 신발만큼 큼직한 돈가스가 나왔는데 너무 맛있어서 눈 깜짝할 사이에 먹어치웠다고 대답했다.

"카레는 매운데 고기가 달콤해서 맛의 조화가 절묘하더라고."

아무리 맛있는 음식을 먹어도 표현이 서툰 히로사와로서는 드문 칭찬이었다. 어지간히 맛있었나보다. 후카세가 고원 돈가스의 맛을 상상하는 찰나, 다니하라가 그것도 먹고 싶다고 아이처럼 떼를 썼다.

"돌아가는 길에 들르면 되지."

아사미가 말했다.

"그러네. 너, 그런 말은 빨리 좀 해. 그럼 히로사와도 오늘은 메밀국수를 먹고, 모레 다 함께 돈가스 카레를 먹으면 둘 다 맛볼 수 있었잖아. 안 그래?"

다니하라는 히로사와를 올려다보다가 그대로 삼각 지붕 레스토랑을 바라보았지만, 돌아가는 길에는 끝내 다 함께 그 가게에 들르지 못했다.

국숫집부터는 히로사와가 운전을 했다. 도로 폭이 넓고 차량 통행도 적은 시골길에 접어들었기 때문이다. 차창으로 보이는 풍경도 건물이 서서히 사라지더니 싱그러운 이삭을 품은 논밭에서 아직 파릇 파릇한 사과 농장, 양상추 농장으로 바쁘게 바뀌었다. 군데군데 꽃 밭도 펼쳐졌다.

운전자가 바뀐 후에도 조수석에 그대로 앉아 있던 다니하라는 여 전히 '서핑 U.S.A.'가 나오면 노래를 따라 불렀는데, 놀랍게도 다니 하라의 열창에 히로사와도 덩달아 흥얼거리는 소리가 들렸다.

"노래하고 경치가 따로 놀잖아."

아사미의 말투도 평소보다 들떠 있었다.

"산에 시선을 두니까 그렇지. 좀 더 위, 하늘을 한번 봐."

다니하라가 말하기 전부터 후카세는 하늘을 올려다보고 있었다. 구름이 있기는 했지만 여전히 푸르렀다. 그러다 자기도 무릎에 얹은 손가락 끝으로 리듬을 타고 있었다는 것을 깨달았다.

솔직히 무얼 즐겨야 할지 알 수 없는 여행이라고 생각했는데, 속 을 나눌 수 있는 친구와 낯선 땅을 차로 달린다는 것만으로 이토록 기분이 들뜰 줄은 몰랐다. 후카세는 에어컨 바람이 시원한 차 안에 서 뺨이 절로 발그레해지는 것을 느꼈다.

옆에 앉은 아사미에게 들키지 않도록 얼굴을 창가에 바싹 대니 전방에 휴게소가 보였다. 다니하라도 '마다라오카 고원 목장 소프트 아이스크림'이라는 깃발을 보았는지 저걸 먹자, 하고 외쳤다. 히로 사와는 녹색 지붕 건물을 향해 핸들을 꺾었다.

"아무리 신슈라도 역시 덥네."

다니하라가 소프트아이스크림을 먹으며 이렇게 말했지만 실외 테이블에 앉아 있는 게 괴롭지는 않을 정도였다. 먹는 속도보다 더 빨리 아이스크림이 녹는 일도 없었다.

주변을 둘러보니 휴게소만큼은 아니지만 관광객이 간간이 보였다. 그들과 마찬가지로 대학생으로 보이는 무리도 있었다. 커플들도 보였다.

"너, 선물 안 사도 돼?"

아사미가 다니하라에게 물었다. 다니하라가 이 년 차 캠퍼스커플이라는 사실을 후카세는 그때 처음으로 알았다. '다 함께'를 입에 달고 사는 다니하라도 그때만큼은 다 함께 사러 가자고 말하지 않았다.

"돌아가는 길에 사지 뭐. 그보다 시장이 보이던데, 채소 같은 건 미리 사는 게 낫지 않을까?"

특산품 코너와 푸드코트가 있는 가로로 길고 넓은 건물 옆에 간이 창고 같은 건물이 있고 '고원 채소 시장'이라는 간판이 있었다. 그것도 그렇네, 하고 소프트아이스크림을 다 먹고 손을 털며 나란히 시장으로 향했다.

양상추, 양배추, 토마토, 피망…… 색색의 채소는 전부 신선하고 맛있어 보였다. 가격도 백 엔, 이백 엔 정도로 저렴해서 히로사와가 든 바구니에 저마다 먹고 싶은 채소를 넣었다. 고향에 계신 어머니가 보면 아들이 이렇게 채소를 좋아했는지 놀라고도 남을 정도라,

괜히 우스웠다.

"고원이라는 말에 홀린 거야."

다니하라가 새빨간 토마토가 세 개 든 비닐봉지를 바구니에 넣으며 말했다.

"이제 알았어?"

그렇게 말하며 웃는 아사미도 어린아이 주먹만큼 커다란 버섯이 담긴 비닐봉지를 바구니에 두 개나 넣었다. 하나면 충분하잖아, 하고 다니하라가 한 봉지를 도로 가져다놓았다. 히로사와도 바구니에 알찬 옥수수를 다섯 개 넣었다. 그걸 본 다니하라도 무라이 몫이구나, 하고 토마토를 한 봉지 더 넣었다.

안쪽은 베이커리 매장이었다. 수제 효모로 만든 빵, 쌀가루로 만든 빵, 손으로 쓴 글귀와 함께 소박한 수제빵이 진열되어 있었다.

"내일 아침식사용으로 살까?"

후카세가 묻자 다니하라가 그럼 아침은 네게 맡기겠다고 대답했다. 싹싹하게 말을 붙인 가게 아주머니에게 토산품 코너에 지방 특산주와 맥주가 있다는 정보를 듣고 그쪽에 마음이 쏠려 있는 눈치였다. 아사미와 둘이서 나가는 다니하라를 지켜보다가 뒤에 있던 히로사와에게 어떤 빵을 살지 물으려 했다.

"나도 깜빡 잊기 전에 선물을 좀 사고 싶은데."

히로사와는 후카세에게 그렇게 말하고 채소로 가득 찬 바구니를 맡기더니 시장 밖으로 황급히 나갔다. 오봉 연휴에 고향에 간다더니 그 선물인가보다 했다.

후카세는 일자리를 구할 때까지 고향에 가지 않을 작정이었다. 못 구하면 여기 아무개 씨에게 부탁해보겠다고 멋대로 집에서 취직자리를 정해버리는 것만은 참을 수 없었다. 불합격 통지를 받을 때마다 낙심했지만 절대 돌아가지 않겠다는 일념으로 지금껏 간신히 구직 활동을 계속할 수 있었다.

바구니를 맡겼다기보다는 떠넘긴 셈이니 내가 좋아하는 걸 고르면 그만이다. 후카세는 '화덕구이 호두빵'이라는 손글씨 딱지가 붙어 있는, 지름이 20센티미터는 족히 되어 보이는 둥근 빵을 바구니 속 채소 위에 얹었다.

옆쪽 선반에는 작은 병이 진열되어 있었다. 잼과 꿀이다. '모리카와 농장 잼' '모리카와 농장 벌꿀'이라고 적힌, 손으로 찢은 듯한 전통지 라벨이 병마다 붙어 있었다. 고원보다 개인 이름이 적힌 제품에 마음이 더 끌려, 후카세는 잼이 든 병을 하나 집었다. 보라색이니 아마 블루베리일 것 같은데, 과일 이름은 적혀 있지 않았다. 붉은 잼은 딸기, 노란 잼은 사과가 아닐까 추측해보며 사과잼이 든 병을 바구니에 담았다.

벌꿀도 하나 사기로 했다. 벌꿀은 잼과 달리 한 종류뿐이었다. 캐러멜 소스처럼 짙은 갈색을 띤 꿀은 알프스 대자연의 정수가 담뿍 담겨 있는 것 같아, 그 자리에서 날름 핥아먹고 싶을 정도였다.

샐러드용으로 '다마에 할머니의 드레싱'이라는, 이름에 할머니라는 최강의 문구가 붙은 병을 바구니에 담았다. 가장 중요한 걸 깜빡 잊었다는 사실을 깨닫고 마지막으로 '다마에 할머니의 바비큐 소스' 병을 집어들었을 때, 다니하라, 아사미, 히로사와가 함께 돌아왔다.

계산을 마치고 짐을 트렁크에 실었다. 다니하라가 문을 닫으며 완벽하다고 말하는데 아사미가 서쪽 하늘, 높은 산봉우리 저편에 서린 검은 구름을 발견했다.

"산속 날씨는 변화무쌍하다고들 하니까."

다들 그리 심각하게 받아들이지 않았다. 하지만 비가 쏟아지기 전에 별장에 도착할 생각으로 차에 올라탔다. 거기서부터는 다시 아사미가 운전대를 잡았다.

평지를 한참 달리다보니 높이 이어진 산들이 차츰 눈앞에 펼쳐졌다. 구불구불 꺾인 완만한 비탈길 몇 개를 지나자 작은 온천 마을이 보였다. 이곳도 스키장으로 유명한 곳이라, 셔터가 닫힌 스키용품 대여점이 몇 채인가 나란히 있었다. 그 마을을 지나자 '마다라오카 고원 스키장'이라는 간판이 나타났다. 몇 미터 앞에서 우회전이라는 안내 표지가 있었지만 직진했다.

"조금 더 가면 상급자 코스로 바로 이어지는 길이 있어. 거기로 올라갈 거야."

아사미가 핸들을 쥔 채 말했다. 무라이의 어머니는 주로 집 근처를 다닐 때만 이용하는지, 비츠에는 내비게이션이 없었다. 하지만 아사미는 한 번도 길을 잃거나 중간에 지도를 확인하지 않았다. 아마 사전에 꼼꼼히 확인해두었을 것이다.

"뭐, 스키장에 별장을 지을 정도면 스키 실력도 만만치 않을 테고, 주변에 펜션 같은 게 있으면 시끄럽기만 하지."

다니하라가 창을 열었다.

"뭐야, 시원하네."

후카세도 창을 열어보니 서늘한 바람이 뺨을 때렸다. 에어컨을 끄고 창을 활짝 열었다. 하늘에는 잿빛 구름이 깔려 있고 공기도 조금 축축했지만 불쾌한 느낌은 아니었다. 도로 서쪽에 키 큰 침엽수 숲이 펼쳐져 있어 삼림욕 기분도 맛볼 수 있었다.

주변에서 건물이 모습을 감추고 도로 양옆에 삼림만 남았을 때 작은 간판이 나타났다. '마다라오카 서쪽 고원'이라고 적혀 있다. 자동차는 간판이 가리키는 왼쪽 방향으로 들어갔다. 앞길을 예측할 수 없는 커브가 구불구불 이어졌고, 길이 한 번 꺾일 때마다 도로 폭이 좁아졌다. 후카세는 멀미하는 체질은 아니었지만 그래도 시선을 멀리 두지 않으면 눈이 빙글빙글 돌 것 같았다. 커다란 커브를 천천히 꺾는데 오른쪽이 탁 트이면서 아래쪽으로 가파른 낭떠러지가 펼쳐졌다.

"맞은편에서 차라도 오면 어떻게 해?"

다니하라가 안전띠를 움켜쥐고 앞유리 너머로 낭떠러지 밑, 계곡을 굽어보며 말했다.

산간 비탈을 살짝 깎아냈을 뿐인 비좁은 길은 낭떠러지 쪽에 가드레일이 있었지만 차가 충돌했는지 움푹 찌그러진 곳이 몇 군데나 보여 도저히 마음을 놓을 수 없었다. 후카세는 조수석 뒤 산 쪽 자리에 앉길 잘했다는 속마음을 옆자리에 앉은 히로사와에게 들키지 않으려고 가슴을 쓸어내렸지만 자동차가 통째 계곡에 떨어지면 결국 마찬가지, 인생 끝이다.

"네가 하는 말은 은근히 현실이 되니까 입 좀 다물어줄래?"

아사미가 똑바로 앞을 보며 말했다. 예예, 하고 다니하라는 카스테레오의 볼륨까지 낮췄다.

"별장에 전기는 들어오겠지?"

히로사와가 물었다.

"어지간한 건 다 갖춰 있다고 했으니 괜찮지 않을까? 길은 이 모양이지만 스키장으로 이어지니까 그래도 전기는 들어오겠지."

다니하라가 대답했다.

"그럼 다행이고. 아까부터 가로등이 하나도 안 보여서 마음에 걸린 것뿐이야."

히로사와의 말을 듣고 후카세도 깨달았다. 도착 시간이 밤이었다면 훨씬 긴장감 넘치는 드라이브가 되었을 것이다. 아, 다니하라가 외마디 소리를 질렀다.

"뭐야, 안테나 뜨잖아? 하나뿐이지만."

다니하라가 팔을 뻗어 휴대전화 화면을 보여주었다. 후카세 역시 구명줄이라도 본 것처럼 한숨을 놓았다.

"아사미, 안심해. 사고가 나도 JAF(일본자동차연맹. 차 사고 시 현장 출동 서비스를 제공한다)는 부를 수 있어."

"그런 말 좀 하지 말라니까."

우스갯소리를 하는 다니하라에게 아사미는 반쯤 진심으로 화난 목소리로 말했다.

한때는 어찌 될지 불안했던 산길도 얼마 가지 않아 승용차가 오갈 수 있을 만큼 넓어지면서 커브 또한 완만해졌다. 숲이 끝나고 적 갈색의 일인용 리프트가 보였다. 당연히 멈춰 있었다.

아사미가 천천히 달리던 차의 속도를 더욱 떨어뜨렸다.

"리프트가 보이면 첫 번째 왼쪽 샛길로 들어가라던데, 여긴가……?"

포장되지 않은 샛길로 들어가자 움푹한 산자락에 파묻힌 듯보이는 파란 삼각 지붕 건물이 있었다. 무라이의 숙부가 지은 별장이다.

지붕 달린 차고에 차를 넣고, 다니하라가 무라이에게 받은 열쇠로 현관문을 열었다.

비수기 스키장의 별장이라는 말에 먼지가 가득한 실내를 상상했는데, 무라이의 숙부 일가가 머물다 간 지 얼마 되지 않았는지, 아니면 청소업자에게 부탁했는지, 바닥도 가구도 깔끔하게 닦여 있었다. 스위치 하나로 전등도 켜졌다.

"숙부의 침실이나 들어가면 안 되는 곳은 전부 잠겨 있다니까, 반대로 문이 열리는 방은 아무 데나 써도 된다는 뜻이겠지? 일단 짐을 전부 들여놓자."

다니하라의 말에 넷이서 손에서 손으로 가방과 식재료를 전달해 나르는데, 뺨에 빗방울이 떨어졌다.

"아슬아슬했네."

아사미가 진심으로 안도한 기색으로 하늘을 올려다보았다. 출발할 때 겨우 커피 한 잔 준비했을 뿐, 운전은 친구들에게 다 맡겨버린 것이 후카세는 미안했다.

"운전 힘들었지? 식사 준비는 내가 할 테니 좀 쉬어."

후카세가 그렇게 말하자 아사미는 그러겠다고 웃었지만 바비큐는 못하겠네, 하고 다시 하늘을 올려다보았다. 아직 오후 4시밖에 되지 않았는데 일몰 직전으로 착각할 만큼 탁하고 어둑한 색을 띠고 있었다.

하지만 주방 식탁 위에는 이미 핫플레이트가 놓여 있었다. 준비성이 얼마나 좋은지 감탄스러울 정도다.

"오늘 밤쯤 태풍이 간토 지방에 상륙한대."

주방 옆, 난로가 있는 널찍한 거실에서 텔레비전을 켠 다니하라가 말했다. 텔레비전 화면의 일기예보 지도에서는 동일본 전체가 서서히 비구름에 뒤덮이고 있었다.

"때마침 맑을 때 여기까지 왔으니 오히려 운이 좋았네."

후카세의 말에 세 사람이 고개를 끄덕였다.

나중에 후카세는 후회했다. 운이 좋은 다니하라가 입에 담은 말은 현실이 되고, 운이 없는 후카세가 입에 담은 말은 반대가 되는 법이다. 텔레비전 화면은 거센 비바람에 휩싸인 시즈오카의 항구로 바뀌었다. 화면 속 비바람에 창밖의 소리가 겹쳤다. 이쪽도 본격적으로 쏟아지기 시작했네, 하고 다니하라가 텔레비전을 껐다.

"밖에는 나가지 않는 게 좋겠어. 조금 이르지만 저녁 먹고 술판이나 벌이자."

커피라도 내올까 물어보려던 후카세는 다니하라의 말에 주방으로 갔다. 다니하라도 아사미와 히로사와에게 운전기사는 좀 쉬라고 했지만 히로사와가 자기는 운전한 축에도 들지 않는다며 주방으로 따라왔다.

"야, 이거 진짜 좋은 고기야!"

다니하라가 무라이에게 받은 아이스박스를 열어보고 말했다. 고급 고기와 평소 인연이 없는 후카세도 한눈에 알 수 있을 만큼 마블링이 뛰어난 소고기가 B4 사이즈 정도의 검은 플라스틱 용기에 구이용 크기로 곱게 담겨 있었다. 다섯 팩이나 되었다.

"나는 지금부터 무라이를 무라이 님이라고 부를 거야."

다니하라가 소고기에 절이라도 할 기세로 말했다. 후카세와 히로사와는 나도, 나도, 하고 두 손을 모으며 껄껄 웃었다. 이쪽이 더 재미있어 보인다며 아사미도 주방으로 들어와 결국 넷이서 저녁을 준비했다.

다니하라와 아사미는 캔맥주를 따서 가볍게 건배를 하고 저녁 준비를 시작했다. 그러고 보니 다른 음료를 하나도 사오지 않았지만, 이곳에서는 수돗물도 맛있을 것 같아 크게 신경 쓰지 않았다.

양파 껍질을 까는 후카세 옆에서 히로사와가 익숙한 손길로 피망을 썰었다. 다니하라와 아사미가 양배추를 손으로 찢을지 칼로 썰지 옥신각신했지만 구워서도 먹고 생으로도 먹게 둘 다 준비하면 되겠다며 금세 정리했다. 정신을 차리고 보니 다들 오랜 드라이브로 머릿속에 박혀버린 음악을 흥얼거리거나 콧노래를 부르며 손을 움직였다. 다니하라가 아닌 아사미가 진지한 얼굴로 세미나의 야마모토 교수는 사실 가발을 쓴 게 아닐까, 하는 말을 꺼내 웃음보가 터졌다.

히로사와도 웃고 있었다.

폭풍우 치는 밤을, 웃으며 보낼 예정이었다.

저녁식사를 준비하는 동안 다니하라와 아사미가 함께 편하게 캔맥주를 마셨는데 다니하라가 세 캔, 아사미가 두 캔을 비웠다. 식탁 위에 고기 구울 도구를 챙겨놓고, 세미나실 책상 배치와 같은 배열로 앉으려는데 다니하라가 주방 냉장고에서 맥주를 네 캔 가져와 재빨리 하나씩 돌렸다.

고맙다는 말과 동시에 냉큼 시원한 맥주에 손을 뻗을 수만 있다면 얼마나 좋을까. 후카세는 원망스러운 마음으로 캔맥주를 바라보았다. 그런 표정을 알아차리는 기색도 없이 다니하라와 아사미는 캔을 땄다.

"그럼 건배!"

그렇게 말하며 캔를 들던 다니하라는 후카세와 히로사와가 캔을 들지 않은 것을 알아차렸다.

"미안, 나, 술을 못해."

히로사와가 먼저 미안한 기색으로 두 손을 모으며 털어놓자 후카세가 나도, 하고 마찬가지로 손을 모았다. 그때까지 둘이서 밥을 먹을 때 히로사와가 술을 마시지 않는 것은 후카세에 대한 배려라고 멋대로 생각했는데, 히로사와도 마시지 못할 줄이야. 그러고 보니 술을 마실 수 있는지 서로 물어본 기억도 없었다. 술을 마실 수 있는 사람과 못 마시는 사람이 반반씩이라면 괜히 눈치볼 필요도 없겠다며 가슴을 쓸어내렸다.

"어떻게 된 거야? 이러면 다 함께 온 의미가 없잖아."

다니하라는 노골적으로 볼멘소리를 내더니 목제 식탁에 내리치듯이 맥주 캔을 내려놓았다. 쾅 하고 울리는 소리에 후카세는 몸을 움츠렸다. 그런 식으로 말할 것 없잖아, 하고 아사미가 달랬지만 다니하라는 아, 시시해, 하고 그 말조차 잘라버렸다.

미안하다고 중얼거리는 후카세의 사과는 다니하라에게 들리지도 않았던 모양이다. 화살은 히로사와에게 먼저 돌아갔다.

"히로사와 넌 점심도 따로 먹었고. 카레가 먹고 싶네, 술은 못 마시네, 마이페이스라기보다 그냥 자기중심적인 거 아냐?"

"체질이라는 게 있잖아……."

히로사와는 거북한 기색으로 식탁 한 구석을 바라보며 중얼거렸다. 뭐라고? 다니하라가 목소리를 배로 높여 되물었다. 그러지 말고, 하고 아사미가 중재하면서 후카세를 돌아보았다.

"후카세는 못 마시는 게 아니라 마셔본 적이 없는 것 아니야?"

"아니……."

술자리와 전혀 인연이 없는 것처럼 말하는 것도 뜻밖이었지만, 그렇다면 얼마나 좋았을까 하고 과거를 돌아보았다. 후카세는 자기가 술을 못 마시는 체질이라고 생각해본 적도 없었다. 아버지는 주당은 아니었지만 매일 밤 반주로 맥주나 전통주를 당연하다는 듯이 즐겼다. 브랜드도 몇 개 정도는 알았다. 하지만 동창생들이 가끔 말하는, 아버지가 장난삼아 몰래 먹였다는 경험은 해보지 못했다.

처음 맥주를 마신 것은 스무 살이 넘어 설날에 고향에 갔을 때였다. 성인식 축하 선물을 가져온 숙부 부부와 함께 저녁을 먹었는데, 숙부가 사양 말고 편히 마시라며 후카세의 잔에 맥주를 따라주었다. 요리를 나르던 어머니가 앗 하고 작게 외치는 소리를 들었지만 그게 아직 어린애 취급을 하는 것처럼 느껴져서 후카세는 잔을 덥석 입으로 가져가 한입 가득 머금은 맥주를 꿀꺽 삼켰다.

쓰다, 맛은 없다, 하지만 싫은 맛은 아니다. 처음 커피를 블랙으로 마셨을 때와 비슷한 느낌이었다.

이번에는 맛을 음미하듯 천천히 입에 머금어봐야지, 그렇게 생각한 순간이었다. 배 속이 갑자기 근질거렸다. 운동복 옷자락 사이로 한 손을 넣어 가볍게 긁어보았지만 가려운 부위는 점점 넓어졌다. 왜 이러지? 잔을 내려놓고 두 손으로 운동복 옷자락을 걷어보자 숙모가 외마디 비명을 질렀다.

배에 손가락으로 희고 붉은 그림물감을 마구 섞어놓은 것처럼 얼룩이 번져 있었다. 얼룩은 등과 목덜미에도 순식간에 퍼져나갔다. 붉은색이 흰색을 압도하고 온통 붉게 물들인 순간, 온몸에 전류가 흐르는 듯 격렬한 가려움이 치밀었다. 마구 몸부림치는 수밖에 없었다.

부모님은 걱정스럽게 후카세를 불렀지만 놀라지는 않았다. 구급차를 부르는 호들갑을 떨지도 않았다. 아마도 어렸을 때, 아버지는 그에게 술을 먹인 적이 있었던 게 아닐까? 후카세는 생각했다. 어쩌면 후카세가 혼자 녹차나 물로 착각해서 마셨는지도 모른다. 그때도 똑같은 증세를 보인 탓에 부모님은 익숙한 것이다. 그래서 고등학교를 졸업해도, 스무 살 생일을 맞이해도, 부모님은 술을 권하지 않던 것이다.

그렇다면 이렇게 될 거라고 미리 알려줬다면 좋았을 텐데. 피부가 가려운 거라면 피가 맺힐 정도로 벅벅 긁으면 마음이라도 편할 텐데, 피부 아래, 5센티미터, 10센티미터 들어간 자리를 몇 백 마리의 애벌레가 기어가는 듯한 감각은 그저 몸부림치며 견디는 수밖에 없었다. 주는 대로 물을 받아먹고 몽땅 토해내자 겨우 몸부림을 그칠 만큼 안정을 되찾았다.

그런 증상을 요점만 추려 설명했다.

"왠지 상상이 안 가는데, 어쨌거나 큰일난다는 거지?"

애벌레를 싫어하는 다니하라는 소름끼친다는 듯이 두 팔을 문질렀다.

"무알코올 음료나 하다못해 콜라라도 사올걸 그랬네."

아사미가 미안하다는 듯이 커다란 냉장고를 돌아보았다. 교사를 꿈꾸는 사람으로서 다양한 체질의 사람들이 있다는 것을 배려하지 못한 자신을 반성하는 것 같기도 했다.

"어쩔 수 없지. 싱겁지만 너희 둘은 물이라도 따라서 새로운 기분으로 건배하자."

다니하라도 술 권하기를 포기한 듯했다. 하지만……

"역시 난, 마실게."

히로사와가 캔을 땄다. 후카세의 귀에는 푸식 하는 그 소리가 그 자리의 공기를 누그러뜨린 것처럼 들렸다.

"무리할 필요 없어."

아사미가 염려하듯 말하며 그렇지? 하고 다니하라에게 동의를 구했다. 후카세도 말로는 하지 않았지만 그래, 그만둬, 하고 호소하는 눈빛으로 히로사와를 보았다.

"아니, 괜찮아. 후카세 말을 들으니 같은 이유로 거절하는 게 미안해서. 난 그냥 술을 마시면 금방 잠드는 체질인 것뿐이라. 어쩌면 뒷정리는 너희에게 맡기게 될지도 모르지만 그래도 괜찮다면."

그렇게 말하며 히로사와는 캔을 얼굴 앞에 치켜들었다.

"그건 나도 마찬가지야. 아사미는 세지만. 뒷정리는 내일 다 함께 한꺼번에 하면 돼. 그럼 그런 셈 치고."

다니하라가 캔을 들자 아사미도 뒤를 따랐다. 흉내만이라도, 하고 후카세도 캔을 들었다.

"야마모토 세미나 연구생과…… 여름의, 아무것도 없어 보이는 마다라오카 고원의 앞날을 위하여, 건배!"

넷이서 캔을 맞부딪쳤다. 묵직한 소리밖에 나지 않았는데, 후카세의 기억 속에서 그 장면은 얇은 샴페인 글라스가 맑은 공기 속에서 부딪친 것처럼 덧그려져 있다.

청춘 드라마의 한 장면처럼.

건배 전에 흐른 불온한 공기는 고기 한 점으로 단숨에 풀렸다. 후카세가 마시지 못하는 이유를 절절히 호소하거나 히로사와가 굳이 억지로 마시지 않았어도, 분위기가 더 험악해졌다 해도 결국엔 괜찮았을지 모른다.

맛있는 커피가 마음을 풀어준다는 사실을 매일 실감하는 후카세였지만, 맛있는 고기는 마음을 들뜨게 하고 자연스러운 웃음을 가져다준다는 사실을 고기를 먹으며 지그시 곱씹었다. 마블링이 적당히 들어간 달콤한 고기는 조금 더 입 안에 머물러달라고 붙들고 싶을 정도로 혀 위에서 사르르 녹아 목구멍으로 쑥 넘어갔다.

"지금까지 내 인생에서 먹어본 것 중 제일 맛있는 고기 같아."

다니하라가 연극배우처럼 과장되게 말했다. 후카세와 다른 두 사람도 그 말에 동의하며 입에 고기를 머금은 채 크게 고개를 끄덕여댔다.

"괜히 무라이한테 미안하네."

고기를 삼키며 히로사와가 말했다.

"뭐, 이 자리에 없는 건 아쉽지만, 고기는 신경쓸 필요 없지 않을까? 그 녀석 집에서는 이게 일상이겠지."

다니하라가 고기를 입에 더 집어넣으며 대답했다.

"그런가? 다 함께 간다고 좋은 걸 마련해준 게 아닐까?"

아사미가 고기 접시를 쳐다보았다. 주변 슈퍼마켓에서 파는 고기가 아니다. 혹시 나중에 더치페이를 요구하는 게 아닐까, 후카세는 걱정되었다. 무라이의 친척 별장이라고 해서 식사까지 무라이가 준비할 이유는 없는 것이다.

"걱정도 팔자네. 앗, 그렇구나! 그 녀석 집에 가본 게 나뿐인가? 저녁밥으로 코스요리가 나오더라니까, 정말."

다니하라가 말했다.

"그것도 네가 놀러온다고 특별히 그렇게 준비해준 것 아니야?"

"그렇다고 코스가 나와? 만약 너희가 우리 집에 놀러온다고 어머

니가 잔뜩 솜씨를 부려도 고기전골에 돈가스, 닭튀김이 한꺼번에 식
탁에 오르는 게 고작이야."

"우리 집도 마찬가지야. 거기에 카레 추가."

히로사와가 말했다. 건배를 하고 나서는 거의 캔맥주를 입에 대지
않은 눈치였지만 조금 취했는지 평소보다 목소리가 들떠 있었다. 역
시 카레냐, 다니하라는 쓴웃음을 흘리고 맥주를 좀 더 가져오겠다며
일어섰다.

"우리 집에서는 김말이초밥. 고기도 있는 게 낫다며 어머니가 햄
버그를 막대기 모양으로 만들어서 그걸 김으로 말아 먹었는데, 그게
제일 인기라 결국 햄버그 김말이만 상에 올라와."

아사미는 그립다는 듯 실눈을 뜨고 말하면서 다니하라가 건네는
캔맥주를 받았다.

"햄버그 김말이라니, 맛있을 것 같은걸. 후카세네 집은?"

히로사와가 물었다. 오봉이나 설날에는 후카세의 집에서도 그런
대로 잔칫상이라 부를 만한 음식이 나왔지만, 이야기의 흐름으로 볼
때 친구를 집에 초대했을 때 먹은 맛있는 음식을 말해야만 할 것 같
았다. 그러자 말문이 막혔다. 친구를 집에 부른 적이 있었던가? 더군
다나 식사를 대접한 기억은 전혀 없었다. 초대받은 적도 없었다. 대
체 그런 상황은 어떨 때 성립하는 거지? 생일? 크리스마스?

"우리 집도 고기전골이야. 그거 아니면 고기. 이렇게 좋은 고기는
아니지만. 그리고 회. 근처 생선가게에 배달시켜서."

어쩔 수 없이 친척들끼리 모였을 때 먹은 메뉴를 말했다.

"좋네, 신선한 회라니. 졸업 전에 고향 집을 다 돌아보는 건 어때?"

다니하라의 말에 아무도 반대하지는 않았지만 구체적인 이야기는 나오지 않았다. 직장도 못 잡았는데 고향에 돌아갈 수는 없다. 하물며 대기업에 취직한 친구와 함께는 더더욱. 히로사와도 분명 같은 마음일 거라 생각하며 흘깃 쳐다보니, 히로사와는 캔을 비우듯이 맥주를 꿀꺽 들이켰다.

그리고 한참동안 바깥 날씨를 살피며 잡담을 나누었다. 패러글라이더나 열기구는 못 타겠네, 하고 다니하라가 조금 아쉬운 투로 말하자 아사미가 빗소리가 점점 잦아들고 있으니 밤에는 그치지 않겠냐고 대답했다. 하지만 아무도 텔레비전이나 휴대전화로 일기예보를 확인하려 들지는 않았다.

어쨌거나 먹는 데 정신이 팔려 있었다. 고기도 맛있었지만 휴게소에서 사온 채소도 그에 못지않았다. 고기를 실컷 먹어 배가 터질 것같다가도 달콤한 양파와 향긋한 피망을 먹으면 신기하게도 다시 고기가 당겼다.

"이 소스가 맛의 비결 아닐까?"

다니하라가 양배추를 집더니 소스를 듬뿍 찍어 먹었다.

"진짜, 갈 때 사갈까?"

아사미가 소스병을 들고 라벨을 읽었다.

"재료 같은 게 하나도 안 적혀 있는데."

"그게 좋은 거 아니야? 수제 느낌이 제대로 살잖아. 대대로 내려오는 비법 소스 같은 느낌도 나고. 나도 돌아가는 길에 사야지. 이것만 있어도 쌀밥 세 공기는 뚝딱 해치우겠다."

"뭘 궁상스러운 소릴 하는 거야? 네 꿈은 부자가 되는 거라면서?"

"맞아! 가정부 있고 수영장 달린 집에 살면서 주말마다 홈파티를 여는 거지. 생일에는 인기 가수를 불러서 날 위해 한 곡조 뽑으라고 하는 거야."

초등학생의 꿈 같은 소리였지만 대기업 상사에 취직한 다니하라라면 가까운 장래에 정말 이루어낼 것 같았다. 다니하라가 말한 삶과 비슷한 해외 주재원들의 생활을 텔레비전인가 어디에서 본 적이 있었다.

"다니하라, 초등학생 때 해외에서 삼 년쯤 산 적 있지 않았어?"

그렇게 물은 것은 히로사와였다.

"아버지 일 때문에 미국에서 좀."

다니하라의 아버지는 중견 가전회사에서 근무하는데, 다니하라가 초등학교 2학년 때부터 5학년 때까지 삼 년 동안 가족과 함께 해외 부임 생활을 했다고 한다.

"회사에서 단신 부임은 오 년, 가족과 함께 가면 삼 년이라고 해서 다 함께 갔어."

아이다호 주라는 말에 바로 포테이토칩이 떠올라 대도시를 연상했는데, 이웃집까지 몇 킬로미터씩 떨어져 있는 게 당연한 시골 동네였다고 한다. 일본인 학교도 없어서 다니하라는 알파벳도 제대로 쓸 줄 모르는 채 현지 초등학교에 들어갔다. 같은 반에 한 명 더 있었던 일본인 친구네 집이 다니하라의 장래 꿈과 같은 생활을 하고 있었다.

"파티에 오지 않겠냐고 금띠를 두른 초대장을 주더라. 당연히 생일인 줄 알고 선물을 들고 갔더니 그게 아니래. 그럼 무슨 파티냐고 물었더니 파티를 어는 데 이유가 필요하냐고 되묻지 뭐야."

그 아이를 흉내내기라도 하는 건지 다니하라는 비딱한 자세로 입을 비죽이며 말했다.

"혹시 그 녀석, 구조물산에 있는 거 아니야? 같은 팀 선배면 어떻게 할래?"

아사미가 그렇게 놀렸다. 초등학교 동창생이 선배. 후카세는 그때 비로소 다니하라가 일 년 재수했다는 사실을 알았다.

"그건 그것대로 재미있을 것 같지만. 이번에는 내가 파티에 초대해야지. 그나저나 아사미는 교사고, 너희는 장래 꿈이 뭐였어?"

다니하라가 후카세와 히로사와를 번갈아 보았다. 후카세는 취직 자리를 찾지 못한 것을 비웃거나 동정하는 게 아니라 단순히 어린 시절 꿈을 물은 거라 해석했다. 히로사와도 마찬가지였던 모양이다.

"나는 프로 야구선수였어."

"응? 히로사와는 고등학교 때 배구부 아니었던가?"

후카세는 그 정보는 나도 안다는 듯이 물었다.

"어라, 말 안 했던가? 중학교 때까지는 야구부였어. 고등학교에서도 야구를 할 생각이었는데, 머릿수도 못 채울 정도로 약소 팀이라 고민하는 사이 배구부에서 불러줘서, 그쪽에 들어갔지."

어쩐지, 후카세는 고개를 끄덕였다. 머릿속에 있는 개인 프로필 파일에 정보를 입력하는 감각을 일순 떠올렸다.

"나도 어깨를 다치기 전에는 진심으로 프로 야구선수를 꿈꿨어. 아나운서하고 결혼하는 꿈도. 그런데 후카세 너는?"

"내 꿈은……."

갑작스러운 질문이라 대답하지 못한 게 아니다. 시골에서 탈출한다는 목표는 있었다. 그러려고 수험 공부를 했다. 시골로 돌아가지 않겠다는 고집은 있다. 그래서 도쿄에 본사가 있는 대기업 시험을 치렀다. 하지만 그런 것들을 꿈이라 부르지는 않는다.

취미가 없는 것은 아니다. 독서는 제법 좋아한다. 하지만 작가가 되겠다는 생각도, 출판사나 서점에서 일하고 싶다는 생각도 해본 적이 없다. 좋아하는 일을 직업으로 삼고 싶다는 발상이 어째서 없었을까? ……아마도 도피처를 준비해두고 싶었던 것이리라.

"커피 관련 일을 하고 싶다고 생각한 적은 없어?"

히로사와가 물었다.

"그러게, 후카세의 커피라면 돈을 벌고도 남을 텐데. 숫자에도 강하고, 카페를 경영해도 잘하지 않을까?"

아사미가 말했다.

"그거 좋다. 나, 근처에 있으면 매일 가고 싶어. 멀어도 그런 곳이 있으면 졸업해도 이 멤버끼리 모일 수 있겠네."

다니하라도 동조하자 후카세는 작은 카페를 떠올려보았다. 카운터만 있는 차분한 색조의 가게 내부. 거기에 이 친구들이 앉아 있다. 아니, 또 한 사람······.

후카세의 공상에 호응하듯 전화가 울렸다. 다니하라의 휴대전화였다.

"무라이야."

화면을 확인한 다니하라는 세 사람에게 그렇게 말하고 전화를 받았다. 별장 밖을 의식한 순간, 빗소리가 요란스럽게 귀를 때렸다.

전화 속 무라이의 목소리는 들리지 않았지만 우와, 벌써 거기야? 하는 다니하라의 반응으로 무라이가 별장으로 오고 있다는 사실을 알았다. 후카세와 아사미, 히로사와 세 사람은 동시에 텅 빈 고기 접시에 시선을 던지며 아차 싶은 표정으로 얼굴을 마주 보고 어깨를 으쓱했다.

"데리러 갈 상황이 못 돼. 아사미도 히로사와도 술을 마셨고."

다니하라가 통화를 멈춘 채 재빨리 사정을 설명했다. 무라이가 '마다라오카 서쪽 고원 역'에 도착했다고 한다.

"택시를 타면 되잖아. 없다고? 그럼 부르면 되지. 택시비는 우리도 같이 낼게."

다니하라는 무라이의 요구를 일언지하에 거절했지만 무라이도 포기하지 않는 것 같았다.

"무인역이고 가게가 전부 문을 닫아서 주변도 깜깜한 데다가, 역 대합실은 비까지 샌대."

다니하라가 아사미에게 말했다. 별장까지 오는 비탈길을 떠올리고 운전을 부탁한다면 아사미밖에 없다고 생각한 것이리라. 아사미는 말도 안 된다는 듯이 얼굴을 잔뜩 찌푸리고 다른 대안을 꺼냈다.

"한 정거장 전 '마다라오카 고원 역'으로 돌아가면 택시도 부르기 쉽고, 시간을 때울 장소도 있지 않을까?"

다니하라는 아사미의 말을 그대로 전했다.

"한 시간이나 기다려야 한다고? 그건 너무하네."

다니하라는 아사미를 힐끗 쳐다보며 말했지만 아사미는 의도적으로 시선을 피했다.

"역시 조금 힘들겠지만 택시를 불러. 아마 여기서 데리러 가는 거나, 택시가 오는 거나 시간은 별 차이 없을 거야."

다니하라가 달래듯 말했지만 무라이는 화가 단단히 난 모양이었다. 너희 누구 별장에서, 누구 차로 거기까지 갔다고 생각하는 거야? 좋은 고기까지 마련해줬더니. 그 말에 다니하라는 텅 빈 고기 접시를 보며 한숨을 내쉬었다.

"아사미나 히로사와 중에 한 사람 보낼게. ……그래, 알았어. 히로사와한테 말할게."

그렇게 말하며 다니하라는 전화를 끊었다. 누가 갈래? 그런 눈빛으로 말없이 아사미와 히로사와를 번갈아 쳐다보았다.

"난 못해."

아사미가 말했다. 아사미의 앞에는 빈 맥주 캔이 네 개 놓여 있고, 잔에는 휴게소에서 산 와인이 담겨 있었다.

"하지만 히로사와가 이 날씨에 그 길을 운전해서 가기는 어렵잖아. ……괜찮다니까. 이 정도는 마신 죽에도 안 들잖아. 얼굴에 전혀 티도 안 나고."

"음주 측정하면 대번에 걸려."

"이런 시골에서 이런 날씨에 음주 측정을 할 리 없잖아."

"백 퍼센트 안 한다는 보장은 없잖아. 게다가 이런 날씨니까 토사 붕괴 때문에 경찰이 교통정리를 하고 있을 가능성도 있어. 난 절대로 안 가."

"지나친 걱정이라니까. 게다가 오늘 모임을 전부 챙겨준 무라이가 부탁하는 거잖아."

"그렇다고 장래를 망칠 수는 없어."

아사미의 기세에 눌려 다니하라도 입을 다물었다. 아사미가 교사에 거는 열정은 후카세도 알 정도이니 다니하라는 더 깊이 이해할 것이다. 그리고 보니 초등학생 때 음주운전으로 징계면직 처분을 받은 선생님이 있지 않았던가? 후카세는 오래된 기억 속에 희미하게 남아 있는 신문의 3면 기사를 떠올렸다.

"그럼 아사미 네가 전화해서 역시 데리러 가지 못하겠다고 말해."

"그건……."

"아직 채용시험이 안 끝나서 절대 음주운전은 할 수 없다고 하면 무라이도 납득하지 않겠어?"

후카세도 그래야 한다고 생각했다. 하지만 아사미는 거북한 듯했다. 고개를 숙였다가, 다시 들더니…….

"히로사와, 좀 가줄 수 없을까?"

미안하다는 듯이 히로사와에게 부탁했다.

"어떻게 그런!"

후카세는 무심코 튀어나온 자기 목소리의 크기에 당황했다. 아사미와 히로사와, 운전면허가 있는 두 사람이 둘 다 술을 마셨다. 그런 상태에서 운전하는 위험성에 대해 아사미는 제 입으로 설명했다. 그런데 같은 조건의 히로사와에게 미룬다는 것은, 명백하게 자신과 히로사와 사이에 선을 그었다고 볼 수 있다.

무엇을? 장래의 꿈이 있고, 이제 곧 그것을 거머쥘 수 있는 사람과 그렇지 못한 사람. 특별히 하고 싶은 일도 없이 취직자리도 정해지지 않은 히로사와라면 음주운전으로 만약 경찰에 붙잡혀도 잃을 게 별로 없다고, 아사미는 히로사와를 얕잡아본 것이다. 가령 후카세가 운전면허가 있고 술을 마셨다면 히로사와 마찬가지로 그에게 부탁했을 게 틀림없다.

우습게보지 말라고 말하고 싶었지만 거기까지는 말할 수 없었다. 운전면허가 없다면 이 논쟁에 의견을 낼 입장이 못 된다. 하지만 달리 방법이 있지 않은가. 무라이를 속이는 셈이기는 하지만 이쪽에서 택시 회사에 전화해서 '마다라오카 서쪽 고원 역'으로 차를 보낸다면. 그게 좋겠다. 후카세는 냉큼 제안하려 했다.

"내가 갈게."

줄곧 잠자코 있던 히로사와가 그렇게 말하며 일어섰다. 식사중에 주고받았던, 피망이 더 있으면 좋겠네, 좀 썰어올게, 하는 말과 똑같이 가벼운 말투였다.

괜찮은 거야? 그렇게 물으려는 후카세를 다니하라가 가로막았다.

"고마워, 살았다. 운전 조심해서 천천히 가도 돼. 게다가 히로사와가 데리러 와주면 별장까지는 무라이가 운전하겠다고 했으니까. 내리막길이니 괜찮지?"

자전거도 아닌데. 한숨을 뱉고 싶은 심정이었다.

"혹시 모르니 히로사와가 간다고 연락해놓을게."

말이 끝나기도 전에 다니하라는 문자메시지를 보냈다.

"열쇠 어디 있지?"

히로사와가 묻자 아사미가 내 가방의 주머니 속에 있어, 하고 자리에서 일어섰다. 혼자서 쉬고 있을 때 이층 침실에 가방을 옮겨놓은 듯했다.

"그리고 세수를 좀 하고 싶은데, 세면실은 어디야?"

"아, 저쪽이야."

다니하라가 일어나서 히로사와를 데리고 방에서 나갔다. 뒤에 남은 후카세는 혼자만 앉아 있기가 거북해 괜히 주변을 둘러보다가 주방 싱크대 구석에 있는 텀블러에 눈길이 멎었다. 운전석 컵꽂이에 두었던 것을 아사미가 가지고 들어온 것이리라.

후카세는 주방으로 가서 편수 냄비에 물을 넣고 풍로에 얹은 다음, 거실에 두었던 가방에서 커피 용구를 가져와 세팅했다. 한 잔 분량의 물은 금방 끓는다. 수건이 없다고 다니하라가 다시 돌아온 것을 보고 아직 시간에 여유가 있다고 판단한 후카세는 융 필터로 정성들여 커피를 내렸다.

히로사와, 열쇠 여기. 현관에서 아사미의 목소리가 들렸다. 후카세는 히로사와가 세면실에서 바로 현관으로 갔다는 것을 깨닫고 황급히 쫓아갔다.

"히로사와!"

마루 끝에 걸터앉아 스니커 끈을 매는 히로사와의 뒷모습을 보고 이름을 불렀다. 얼굴을 씻고 정신을 차렸는지, 뒤를 돌아본 히로사와의 얼굴에 긴장한 빛은 없었다.

"이거."

텀블러를 내밀었다.

"커피 끓여준 거야?"

"이런 것밖에 못해서, 미안."

히로사와는 큰 손으로 컵을 받아들고 마개를 열어 실눈을 뜬 채 향을 맡더니 다시 마개를 꾹 닫았다.

"운전기사한테 떨어지는 콩고물이네. 잘 마실게."

그렇게 말하고 일어서더니 그대로 두꺼운 목제 문을 열었다.

"조심해."

당부하는 후카세 뒤에서 아사미가 미안하다고 했고 다니하라가 촐싹거리며 졸면 안 돼, 하고 인사했다. 건물 안에서는 잦아든 줄 알았던 비가 아직 그치지 않았다고 주장하듯 문을 열자마자 쏴아아 요란한 소리가 냉기와 함께 실내에 밀려들었다.

"그럼 다녀올게."

히로사와는 한 손을 든 채 웃더니 비가 실내에 들어오지 못하도록 밖으로 나가 뒷손으로 문을 닫았다. 잠시 후 들려온 자동차 엔진 소리는 빗속으로 빨려들어가듯 사라졌다.

현관에 남은 후카세와 아사미, 다니하라는 어쩐지 거북한 표정으로 서로의 얼굴을 흘깃거리다가 시선을 피했다. 하지만 그냥 멍하니 히로사와와 무라이가 돌아오기를 기다린 것은 아니었다.

"고기도 전부 먹어치웠으니 정리하는 게 낫겠지?"

주방으로 가 먹고 남은 잔해를 둘러보며 아사미가 말했다.

"그러네."

후카세는 가까이 있던 접시를 차곡차곡 포갰다. 뭐라도 해야 마음이 편할 것 같았다. 다니하라도 접시를 싱크대로 나르다가 후카세가 꺼내놓은 커피 용구에 눈길을 멈췄다.

"미안, 금방 치울게."

"아니, 후카세는 정리 안 해도 돼."

다니하라가 말했다. 후카세는 의아한 얼굴로 바라보았지만, 다니하라가 그를 따돌릴 의도로 한 말은 아니었으리라.

"아침식사용으로 산 빵으로 무라이한테 야식으로 샌드위치 좀 만들어주지 않을래? 가게도 문을 닫았다고 하니 여기 도착해서 배고프다고 징징거리면 난처하니까."

그런 문제라면야. 후카세는 재빨리 조리할 준비를 했다. 커피 용구를 구석으로 치운 뒤 설거지하는 두 사람에게 싱크대를 양보하고 식칼과 도마, 식재료를 식탁으로 옮겼다. 묵묵히 작업하는 것이 답답해 거실 텔레비전을 켰다. 태풍이 간토 지방에 상륙했는지, 각지의 영상이 흘러나왔다. 볼륨을 높이니 아사미와 다니하라의 귀에도 소리가 들리는 것 같았다.

도카이도 신칸센 열차가 멈췄다는 뉴스를 들으며 다니하라가 아사미에게 말했다.

"무라이도 용케 여기까지 왔네. 어디서 발이 묶였을지 모르는데. 그런 판국에 택시를 부르라고 하니 화가 날 만도 하네. 한 소리 들을 각오를 해야 하나."

"오 분쯤 하고 싶은 말을 실컷 하게 내버려두면 만족하겠지. 중간에 장난이나 치지 마."

두 사람 다 무라이를 대하는 데는 도가 튼 것 같았다. 처음에는 조금 부럽고 흐뭇한 느낌으로 받아들였지만 묵묵히 손을 움직이는 사이, 가슴속에 조금 남아 있던 응어리가 다시 고개를 들었다.

그렇다면 설교를 들을 각오로 택시를 부르라고 하면 됐잖아. 이런 곳에 있기 싫다. 그렇게 생각하다가 문득 히로사와와 함께 갈걸 그랬나 싶었다.

아까는 왜 생각해내지 못했을까. 마중을 기다리는 건 무라이 한 사람이니 후카세가 동승해도 아무 지장 없다. 오히려 다섯 명이 탈 수 있는 승용차이니 다 함께 타고 갈걸 그랬다. 뒤에 앉을 세 사람은 조금 갑갑하겠지만 그래도 왁자지껄 떠들며 가면 즐거움이 더 클 것이다. 심사가 틀어진 무라이를 별장에서 걱정하는 것보다 다 함께 데리러 가면 그 자리에서 다 해결될 텐데.

너를 위해서 다 함께 이 빗속을 뚫고 왔어. 그런 식으로 거들먹거리는 다니하라의 모습을 쉽게 상상할 수 있다. 오히려 혼자서 무라이의 불평을 감내해야 하는 히로사와가 가여웠다. 대표로 혼자 갔으니 무라이도 히로사와를 탓하지는 않겠지만 같이 오는 길에는 고기 이야기가 나올 수도 있다. 내 몫은 남겨놨겠지? 그렇게 묻는다면 히로사와는 뭐라고 대답해야 하나. 여기서 샌드위치를 만들고 있는 줄도 모르는데.

있잖아, 후카세는 다니하라와 아사미를 불렀다. 둘 다 술기운이 말끔히 가신 얼굴로 척척 정리를 하고 있다. 다니하라는 식기를 선반에 넣고 아사미는 핫플레이트 철판을 씻고 있었다. 응? 대답한 것은 다니하라였다.

"무라이의 야식을 준비하고 있다고 히로사와에게 문자메시지를 보내는 게 나을까?"

무라이에게 직접 문자메시지를 보내서 고기가 없다는 사실을 에둘러 전할 필요는 없다.

"그러네. 무라이가 편의점에 들르고 싶다고 그럴지도 모르고."

다니하라의 말에 후카세는 샌드위치를 만들던 손을 멈추고 히로사와에게 문자메시지를 보냈다.

'운전 힘들지? 우리는 지금 무라이를 위해서 샌드위치를 만들고 있어. 히로사와 네 몫도 준비해둘 테니 기대해.'

다시 샌드위치를 만들기 시작했지만 답장은 오지 않았다. 굽이진 비탈길을 운전하고 있을 테니 어쩔 수 없는 일이다. 후카세는 조금도 개의치 않았다.

청소와 야식 준비가 끝나자, 후카세는 다니하라의 부탁으로 세 사람 몫의 커피를 내렸다. 히로사와와 무라이가 돌아오기 전에는 느긋하게 술 마실 분위기도 안 되겠지.

머그컵을 한 손에 든 채 거실 큼직한 소파에 서로 미묘한 거리를

두고 앉았다. 다니하라가 텔레비전 리모컨을 눌러대다가 NHK밖에
안 나와? 하고 재미없다는 듯이 벽시계를 올려다보았다. 앤티크 벽
시계였는데 소리로 시간을 알려주는 타입은 아니었는지, 오후 9시
가 넘었다는 것을 후카세는 그제야 알았다. 히로사와가 별장을 나갈
때 시계를 보지는 않았지만 한 시간은 지났을 터였다.

"슬슬 올 때가 됐나?"

아사미가 말했다. 세 사람의 시선이 자연히 현관을 향했다. 그때
다니하라의 휴대전화가 울렸다. 무라이다, 그렇게 말하며 다니하라
가 전화를 받았다.

"뭐? 벌써 한 시간 전에 떠났어. 이쪽에는 아무 연락도 없으니 이
제 곧 도착하지 않을까? 조금만 더 기다려봐."

다니하라는 그렇게 말하고 바로 전화를 끊었다. 무라이의 심기가
상당히 험악했는지 난처한 듯 어깨를 으쓱했다.

"아직 도착하지 못했다니 이상하지 않아? 여기서 '마다라오카 서
쪽 고원 역'까지는 보통 이십 분, 천천히 가도 한 시간이나 걸리지는
않을 텐데."

사전에 주변 지도를 점검해본 아사미는 역이 있는 위치도 파악하
고 있었다.

"실수로 '마다라오카 고원 역'에 간 건 아니겠지? 아니, 내가 확실
히 '마다라오카 서쪽 고원 역'이라고 말했잖아?"

다니하라가 그렇게 말하며 휴대전화로 지도를 확인했다. 비탈길

을 내려가 그들이 낮에 지나온 방향으로 꺾으면 '마다라오카 고원역'으로 가버린다는 것을 알았다.

"어디로 갔든 무라이가 보이지 않으면 전화를 할 텐데."

아사미가 말했다.

"중간에 토사 붕괴 탓에 길이 막혀서 되돌아오는 건 아닐까?"

후카세도 짐작가는 대로 말해보았다.

"그래도 우리나 무라이에게 연락할 텐데."

"아니, 히로사와가 휴대전화를 가져가긴 했나? 그 녀석 중요한 순간에 자주 깜빡깜빡하잖아. 애초에 여행길에 가져왔는지도 의심스러운데."

"여기 올 때는 가지고 왔어."

후카세는 국숫집에서 나올 때 먼저 식사를 마친 히로사와가 휴대전화를 들고 있던 모습을 떠올렸다.

"여기서 옥신각신할 게 아니라 전화를 해보면 되잖아."

다니하라가 손에 들고 있던 휴대전화로 히로사와에게 전화를 걸었다.

"……전원이 꺼져 있거나 전파가 닿지 않는 곳에 있다는데."

다니하라가 전화를 끊었다.

"그 비탈길에서도 안테나는 떴지?"

다니하라의 목소리에 조금씩 불안이 묻어났다.

"하지만 계속 확인한 건 아니었으니 중간에 전파가 잘 닿지 않는 곳도 있을지 몰라. 그런 데서…… 엔진이 꺼졌다거나."

후카세의 머릿속에 다른 그림이 떠올랐지만 입에 담지는 않았다.

"설마 낭떠러지 밑으로……."

"입 다물어!"

다니하라의 말을 아사미가 날카롭게 잘랐다. 후카세가 그 기세에
눌려 몸을 떨었을 정도로.

"그러고 보니 차고에 자전거 있었지?"

아사미가 거실을 뛰쳐나갔다. 신발도 신는 둥 마는 둥 현관 밖으
로 달려나가는 아사미를 다니하라와 후카세가 뒤쫓았다. 후카세는
비가 그쳤다는 것을 그제야 깨달았다. 그것만으로도 불안이 조금 누
그러졌다. 차고 안에는 산악자전거가 두 대 있었다. 다행히 자물쇠
도 잠겨 있지 않았고 타이어 공기압도 충분했다.

"살펴보고 올게."

아사미는 그렇게 말하며 앞쪽 자전거를 끌어내 올라탔다.

"어이, 그만둬. 가로등도 변변히 없는데 위험해."

다니하라가 아사미를 말렸다.

"혹시 히로사와가 다치기라도 했으면 어쩌려고!"

아사미는 물러서지 않았다.

"어쩔 수 없네. 나도 갈래."

다니하라도 자전거 핸들을 붙잡았다.

"잠깐, 나도……."

가고 싶다고 말하려 했지만 남은 자전거가 없었다.

"외길이니까 괜찮겠지만 만약 히로사와나 무라이하고 엇갈리면 안 되니까 후카세 넌 여기서 기다리고 있어."

다니하라가 말을 끝마치기도 전에 아사미가 가자, 하고 자전거 페달을 밟자 다니하라도 뒤를 따랐다. 두 사람의 모습이 어둠 속에 묻히듯 시야에서 사라졌다. 깊은 숲 속에 혼자 남겨진 듯한 기분에 후카세는 황급히 건물 안으로 들어갔다.

벽시계의 째깍거리는 소리가 귀를 찔렀다. 시계 소리가 이랬던가, 하고 노려보았지만 그런다고 시간의 흐름이 변하는 건 아니다. 뭔가 불길한 일로 향하는 카운트다운처럼 느껴져 소리를 지워버리려고 텔레비전 볼륨을 키웠다. 하지만 내용은 머릿속에 하나도 들어오지 않았다.

중간에 만났어, 하고 모두 함께 웃으며 돌아온다. 자전거를 타고 마중 나올 줄이야, 하고 무라이가 우스갯소리를 하고, 널 데리러 간 게 아니야, 하고 다니하라가 장난스럽게 대답한다. 그만 길을 잃었어, 하고 히로사와가 민망한 기색으로 머리를 긁적이고, 어쨌거나 무사해서 다행이야, 하고 아사미가 가슴을 쓸어내리며 모두를 둘러본다. 그런 상상을 몇 번이고 되풀이했다. 후카세는 그런 친구들에게 커피를 내려주는 것이다. 내일 아침밥이 사라지겠지만 샌드위치를 조금 더 만들어두는 게 나을까?

주방에 들어갔는데 휴대전화가 울렸다. 히로사와다! 가슴이 덜컥 뛰었지만 화면에 뜬 것은 무라이의 이름이었다. 4월에 서로 연락처를 교환했지만 무라이가 전화를 건 적은 한 번도 없었다. 헛기침을 하고 전화를 받았다.

'야, 어떻게 된 거야? 마중도 안 오고, 다니하라하고 아사미까지 전화를 안 받고.'

후카세는 다니하라와 아사미가 자전거로 상황을 살피러 갔다고 말했다.

'설마 사고는 아니겠지? 부모님한테 억지로 빌린 거란 말이야.'

자동차 걱정이나 하는 무라이에게 화가 났다. 아무 말도 없는 후카세에게 짜증이 치밀었는지 하여튼, 하고 퉁명스럽게 내뱉는 소리가 들렸다.

'난 택시를 부를게. 네가 다른 녀석들한테도 좀 말해줘.'

그렇게 말하고 무라이는 전화를 끊었다. 처음부터 그랬으면 좋았잖아. 전화를 바닥에 집어던지고 싶은 충동을 느꼈다. 하지만. 크게 숨을 몰아쉬고 마음을 가다듬었다. 무라이가 택시를 타고 여기로 온다면, 히로사와가 어려운 상황에 처했어도 자전거를 타고 내려간 두 사람보다 먼저 알아차리지 않을까?

휴대전화로 히로사와에게 연락해보았지만 전원이 꺼져 있거나 전파가 닿지 않는 곳에 있다는 안내만 계속 나왔다.

아사미가 자전거를 붙잡았을 때 어째서 나는 바로 나머지 한 대에 손을 뻗지 않았을까? 뭔가 하지 않으면 불안해서 견딜 수 없다.

빵을 썰고, 베이컨을 썰고, 토마토를 썰고, 오이를 썰고, 양상추를 찢어 하염없이 샌드위치를 만들었다. 이걸 다 만들면 돌아올 것이다. 그렇게 간절한 기원도 해보았다. 하지만 느릿하게 마지막 한 장의 빵을 포개어 접시에 올려놓아도, 자동차 소리도 자전거 소리도, 친구들의 목소리도 들려오지 않았다.

모두 만났지만 저녁밥으로 샌드위치 따위는 먹을 수 없다는 무라이의 고집에 라멘 가게라도 갔을지 모른다. 낮에 히로사와 혼자 돈가스 카레를 먹은 레스토랑에 갔을 수도 있다. 그렇다면 후카세 혼자 따돌림당하는 거지만 차라리 그러면 좋겠다고 바라지 않을 수 없었다.

그때, 전화가 울렸다. 이번에야말로 히로사와 아닐까? 낚아채듯 전화기를 들자 아사미의 이름이 떠 있었다. 무사히 만났어. 그런 말을 기대하며 전화를 받았다.

'당분간 못 돌아갈 것 같아.'

그것이 아사미의 첫 마디였다. 비상연락망을 보며 친하지 않은 학우에게 전화를 돌릴 때처럼 억양 없이 담담한 목소리로, 아사미는 후카세에게 상황을 설명했다.

비탈길 중간, 낭떠러지 쪽 커브에서 자동차가 가드레일을 뚫고 추락한 흔적을 발견했다. 벼랑 아래는 어두워서 잘 보이지 않지만 뭔가 불에 타고 있는 것 같다. 경찰을 불렀지만 아직 도착하지 않아서 자세한 사정은 아무것도 모른다. 사고를 낸 게 히로사와든, 그렇지 않든, 당분간 돌아가지 못할 것 같다……

"나도 지금 거기로 갈게."

후카세는 비명처럼 내질렀지만 아사미는 위험하니 무리하지 말라고 나직하게 말한 뒤 전화를 끊었다. 하지만 후카세는 별장을 박차고 나갔다.

어두운 산길을 달리고 또 달리고 하염없이 달렸지만 히로사와를 만날 수 없었다.

벼랑 아래에서 발견된, 불에 탄 자동차 안에 있던 시신이 히로사와로 판명된 것은 날이 밝아 태양이 중천에 뜬 뒤였다. 후카세는 정신을 잃을 만큼 미친듯이 뛰었지만 시신 확인 현장에도 배석하지 못했다.

제 3 장

아침 일찍 담당 구역 안에 있는 개인 병원에 복사용지를 배달하고 회사로 돌아가 커피를 내렸다. 간식 시간인 10시는 이미 지났고, 점심을 먹기에는 아직 이른 시각이었지만 다들 커피라면 언제든지 환영이라는 듯 저마다 일손을 멈추고 머그컵을 들고 줄을 섰다. 그래서 후카세는 두 번째 물을 끓이려고 첫 번째 물로 내린 첫 잔을 맨 앞에 선 동료에게 양보했다. 그러고는 책상 밑에 둔 통근용 가방 속에서 커피 원두가 든 봉투를 꺼냈다.

두 번째 물로 내린 커피를 잔에 따라 자리로 돌아오니 먼저 커피를 마시고 있던 옆자리 여직원이 오늘 원두는 뭐냐고 후카세에게 물었다. 그녀는 두 번째 물로 내린 커피를 받았다.

"케냐하고 브라질 블렌드예요."

"어머, 두 종류를 섞었다니 신기하네. 새로운 맛을 개척하는 거야?"

"아니, 가끔은 괜찮을 것 같아서요."

후카세는 말을 흐리며 커피를 홀짝였다. 서로의 장점을 상쇄하지는 않을까 우려했는데 그 자체로 맛있는 원두는 섞어도 맛있다. 오히려 으뜸이라는 브라질을 사용했으니 다들 평소보다 더 맛있게 마셔주면 좋겠다. 케냐만으로 내린 첫 커피를 마시고 있는 사람들도.

이제부터는 이런 등급의 원두를 마련할 기회는 없을지도 모르니까. 원두를 섞은 것은 단순히 회사용으로 산 원두가 얼마 없어서 집에서 가져온 원두로 채워넣었기 때문이다. '클로버 커피'에는 오늘로 아흐레째 가지 않았다.

미호코에게 히로사와 요시키의 사고 이야기를 털어놓은 밤부터.

사나운 비가 좁은 아파트 창문을 때리는 가운데 미호코가 '후카세 가즈히사는 살인자다'라고 적힌 종이를 눈앞에 들이댔다. 예전 생활로 돌아가지 못할지도 모른다고 각오를 다지고 비밀을 털어놓았는데도 이튿날 아침, 평소와 똑같이 출근했다.

그다음 날도, 또 그다음 날도, 휴일이 지나 새로운 한 주가 찾아온 뒤에도 주문받은 사무용품을 배달하거나 담당 구역에서 새 카탈로그를 돌리며 사무기기를 점검하거나 겨우 토너 교환을 이유로 불려 다니는, 지금과 전혀 다를 것 없는 나날을 보내고 있다.

몇 번이나 후카세의 목소리를 지워 미호코가 잘 들리지 않는다는 표정을 지을 때마다 목소리를 키우게 만들었던 비도, 이야기를 마친 새벽녘에 그친 이래로 오늘까지 맑은 날이 이어지고 있다. 일기예보로 장마가 끝났다는 소식을 들은 게 사흘 전이었나, 나흘 전이었나. 여름의 도래를 고하듯 회사 차량의 앞유리 너머로 보이는 하늘은 날마다 푸른빛을 더해갔다.

신호에 걸리거나 하는 사소한 순간에 그날 밤의 일은 꿈이었을지도 모른다는 생각을 하지만, 원두의 양이 줄어들 때마다 현실이었음을 깨닫게 된다.

경멸할지도 모른다. 잔인한 사람이라고 매도할지도 모른다. 그런 불안은 당연히 있었지만 미호코라면 이해해줄 거라고 믿었다.

그날 일을 정확하게, 그러니까 후카세의 열등감과 그 때문에 소중하게 여겼던 히로사와와의 우정, 그런 이야기까지 솔직하게 털어놓으면 그녀는 이런 식으로 말해주지 않을까 하며 내심 다정한 말까지 기대하지 않았던가?

가즈히사는 잘못이 없어. 다른 세 사람에게는 조금씩 책임이 있을지도 모르지만, 그래도 그건 비극적인 사고였어. 하물며 살인자라니, 말도 안 돼.

하지만 현실은 그리 녹록지 않았다. 미호코는 후카세가 말하는 동안 헛기침 한 번 하지 않고 말없이 그의 이야기를 들었다. 도중에 목이 말라 후카세가 다 식은 커피를 마셨을 때도 미호코는 한 마디도 않고 가만히 후카세를 바라보고 있었다. 미호코 앞에 놓인 손대지 않은 블랙커피의 표면과 마찬가지로 그녀의 눈동자는 맑았다. 경멸도 혐오감도 찾아볼 수 없다는 사실에 후카세는 서서히 안도했고, 잊고 싶은 사고에 대해 끝까지 고백할 수 있었다. 그런데…….

커피를 새로 내려올까, 하고 엉거주춤 일어서자 미호코는 필요 없어, 하고 메마른 목소리로 대답하더니 후카세를 똑바로 올려다보며 말했다.

'친구가 술을 마셨다는 것도, 운전이 서툴다는 것도, 날씨가 나쁜 것도, 길이 험하다는 것도 다 알면서 보냈다는 뜻이네. 일부러 커피까지 챙겨주면서. 그런 걸……. 무죄라고 하지는 않아.'

너무 담담한 말투였기 때문에 처음에는 비난이라는 것도 몰랐다. 무죄라고 하지는 않아, 그 말이 머릿속에서 수없이 반복된 끝에 겨우 입을 열 수 있었다.

'하지만 살인자라고 불릴 만한 잘못은 아니야.'

'친구…… 히로사와 씨 부모님은 어디까지 알고 계셔?'

'전부 얘기했어. 힘겨웠지만……. 맥주를 좀 마셨다는 것만 빼고…….'

'숨기는 사실이 있다는 게 곧 죄가 있다는 증거야.'

입을 다물 수밖에 없었다. 하지만 고개를 떨어뜨리고 있었던 것은 아니다. 분한 마음이 치밀었다.

네가 뭘 알아. 다 같이 짜고 기꺼이 은폐공작을 했다고 생각하는 거야? 태연한 얼굴로 히로사와의 부모님을 만났다고 생각하는 거야? 그걸 말로 할 수 없었을 뿐이야.

사고 후 후카세, 아사미, 다니하라, 무라이 네 사람은 경찰의 신문을 받았다. 넷이서 의논할 시간은 오 분도 채 없었는데, 마치 짠 것처럼 히로사와가 술을 마셨다는 이야기는 아무도 하지 않았다. 경찰에게서 소사체燒死體로 발견된 히로사와의 체내에서 알코올이 검출되었다는 이야기도 듣지 못했다.

중간에 참가한 무라이를 데리러 역까지 가야 했다. 운전면허가 있는 사람은 아사미와 히로사와 두 사람뿐이었는데 아사미는 술을 마셨기 때문에 술을 마시지 못하는 히로사와가 가게 되었다. 그렇게 증언한 뒤에 무라이는 택시를 부를걸 그랬다고, 아사미는 무라이가 올 줄 알았다면 자기가 술을 마셔서는 안 되었다고, 다니하라는 무라이에게 택시를 권할걸 그랬다고 저마다 후회를 한마디씩 입에 담았다. 그게 아니잖아, 후카세는 가슴속으로 외쳤지만 다른 사람 눈에는 그저 훌쩍거리는 모습일 뿐이었다.

내가 무슨 짓을 해서라도 말렸어야 했다고 말하는 것은 비겁한 짓으로 느껴졌다.

경찰서의 한 공간에서 히로사와의 부모님과 네 사람이 대면했을 때도 철저하게 똑같은 소리를 반복했다. 히로사와의 부모님은 아들의 갑작스러운 죽음에 그저 망연자실했다. 네 사람을 탓하는 말은 한 마디도 하지 않았다. 아버지가 그저 한마디, 불효막심한 녀석…… 하고 중얼거렸을 뿐이다. 그 말을 들었는지는 모르겠지만 갑자기 다니하라가 "죄송합니다!" 하고 무릎을 꿇고 머리를 조아렸다. 깜짝 놀란 후카세 옆에서 무라이와 아사미도 즉각 무릎을 꿇었고, 후카세도 허둥지둥 지저분한 바닥 위에 꿇어앉아 고개를 숙였다.

히로사와의 부모님이 급히 고개를 들라고 하자 후카세는 천천히 턱을 들다가 바로 내렸다. 다른 세 사람은 여전히 고개를 숙이고 있었다. 아마도 후카세는 그때부터 자기는 잘못이 없다고 생각했던 것 같다.

'요시키는 마지막 하루를 즐겁게 보냈니? 뭐 맛있는 거라도 먹었다면 다행인데…….'

아버지의 물음에 다니하라가 고개를 벌떡 들었다.

'맛있는 고기를 배부르게 먹었습니다. 휴게소에서 산 채소도 맛있었고, 고원 돈가스 카레도!'

다니하라는 목멘 소리로 히로사와가 먹은 음식을 거꾸로 짚어갔다. 즐거웠던 시간을 되감는 것처럼. 히로사와가 있었던 시간을 손가락으로 어루만지는 것처럼. 그리고 휴게소에서 또 뭘 먹었느냐면, 하고 다니하라가 말을 끊자 후카세가 뒤를 받았다.

'멜론빵을 먹었습니다.'

그 말을 뱉은 순간, 입을 큼직하게 벌려 빵을 먹던 히로사와의 얼굴이 떠올라 눈앞이 흐려졌다.

그런 이야기를 눈앞에 있는 여자에게 할 마음은 없었다. 미호코는 그런 후카세의 차가운 표정을 눈치챘던 것이다. 적반하장이라고 생각했을지 모른다.

'미안해.'

미호코는 그렇게 말하고 일어나서 현관으로 갔다. 딱 한 번 후카세를 돌아보았다.

'가즈히사가 원하는 말을 해주지 못해서 미안.'

문을 여는 미호코의 뒷모습에 그날 보았던 히로사와의 모습이 겹쳤다. 키도 어깨너비도, 머리카락 길이도 전혀 다른데, 뒷모습이 똑같은 말을 하는 것처럼 보였다.

결국 붙잡지 않는구나…….

미호코가 이 이야기를 남에게 할 것 같지는 않았지만 '클로버 커피'에 가면 안주인이 두 사람 사이에 균열이 생긴 것을 꿰뚫어볼 것만 같아 가게도 멀리했다. 무슨 일이 있었느냐고 물어도 대답할 길이 없고, 미호코에게 묻는다면 더욱 곤란하다.

연인과 휴식처, 소중한 존재를 둘이나 잃었는데도 하루하루의 생활은 거의 변함이 없다. 태평한 얼굴을 유지할 수 있는 것은 이쪽의 일상에 익숙해졌기 때문이다. 다시 예전의 생활로 돌아가는 것뿐이다. 하지만 아무래도 이해할 수 없는 점이 있다.

대체 누가 미호코에게 그런 편지를 보냈을까?

"……후카세 씨."

빈 머그컵을 책상에 내려놓자 맞은편에 앉은 직원이 그를 불렀다.

"방금 주문이 들어왔는데 오후에 바로 나라사키 고등학교에 배달 좀 가줘."

설마 아사미에게도? 문득 그런 생각이 스쳤다.

아사미가 그를 불러내려고 그리 급하지도 않은 물품을 주문한 게 아닐까 의심했지만 전표를 확인하니 발주자는 기다 미즈키였다. 주문품은 사백 자 원고지, 여름방학 독서 감상문에 쓸 건가?

김이 빠지는 동시에 어쩐지 안도하며 후카세는 늘 타는 차를 몰아 나라사키 고등학교로 향했다.

미호코가 떠난 집에서 후카세는 편지에 대해 생각했다. 대체 누가 무슨 목적으로? 미호코에게 마음을 품은 놈이 미호코와 사이를 갈라놓기 위해 후카세를 뒷조사해서 그 사고를 알아낸 게 아닐까? 자세한 사정은 몰라도 여럿이 놀러갔다가 일행 중 한 명이 죽었다면, 한번 떠보기에 충분하다. 편지를 보낸 이는 예상 이상의 성과를 얻은 셈이다.

하지만 다른 가능성도 동시에 떠올랐다. 야마모토 세미나 구성원 네 사람 모두 편지를 받지 않았을까? 마음만 먹으면 쉽게 확인해볼 수 있다. 이상한 편지를 받지 않았느냐고, 아사미에게 문자메시지를 보내보면 된다. 하지만 아무에게도 연락하지 않은 이유는 소중한 존재를 잃었다고 알릴 만한 상대가 아니기 때문이다. 만일 후카세 혼자만 그런 피해를 입었다면, 동정하거나 위로해줄 녀석들이 아니다.

아사미 앞에서도 평소대로 행동하려고 기합을 넣고 교무실 문을 열었다. 하지만 아사미는 보이지 않았다. 기다가 자리에서 일어나 기다렸다는 듯이 종종걸음으로 다가왔다.

"인쇄실로 가져다주시겠어요?"

그렇게 말하며 후카세의 등을 떠밀고 뒷손으로 문을 닫았다. 사백 자 원고지 일백 매 묶음이 다섯 개 든 작은 상자 정도는 그 자리에서 받아도 될 텐데. 기다가 채근하는 바람에 옆 인쇄실로 갔다. 기다는 복도에 아무도 없는지 확인하듯 좌우를 두리번거리다가 문을 닫았다. 후카세는 "주문하신 물품입니다" 하고 평소와 똑같이 큰 소리로 말하며 옆구리에 끼고 있던 상자를 건넸다. 오해를 부를 만한 행동 은 피하는 게 상책이다. 조회 때도 일주일에 한 번씩은 듣는 주의사 항이다. 그런데 기다는 내용물을 확인하지도 않고 상자를 가까운 인 쇄기 위에 얹더니 후카세에게 바짝 다가왔다.

"아사미 선생님한테 그 얘기 들었어요?"

잔뜩 낮춘 목소리지만 가십을 즐기는 표정은 아니었다. 아사미를 진심으로 걱정하는 것처럼 보였다. 역시나 싶었지만 아사미에게는 아무 말도 듣지 못했다. 하지만 지금은 한발 더 파고드는 게 낫겠다.

"편지…… 같은 것 말입니까?"

"그래요! 숨길 필요 없어요. 제 눈으로 현장을 봤으니까."

편지가 기다 앞으로 왔나? 그런 생각을 하면서도 아무래도 납득 할 수 없었다. 아사미와 기다가 사귀는 것처럼 보이지도 않았고, 기 다는 '현장'이라고 했다.

"이상하네요……. 장난질 때문에 난처하다는 건 알고 있지만 구체적으로 무슨 일이 있었는지는 못 들어서……. 전화로 이야기할 만한 내용도 아니고."

"아사미 선생님, 니시다 씨한테도 장난이라고 말했나보군요. 그렇게 깜찍한 수준이 아니에요. 정말 악질적이라니까요."

기다는 그렇게 말하더니 제가 말했다는 건 비밀이에요, 하고 못을 박았다. 후카세에게 근처에 있던 파이프 의자를 권하고 자기도 맞은편에 앉더니 아사미에게 일어난 일을 말하기 시작했다.

'아사미 고스케는 살인자다.'

이름만 다른 글귀도, A4 사이즈의 종이라는 점도 후카세의 경우와 똑같았지만, 아사미의 경우는 수신자가 정해진 편지가 아니었다. 아사미는 지역 내에 있는 교직원용 독신자 아파트에 산다. 누군가 그곳 주차장에 세워둔 아사미의 자동차에다 앞유리를 뒤덮을 기세로 십여 장의 고발장을 테이프로 덕지덕지 발라놓았다는 것이다.

"그것도 모자라서 그 위에 술까지 뿌려놨더래요."

후카세는 그만 눈을 부릅뜨고 몸을 앞으로 조금 내밀고 말았다. 기다가 눈치챘을까봐 허둥지둥 어깨를 돌리며 몇 차례 눈을 크게 껌뻑거렸다.

"술이라니, 전통주요? 아니면 맥주나 다른 술을?"

"냄새나 종이 색으로 볼 때 맥주였던 것 같아요. 아사미 선생님이 바로 벗겨냈고, 유리창도 물로 씻었으니 꼭 그렇다고 장담은 못하겠지만."

오후 9시 무렵 아사미가 학교에서 집으로 돌아와서부터 이튿날 출근하려던 오전 7시 20분 사이에 벌어진 일인 모양이다. 거의 같은 시간에 같은 아파트를 나서는 기다는 아사미가 종이를 뜯어내는 순간을 본 것이다.

"이것 좀 보세요."

기다가 휴대전화로 촬영한 사진을 내밀었다. 뜯어낸 종이의 잔해가 자동차 옆에 떨어져 있었다.

"저 말고도 이 학교 직원 중에 현장을 목격한 사람이 몇 명 있어요. 다들 경찰에 신고하는 게 좋지 않겠느냐고 했는데 아사미 선생님은 그냥 장난이라는 거예요. 하지만 혹시 모르니 증거는 남겨두는 게 낫잖아요? 그래서 아사미 선생님이 집에 물을 뜨러 간 사이에 사진을 찍어놨죠."

아사미에게는 연인보다 직장 동료에게 의심을 사는 게 피해가 클 터였다. 그것도 여러 명. 일자리를 잃을 수도 있다.

"아사미는…… 뭐라고 하던가요?"

"아무 말도 없었어요. 범인이 누군지 알면서 책임감 때문에 비호해주는 느낌이었어요. 뭐, 저희도 누군지 대충 감은 오지만."

"누굽니까!"

몸을 앞으로 불쑥 내민 후카세 때문에 깜짝 놀란 듯 기다가 의자에 앉은 채 뒤로 물러났다.

"이건 정말 여기서만 하는 얘기예요. 이름은 말할 수 없지만, 지난 달 정학 처분을 받은 아이가 있는데……."

방과 후, 동아리방에서 맥주를 마시는 학생을 지도 당번이던 아사미가 발견했다고 한다. 기다는 동아리 이름을 말하지 않았지만 운동부에서 제법 활약하는 학생인지, 지역대회도 코앞으로 다가와 동아리 고문이나 담임이 못 본 걸로 해달라고 부탁했지만 아사미는 그 청을 듣지 않고 교무회의에 알려 정학 닷새와 지역대회 출장 정지 처분이 떨어졌다는 것이다.

"전국대회도 갈 수 있다고 기대받는 아이였으니, 부모는 정학 처분을 길게 받는 대신 시합에 나갈 수 있게 해달라고 무릎까지 꿇어가며 매달렸대요. 하지만 그게 효과가 없다는 걸 알고 책임을 전가하려는 것 아닐까요?"

"하지만 현장에서 잡았다면서요. 혹시 다른 학생이 강요라도 했던 겁니까?"

기다는 고개를 가로저었다. 그 무렵 운동부 학생 사이에서는 연습 후에 무알코올 맥주를 마시는 게 유행했다고 한다. 학교 측도 난처한 문제라 교무회의에서 다룰 예정이었지만, 더 중요한 안건이 산더미처럼 쌓여 있다보니 알코올 성분이 없으면 주스나 다름없다며 논의를 뒤로했다. 더욱이 나라사키 고등학교에서는 교내에서 주스 같은 청량음료나 과자를 먹는 것은 금지하지 않는다.

"학생 말로는 실수로 가져왔다는 거예요. 그래서 부모가 학교 측이 무알코올 맥주를 금지했으면 이런 일도 없었다고 적반하장으로 나오는 거죠."

'극성 부모'라는 표현은 후카세도 텔레비전에서 본 적이 있었다.

"하지만 합당한 벌을 받은 거잖아요."

"이런 경우는 원래 그 운동부 학생 전원이 출장 정지 처분을 받고, 이 학교의 운동부 전부가 당면한 시합에서 사퇴하게 되어도 이상할 것 없다, 학교 밖으로 소문이라도 나면 당연히 신문에 오르내릴 것을 최소한의 처분으로 막은 거다, 하고 교장 선생님과 간부급 선생님들이 타일렀더니 겨우 얌전히 돌아갔어요. 뭐, 그 분풀이가 아닐까 싶은 거죠."

"교장 선생님과 다른 분들은 그 장난에 대해 뭐라고 하시던가요?"

교무실에서 아사미가 안 보여서 단순히 수업에 들어간 줄 알았는데, 서서히 불안이 올라왔다. 하지만 기다의 표정에 어두운 그림자는 없었다.

"아무 말도 없어요. 저나 다른 선생님들도. 하지만 걱정은 하고 있어요."

"그야 살인자라고 적혀 있으면 누구나."

"예? 그런 말은 '바보 멍청이'하고 같은 수준이니 신경쓰지 않았는데요. 좀 충격적으로 보이는 욕설을 쓴 것 아니겠어요?"

그 말에 잠시 얼이 빠졌던 후카세의 마음속에 서서히 후회가 치밀었다. 이렇게 자연스럽게 넘길 수 있는 문제였다니.

"하지만 자동차에 알코올은 치명적이잖아요? 사실은 방화할 속셈이었을지도 모른다고 말씀하시는 선생님도 있고, 음주운전으로 의심받도록 꾸민 게 아니냐는 의견도 있었어요. 하지만 음주운전이라니 말도 안 되죠. 아사미 선생님이 술을 못 마시는 건 우리 학교 사람들이 다 아는 사실이니 증인도 얼마든지 있고. 역시 가장 무서운 건 화재예요. 저희 집은 아사미 선생님 댁하고 멀찍이 떨어져 있지만……."

"저, 잠시만요."

기다는 방화를 걱정했지만, 후카세는 그냥 흘려들을 수 없는 문제가 있었다.

"왜 그러세요?"

"아니……. 교사도 힘들겠다 싶어서요."

굳이 확인할 문제는 아니라고 결론내렸다.

"그렇다니까요. 하지만……."

이번에는 기다가 몸을 불쑥 내밀었다.

"정말 학생이나 학부모만 의심스러운 걸까요?"

기다가 후카세의 귓가에 속삭였다. 결국 그게 궁금했나. 후카세는 기다의 얼굴을 보았다. 아사미에게 호의를 품고 있기는 하지만, 미호코가 후카세에게 보인 눈빛에는 없던 감정이 보였다. 호기심. 원고지는 사실 필요 없지 않았을까? 오후에 당장 배달해달라고 한 것도, 아사미가 교무실에 없는 시간을 노린 게 분명하다.

"글쎄요. 아사미는 일 얘기밖에 하지 않아서……."

"정말요? 헤어진 여자가 있다거나, 그 여자가 끈질기게 들러붙는
건 아니고요?"

아무에게도 들키고 싶지 않은 부분을 파고들까봐 경계했는데 그
런 시시한 의혹이라니, 황망했다.

"하긴, 여성은 무서운 존재니까요."

상대가 바라는 대답이 아니라는 것을 알면서도 그렇게 대답하는
데 바지 주머니에 넣어둔 휴대전화가 울렸다. 문자메시지 수신음이
다. 누가 보냈는지 확인하지도 않고 기다에게 다음 일이 밀려서 가
봐야겠다고 말한 뒤 인쇄실 밖으로 나갔다. 기다가 잠깐 기다리라고
불러세웠지만 못 들은 척했다. 그렇다고 뒤쫓아오지는 않았다.

시계를 확인하니 수업이 끝날 때까지 오 분도 채 남지 않았지만,
후카세는 아사미를 기다리지 않고 학교를 뒤로했다.

차로 돌아가 휴대전화를 확인해보니 무라이가 보낸 문자메시지
였다. 만나서 이야기하고 싶은 일이 있다는 내용이었다. 바로 무라
이도 그 편지를 받은 거라고 생각했다. 놀랄 일은 아니다. 후카세와
아사미를 살인자로 고발한다면 당연히 무라이와 다니하라도 고발
했을 것이다.

하지만 이런 상황에서도 여전히 다른 세 명과 죄를 공유하고 있

다는 의식은 없었다. 미호코가 지적한 것처럼 히로사와를 붙잡지 않고 보낸 건 사실이지만 그들과 죄가 같다고 생각하지는 않는다. 그렇지만 피해자도, 장소도, 시간도 적혀 있지 않았기 때문에 '살인자'라는 말을 보고 바로 떠오른 것은 히로사와의 사고였다. 죄가 가볍다고 믿는 후카세조차 그랬으니, 설마 아사미가 학생이나 학부모의 장난이라고 생각할 리 없다.

하지만 아사미는 후카세에게 직접 털어놓지 않았다. 후카세가 받은 것은 무라이가 보낸 문자메시지이다.

히로사와의 장례식이나 제사 문제로 무라이에게 몇 번 단체문자를 받은 적은 있지만, 이번에는 아마도 후카세 한 사람에게만 보낸 문자일 것이다. 후카세의 아파트나 집 근처 역으로 가겠다는 말도 적혀 있었다. 무라이가 후카세에게 따로 연락한 것은 사고 이후 처음이다. 그것도 무라이와 단둘이 만나다니, 대학 생활까지 통틀어도 처음 있는 일 아닌가?

어째서 나일까? 그게 가장 큰 의문이었다.

그 사고를 시사하는 고발장을 받았다면 무라이는 전부 다 부르거나, 아니면 후카세를 제외한 나머지 두 사람을 부를 것 같았는데⋯⋯. 그런 생각을 하다가 허둥지둥 브레이크를 밟았다. 빨간불을 봐서 그런지, 무라이가 후카세만 불러내려는 이유가 짐작이 되어 그런지, 어느 쪽이 이유인지는 모르겠다. 겨드랑이 밑으로 식은땀이 흘렀다.

그 녀석은 내가 고발장의 범인이라고 생각하는 게 아닐까?

후카세는 제일 가까운 편의점 주차장에 차를 세웠다. 살인자라는 말에서 무라이도 히로사와의 사고를 떠올렸다. 하지만 그것은 사고로 마무리되었다. 그걸 살인이라고 말하는 사람이 있다면, 진실을 알고 있는 나머지 세 명 중 누군가다. 그렇다면 수상한 사람은······ 히로사와와 가장 사이가 좋았던 후카세가 아닐까? 무라이가 그렇게 생각할 가능성은 충분했다.

어쩌면 무라이가 후카세를 불러낸 것을 다니하라와 아사미도 알고 있을지 모른다. 내가 그 녀석을 혼쭐내줄게, 그렇게 호언하는 무라이의 모습을 쉽게 상상할 수 있었다. 어쩌면 후카세를 불러낸 건 무라이이지만 실제로 만나러 가보면 나머지 두 사람도 함께 기다리고 있는 게 아닐까?

그런 오해가 발생했다면 일찌감치 풀어야 한다.

후카세는 무라이에게 오늘 당장도 만날 수 있다고 답장을 보냈다.

첫 번째 문자메시지 내용과는 반대로 무라이가 지정한 곳은 후카세가 평소 이용한 적 없는 노선에 있는, 역 앞의 수수한 선술집이었다. 깔끔하다고 말하기는 어렵지만 전부 별실 구조라 꽤 비싼 가게처럼 보였다. 무라이의 이름을 대자 가장 안쪽 방으로 안내해주었다.

조심스럽게 구두를 벗고 방으로 들어가자 무라이는 이미 도착해서 지루한 듯 휴대전화를 만지작거리고 있었다. 후카세를 보더니 어이, 하고 한 손을 들었다. 그 모습에서 살벌한 기운은 느낄 수 없었다.

"미안, 십 분 늦었어."

후카세는 손목시계를 보며 사과했지만 무라이는 개의치 않는 눈치였다.

"괜찮아. 일하고 온 거잖아. 전철도 몇 번 갈아타야 했을 테고. 나도 꽤 헤매다가 방금 왔어."

무라이도 이 가게는 처음인 듯했다. 테이블 위에는 마실 것도 없다. 무라이가 목소리를 낮추며 작은 테이블 위로 얼굴을 바싹 들이댔다.

"그나저나 오는 길에 회사 사람하고 마주치지는 않았어?"

그랬구나. 후카세는 그제야 이해했다. 무라이는 서로 아는 사람과 마주치는 일이 없도록 이 가게를 고른 것이다.

"아니, 아무도."

후카세도 목소리를 낮추어 대답했다.

"그럼 됐어. 마실 것하고 안주, 한꺼번에 주문하자."

무라이가 메뉴를 펼치고 냉큼 네 가지 음식을 선택하자 후카세도 먹기 편해 보이는 음식을 두 개 정도 고른 뒤 테이블 위의 호출 단추로 점원을 불렀다. 무라이는 맥주를 큰 잔으로, 후카세는 우롱차를 부탁했고 모둠회와 여섯 가지 요리를 주문했다. 무라이가 먼저 나온 맥주잔을 들고 건배를 외쳤다. 후카세는 허둥지둥 유리잔을 맥주잔에 쨍그랑 부딪쳤다.

별실이라 옆에서 보는 눈은 없지만, 다른 사람이 이 모습을 본다면 사이좋은 친구라고 생각할 게 틀림없다. 후카세는 조금 당황했다. 무라이와 거리감을 가늠할 수 없었다. 무라이는 그런 후카세를 아랑곳하지 않고 일은 어때? 아사미하고는 자주 만난다면서? 우리 사무실 복사기도 요새 상태가 이상한데 너희 회사 신제품을 살까? 조금은 깎아주는 거야? 하고 쉴 새 없이 말을 걸었다. 그것도 모자라 요리가 나오자 내가 쓰던 젓가락인데 괜찮지, 하며 자기 앞에 있던 요리를 후카세의 앞접시에 덜어주었다.

무라이가 원래 이런 녀석이었나? 학창 시절의 무라이를 떠올려보려 했지만 후카세의 머릿속에는 그날의 무라이밖에 떠오르지 않았다. 전화 너머에서 무슨 일이 있어도 데리러 오라며 고집을 부리는 모습은 후카세의 상상 속 존재였다. 웃는 얼굴도 남을 위로하는 표정도 없는, 그저 이기적이기만 한 녀석.

여섯 가지 요리가 다 나오자 무라이는 젓가락을 내려놓았다.

"표정이 험악하네."

"응?"

후카세는 한 손으로 뺨을 문지르듯 만져보았다.

"그거 받았지?"

"뭘 말하는 거야?"

"시치미 떼지 마. 네 쪽은 누구 앞으로 왔어?"

누구. 무라이는 아사미처럼 집이나 물건에 해코지당한 건 아닌 모양이다. 굳이 따지자면 내 경우와 비슷한가. 후카세는 솔직하게 털어놓기로 했다.

"여자친구 직장으로."

"너 여자친구 있었어? 심하네. 살인자라고 고발당하면 미칠 노릇이지."

아마 살인자라는 표현도 이름만 다를 뿐, 똑같은 듯했다.

"하지만 여자친구라면 적당히 둘러댈 수도 있고, 잘만 설명하면 이해해줄 테니 나보다는 낫겠네."

이해해주지 않았다는 말은 할 수 없었다.

"무라이 넌 어디로?"

"아버지 선거사무소."

다음 달 현의회 선거를 앞두고 있는 무라이의 아버지는 교외이기는 하지만 자택 부근 국도변의 커다란 가건물에 선거사무소를 차렸는데, 그곳 유리창에 A4 종이가 한 장 붙어 있었다고 한다. 사람들 눈에 띈다는 면에서는 아사미의 경우와 비슷하다.

"아마도 한밤중에 그런 것 같은데, 아침에 사무소 사람들이 출근한 뒤에도 필승이니 뭐니 하는 전단지가 덕지덕지 붙어 있어 한낮이 지나도록 눈치를 못 챘다더군. 대체 얼마나 많은 사람들이 봤을지 생각만 해도 오싹해."

후카세는 팔짱을 낀 채 고개를 끄덕였다. 미호코 한 사람이 본 것만으로도 이토록 당황스러운데.

"그래서 어떻게 됐어?"

"아버지가 그러시는데 경쟁 후보자가 한 짓이 아닐까 싶다고. 경찰에 신고해야 한다고 길길이 날뛰는 후원회 아저씨도 있는데, 종이에 적혀 있던 내용까지 공표되면 우리가 불리해질 뿐이니 일단 지켜보기로 했어."

"다들 받아들인 거야?"

"설마, 천만에. 소문은 본인 귀에 간신히 들리도록 퍼뜨리라는 규칙이라도 있나 싶게, 멋대로 떠들어대는 소리가 들려. 가장 유력한 건 내가 중학교랑 고등학교 때 왕따 주모자여서 피해자가 자살했다는 설이지. 눈앞에 있던 컴퓨터로 한 번만 검색해봐도 그런 건 망상이라는 걸 알 텐데. 다들 사이좋게 졸업했으니까. 뭐, 평소 내가 사람들 눈에 어떻게 비치는지 이런 일이 없었으면 몰랐겠지만, 알고 싶지도 않았고."

무라이는 맥주를 단숨에 들이켰다. 호출 단추를 누르지 않고 직접 얇은 장지문을 열더니 맥주 하나 더, 하고 소리쳤다. 새 맥주가 올 때까지 후카세는 요리를 우적거리며 일부러 무라이에게서 눈길을 돌리고 생각에 잠겼다.

무라이는 왕따 주모자, 피해자는 자살. 본인이 말해주지 않았다면 후카세도 덜컥 믿어버릴 것 같다. 하지만 무라이는 세미나 친구들을 한 명도 빠짐없이 별장에 초대해주었다.

무라이는 맥주가 나오자마자 단숨에 절반을 비우고 테이블에 쾅 내려놓았다. 말로는 허세를 부리지만 스트레스가 상당한 게 틀림없다.

"이거 맛있어. 식기 전에 먹어봐."

후카세는 자기 앞에 있는 흰돗대기새우튀김 접시를 무라이 앞으로 밀었다. 무라이는 큼직한 튀김을 앞접시에 덜지 않고 그대로 입에 넣었다.

"아버님은 뭐라셔?"

후카세나 아사미와는 달리 무라이의 경우, 고발장도 고발장이지만 가장 실질적으로 큰 피해를 입는 것은 무라이의 아버지이다.

"선거 사무소 사람들 앞에서는 콧방귀도 안 뀌는 척하더니, 집에 돌아가니까 날 부르더라고. 그러더니 정말 사고였느냐고 묻더라."

"히로사와…… 얘기를 하는 거지?"

무라이는 고개를 끄덕였다. 무라이가 털어놓기 전에 아버지가 먼저 사고에 대해 언급했다는 것이 놀라웠다. 똑같은 고발장을 받았을 때 후카세의 부모가 아들 친구의 교통사고와 연관 지을 확률은 거의 제로에 가깝다.

하지만 어찌 보면 당연하다는 생각도 들었다. 마다라오카 고원 별장은 무라이의 숙부 소유, 사고를 당한 차는 무라이의 어머니 소유였다. 특히 자동차가 가드레일을 뚫고 벼랑 아래로 추락했으니, 브레이크 정비 불량 가능성 때문에 경찰의 신문을 받았을 가능성도 있다. 다른 친구들의 부모와는 심각성의 차원이 다를 것이다.

"그야 넓은 의미로 말하면 나도 살인자일지 몰라. 데리러 오라고 하지 않고 택시를 불렀으면 좋았다거나, 그 전날 차 사고를 당하긴 했지만 나는 멀쩡했으니 아침에 함께 갔더라면 좋았다거나, 애초에 별장에 부르지 말걸 그랬다거나, 후회할 일은 수없이 많아. 하지만 평생 끌어안고 가야 할 죄는 아니잖아."

무라이는 연거푸 맥주를 들이켰다. 그 모습을 보자니 불쾌함이 치밀었다.

틀린 말을 하는 건 아니다. 무라이나 히로사와가 야마모토 세미나 수업을 선택하지 않았다면 좋았을걸, 다른 대학에 갔더라면 좋았을걸, 후회의 근원을 거듭 거슬러 올라가 따지기 시작하면 한이 없다. 그런 기로까지 전부 포함해 운명이라 부르는 것이라고 스스로 타이른 시기도 있었다. 하지만 울컥한 감정에 평계는 통하지 않는다.

후회한다는 말과, 술을 마신다는 행위가 상충하기 때문이다.

히로사와가 죽은 뒤 무라이가 술을 마시는 모습은 몇 번이나 보았다. 일 년 전, 히로사와의 삼주기 제사를 마치고 히로사와의 고향 집에서 부모님과 식사했을 때도 무라이는 술을 마셨다.

히로사와의 부모님은 아들을 죽음으로 몰아넣은 친구들인데도 따뜻하게 맞아주었다. 그들은 아들이 술을 마신 사실은 모르지만, 악천후에 길이 험한 줄 다 알면서 무라이를 데려오기 위해 운전면허를 딴 지 얼마 되지 않은 히로사와를 보냈다는 사실은 알고 있다. 이런 녀석들하고 여행을 가지 않았더라면, 하고 가장 먼저 원망해도 이상하지 않은데, 친척이나 히로사와의 고향 친구들과는 따로 식사 자리를 만들어서 음식을 마련해주었다.

무라이는 히로사와의 아버지 옆에 앉아 서로 잔에 맥주가 절반 이하로 줄면 병을 들어 주거니 받거니 했다.

'요시키는 한 잔만 마셔도 고꾸라지는 체질이었거든.'

갑자기 히로사와의 아버지가 그런 말을 해서 후카세와 아사미, 다니하라는 입을 다물 수밖에 없었다. 그런데 무라이 혼자만 그 대신 카레는 몇 그릇을 먹어도 멀쩡했는데 말이에요, 하고 싹싹하게 대답했다.

'카레를 먹으면 히로사와가 생각납니다.'

그렇게 말하더니 히로사와는 여자친구 집에서 손수 만들어준 카레를 얻어먹을 때도 고향 집 카레가 최고로 맛있다고 했어요, 하고 히로사와에 대한 추억을 곱씹으며 여자친구한테 옛날 애인하고 비교하는 거냐고 혼났다는 일화도 떠들었다. 히로사와의 아버지는 그거 엉뚱한 불똥이 튀었네, 하고 눈물을 훔쳤고, 어머니는 목멘 소리로 별로 대단한 맛도 아닌데, 하고 빈 맥주병을 들고 주방으로 사라졌다.

후카세도 카레는 물론이고 벌꿀을 탄 커피나 라쿠고 이야기, 히로사와와 함께한 추억이 잔뜩 있었지만 무엇 하나 입에 담을 수 없었다. 초밥과 닭튀김이 잔뜩 나왔는데 젓가락을 대는 것조차 죄스러워, 사람 수대로 준비해준 오이와 문어초무침을 깨작거리는 게 고작이었다. 그 옆에서 다니하라는 식탁 가운데 놓인 접시에 몇 번이나 손을 뻗어 게걸스럽게 먹어댔다. 아사미도 입에 잔뜩 머금지는 않았지만 젓가락을 내려놓지는 않았다. 요리는 눈 깜짝할 새에 줄어들었다. 체면도 없는지 기가 막힐 정도로. 그런데 무라이는 뻔뻔한 부탁까지 했다.

'이렇게 맛있는 요리를 앞에 두고 이런 말을 하면 실례겠지만, 어머님이 만드신 카레도 먹어보고 싶었어요.'

어쩌면, 다음에 또 오겠다는 말을 넌지시 전하고 싶었던 건지도 모른다. 하지만 그 부탁은 표면적인 뜻 그대로 전달되었다. 주방에서 시원한 맥주를 들고 온 히로사와의 어머니는 냉큼 마개를 따서 무라이의 잔에 따라주며 대답했다.

'그럼 저녁밥으로 먹고 가렴. 아줌마가 지금 맛있게 만들 테니. 응? 응? 응? 응?'

한 사람씩 얼굴을 돌아보며 응? 하고 물으니 아무도 거절할 수 없었다. 원래 그날은 히로사와의 집에서 가까운 역 앞 비즈니스호텔을 예약했다. 히로사와의 부모님도 그건 알고 있었다.

일단 호텔로 돌아갔다가 저녁에 다시 히로사와의 집을 찾아가자 대문이 보이기도 전에 카레 냄새가 풍겼다. 마을을 굽어보는 대지 위에 있는 히로사와의 집으로 가려면 제법 가파른 비탈길을 올라야만 한다. 발길이 서서히 무거워졌지만 카레 냄새를 맡자 걸음이 절로 빨라졌다. 분명 히로사와는 어렸을 때, 이 냄새를 맡으면 달음박질을 쳤을 것이다. 그런 상상을 하며 히로사와의 집을 찾아갔다.

그때도 무라이는 카레를 먹으면서 히로사와의 아버지와 똑같은 속도로 맥주를 벌컥벌컥 들이켰다. 덕분에 굳이 말할 필요가 없었다. 후카세는 무라이의 행동이 고맙기까지 했다. 그런데 어째서 이제 와서 어째서 불쾌한 생각이 드는 걸까…….

아사미가 술을 끊었다는 사실을 알았기 때문이다.

아사미가 제사 때 술을 마시지 않은 것은 눈치채고 있었다. 히로사와의 부모님 앞이라 조심하는 줄 알았는데, 다른 자리에서도 마시지 않는다는 것을 오늘 처음 깨달았다. 제가 그때 술만 마시지 않았더라면, 하고 히로사와의 부모님께 한 말은 진심에서 우러난 사과였던 것이다.

후회란 그런 것을 두고 하는 말 아닌가? 무라이에게 가르쳐주고 싶은 심정이었다. 그런데 오히려 무라이가 후카세를 가만히 바라보았다.

"야, 후카세. 누구 짓일 것 같아?"

무라이가 목소리를 낮추고 물었다. 나를 의심하는 건 아닐까? 그런 생각을 하면서 이 자리에 왔다는 사실을 까맣게 잊고 있었다.

"모르겠어. 솔직히 그 사고를 뜻하는 게 아니라면 좋겠다고 생각했어. 여자친구를 졸졸 따라다니는 스토커 같은 녀석이 나하고 헤어지게 만들려고 대충 생각나는 대로 갈겨쓴 거라면 좋겠어. 하지만 오늘 아사미하고 무라이도 같은 일을 당했다고 하니, 이제 그런 평계는 소용이 없어졌어."

"아사미를 만났어?"

깜짝 놀라 묻는 무라이에게 나라사키 고등학교에서 있었던 일을 간단히 설명했다. 하지만 놀라기는 후카세도 마찬가지였다. 무라이 라면 아사미에 관한 일은 이미 알고 있을 줄 알았다.

"그럼 다니하라는?"

"글쎄, 편지를 받았다는 연락은 없었는데, 아마 어떤 형태로든 피해는 있었을 거야."

다니하라와도 연락을 끊고 지내다니. 후카세는 새삼 무라이가 그를 불러낸 이유를 고민해보았다. 하지만 의외로 단순한 사정일지도 모른다고 짐작했다. 무라이는 후카세가 가장 한가하다고 판단한 것이다.

"우리 말고 다른 사람이 볼 때 그 일은 누가 뭐라 해도 사고야. ……넌 우리 넷 중에 범인이 있다고 생각해?"

안도하기가 무섭게 직구가 날아들었다.

"설마. 이런 짓을 할 이유가 없잖아."

"그걸 어떻게 알아? 지금까지 꿍하고 의심만 품고 있다가, 시비를 가리고 싶어진 걸지도 모르잖아."

무라이는 의미심장한 눈빛으로 후카세를 보았다가 젓가락을 들었다.

"누, 누굴 왜 의심한다는 거야?"

후카세가 묻자 무라이는 허공에 든 젓가락을 지휘봉처럼 작게 흔들며 입을 열었다.

"가령…… 2학년 때였나, 아사미가 가정교사 아르바이트를 하다가 잘린 적이 있어. 부모가 아이하고 잘 맞지 않으니 다른 선생님으로 바꿔달라고 불만을 토로한 모양이야. 그 후임이 히로사와였는데, 그 애가 히로사와하고는 죽이 잘 맞았는지 무사히 고등학교 입학시험에 붙었다지."

히로사와가 잠깐 가정교사 아르바이트를 했다는 말은 들었지만 그때 아사미의 이름은 나오지 않았다. 마음을 써준 걸지도 모르지만 아사미에게는 분명 굴욕적인 경험이었을 것이다.

"그래서 아사미가 히로사와를 싫어해서 그날 억지로 떠밀어 보낸 거라고? 말도 안 되는 소리야."

연락이 되지 않는 히로사와를 염려해 주저 없이 자전거를 타고 어두운 산길을 달려간 아사미의 뒷모습이 머릿속에 떠올랐다. 히로사와를 오래도록 질투하던 사람이라고는 생각할 수 없는 행동이었다. 분명 아사미는 히로사와에게 마중을 가달라고 부탁했다. 하지만 강압적이었던 건 오히려 다니하라였다.

"그랬지. 그럼…… 다니하라는 히로사와하고 야구를 했으니, 우리가 모르는 곳에서 두 사람 사이에 뭔가 문제가 있었을지도 몰라."

"어? 야구?"

"몰랐어? 다니하라네 팀에서 히로사와한테 도와달라고 부탁한 적이 있었는데, 그 후로 이따금 연습이나 시합에 나갔다고 했어."

"아아, 그러고 보니······."

그제야 생각난 듯 말했지만 실은 전혀 모르는 사실이었다. 마다라오카 고원으로 가는 차 안에서 다니하라가 팀동료의 이름을 태연히 꺼낸 것은 그를 아는 일행이 또 있었기 때문이었나. 그러고 보니 히로사와가 프로 야구선수가 되고 싶었다고 말했을 때도 다니하라는 놀라지 않았던 것 같다.

후카세가 모르는 곳에서 히로사와가 다른 친구들과 깊은 교류가 있었다는 사실에 가슴이 아팠지만, 그 이야기를 무라이에게 들었다는 것도 고통을 가중시켰다. 3대 2였던 게 아니라, 4대 1이었나. 차라리, 그러니 고발장을 보낸 범인으로 가장 의심스러운 사람은 히로사와의 단짝친구였던 후카세 바로 너야, 라고 말해주길 바랐지만 잠깐 기다려보아도 무라이의 입에서 그런 말이 나올 기미는 없었다. 그저 젓가락을 내려놓았을 뿐이었다.

"뭐, 나도 우리 넷 중에 범인이 있다고 생각하고 싶지는 않아. 물론 나는 범인이 아니야. 히로사와하고는 학교를 빼면 가끔 둘이서 카레 먹으러 다닌 사이일 뿐이고."

그것도 후카세에게는 금시초문이었다. 정보 수집력이 뛰어난 무라이는 맛있는 카레 가게를 알아내면 히로사와를 꾀어냈다고 한다.

무라이하고 카레 먹으러 갈 건데 후카세 너도 같이 갈래? 어째서 히로사와는 그렇게 물어봐주지 않았을까.

"야, 후카세, 듣고 있어?"

후카세는 아아, 하고 두 손으로 뺨을 철썩 때렸다. 무라이가 말을 이었다.

"그럼 달리 범인이 있고, 그 녀석이 흥신소 같은 데에 의뢰해서 근거를 잡아 우리를 살인자라고 고발했다면 어쩔래?"

"설마."

"나하고 똑같은 대답이네. 아버지가 묻더군. 정말 아무것도 숨기는 게 없냐고. 히로사와가 술을 마셨다는 말은 물론 하지 않았어. 우리 네 사람만 비밀을 지키면 새어나갈 리 없다고, 장례식 끝나고 입이 닳도록 의논했잖아. 하지만 정말 비밀이 그것뿐일까?"

"무슨 뜻이야?"

"너는 그때 사고 현장에 늦게 왔지?"

"응. 자전거가 두 대밖에 없어서 별장을 지키는 신세였으니까."

"하지만 현장까지 달려왔지."

"아사미가 전화했어. 자동차가 가드레일을 뚫고 추락한 흔적이 있다고."

"나도 아사미한테 똑같은 전화를 받고 택시를 타고 사고 현장에 합류했어. 경찰하고 비슷하게 도착했으니, 그 녀석들하고 이야기할 여유는 없었어."

그보다 더 늦게, 그것도 현장에 도착하자마자 쓰러진 후카세는 무라이보다 더 사고 현장 상황을 모른다.

"야, 후카세. 아사미하고 다니하라가 사고 현장에 도착했을 때, 자동차는 정말 벼랑 아래 떨어져 있었을까?"

후카세는 무라이의 말뜻을 이해할 수 없었지만 되물어서는 안 될 것만 같아 접시에 조금 남아 있던 생선회를 입으로 가져갔다. 미칠 듯한 고통을 각오하고 술이라도 마셔볼까? 그런 생각을 할 정도로 이 대화를 이어나가기가 싫었다.

마침내 회사용 커피 원두가 바닥을 드러내고 말았다. 원두만 사러 '클로버 커피'에 갈까 하는 생각도 했다. 휴일 오후, 번잡한 시간대에 가면 안주인도 그동안 발이 뜸했던 이유를 물을 겨를이 없을지도 모른다. 일이 바빠서, 위가 조금 안 좋아서, 그런 무난한 이유를 먼저 입에 담을 수도 있다.

후카세는 마지막 잔이 된 커피를 마시며 안주인을 앞에 두고 흠 잡을 데 없이 대응하는 자신의 모습을 그려보다가 힘껏 고개를 저었다. 지금껏 이미지대로 일이 풀린 적이 단 한 번이라도 있었나? 하지만 원두를 산다는 행위만 두고 생각하면 전혀 어려운 일이 아니었다. 꼭 '클로버 커피'일 필요는 없다. 인터넷으로 스페셜티 커피를 검색해보니 회사에서 집으로 가는 방향과 반대쪽 전철을 타야 했지만 퇴근길에 들르지 못할 거리는 아닌 곳에 원두 가게가 있었다.

바람을 피운다는 게 이런 기분일까? '클로버 커피'의 사장님과 안주인의 미소를 생각하니 배신하는 듯한 죄책감이 밀려들었지만 외근에서 돌아온 사원이 커피를 마시지 못해 아쉬워하는 모습을 보고 결심했다. 내가 마시고 싶어서가 아니다. 맛있는 커피를 찾는 회사 사람들을 위해 어쩔 수 없이 사는 것이다. 마음속으로 그런 핑계를 대며 퇴근 후 후카세는 평소의 반대편 전철 플랫폼에 섰다.

맨 앞에 서 있는데 여고생 무리가 뒤따라 줄을 섰다. 주말에 영화 보러 가기로 했는지 XX역을 맡은 주연배우는 이미지가 딱 맞아떨어진다는 이야기를 하고 있었다. 순정만화가 원작인 듯했다.

"XX가 죽는 장면에서 무조건 울 거야."

주인공이 죽다니, 그건 결말이 아닌가? 그럼 말하면 안 되지. 볼 생각도 없는 영화인데도 여고생들의 무신경한 태도에 조금 화가 났다. 그러고 보니 다니하라도 그런 면이 있었다.

다니하라는 팝송만큼 서양 영화도 좋아했다. 시사회에도 열심히 응모했는데, 운이 좋은 편이어서 꽤 많은 작품을 개봉 전에 보았고, 그렇지 않은 작품은 대개 개봉 첫날에 보러 갔다. 그리고 세미나실에서 각본이 어떠네, 배우가 어떠네, 음악이 어떠네 하며 평론가라도 되는 것처럼 한바탕 떠들다가 결말까지 말해버리는 것이었다.

'거기까지 말하는 건 반칙이야.'

무라이가 타박한 적이 있다.

'왜? 너희는 서양 영화는 안 보잖아.'

다니하라는 반성하는 기색도 없이 그렇게 대답했다. 확실히 그렇긴 하다. 후카세는 자기의 행동을 되돌아보았다. 다니하라도 처음부터 스포일러를 떠벌리는 것은 아니다. 절묘한 곳에서 말을 멈추고 진짜 볼만해, 하고 말해주어도 후카세는 한 번도 영화를 보러 가지 않았다. 아사미는 이따금 갔던 모양이라 아사미가 있을 때는 다니하라도 스포일러를 하지 않았다.

'네가 만날 보는 인디 영화하고 '스파이더맨'이 같냐?'

무라이는 여자친구하고 보러 갈 예정이었던 듯 한동안 투덜거렸지만 후카세는 그마저도 제목만 알지 본 적은 없었던 터라 잠자코 있었다. 애초에 극장에 서양 영화를 보러 간 횟수도 한 손으로 헤아릴 수 있을 정도였다. 그가 관심을 가진 작품 정도만. 후카세에게 영화를 보러 가자고 말해주는 친구는 없었다. 히로사와를 빼면…….

후카세의 아파트에서 히로사와가 빌려온 '바이오해저드' DVD를 보았을 때였다.

'역시 이런 건 극장에서 봐야 제맛인데.'

히로사와가 커피가 든 머그컵을 한 손에 들고 말했다. 후카세가 재미있을 것 같네, 하고 동의하자 가을에 개봉할 예정인 속편을 함께 보러 가자고 말해주었던 것이다. 결국 그 영화는 DVD로도 보지 않았다. 히로사와가 보지 못한 영화를 혼자 볼 수 없었다. 여고생들의 목소리가 일순 사라졌다.

히로사와는 그것 말고도 하고 싶은 일이 많았던 게 아닐까…….

전철이 도착하고 문이 열리자 후카세는 여고생들에게 등을 떠밀리다시피 저녁 무렵의 혼잡한 전철에 올라탔다.

커피 가게는 금방 찾았다. '클로버 커피'보다 종류도 풍부하고 처음 보는 생산지도 있었지만 어디까지나 사무적인 구입이라는 듯이 '추천' 표시가 있는 니카라과와 온두라스를 500그램씩, 총 1킬로그램을 샀다.

향기가 날아가니까 한꺼번에 많이 사면 안 돼. '클로버 커피'의 안주인이라면 그렇게 충고해줄 텐데, 계산대의 여성 점원은 한마디도 충고해주지 않았다. 한눈에 보기에도 그럴 여유가 없을 만큼 가게 안은 붐볐다. 매장 공간 옆에 있는 카페 공간 입구의 잡지꽂이에는 찌지가 붙어 있는 잡지가 대여섯 권 꽂혀 있었다.

후카세가 카페 공간으로 들어간 이유는 커피를 마시고 싶어서는 아니었다. 그런 행동은 바람피운 상대의 집에 들어앉은 꼴이나 다름없다. 잡지꽂이 옆에는 작은 칠판이 놓여 있었다. 이 가게의 매상을 책임지고 있는 품목은 커피뿐만 아니라, 매주 종류가 바뀌는 허니 토스트도 한몫을 담당하는 듯했다. '금주의 벌꿀'이라는 칸에 '에히메 현 산産 귤꽃 벌꿀'이라고 적혀 있었다. 어쩌면 히로사와네 고향 집 귤밭에서 딴 꿀일지도 모른다.

작년 히로사와의 삼주기 제사에 다들 참석했을 때, 수제 허니 레모네이드를 대접받았다. 벌을 치는 건 히로사와의 큰아버지이지만,

풀려나온 벌들이 꿀을 채집하는 곳은 우리 집 귤밭이라고 히로사와의 어머니가 알려주었다.

히로사와가 나눠준 벌꿀을 커피에 타 마시곤 했습니다. 후카세는 목구멍까지 올라오는 그 말을 차마 하지 못하고, 연신 맛있다며 한 잔 더 달라는 무라이와 다니하라, 어떻게 만드는지 묻는 아사미를 잠자코 바라보기만 했다.

'요시키는 토스트에 잘 뿌려 먹었단다. 곰돌이 푸 같다고 놀리면 화를 냈지.'

그의 어머니는 그런 말과 함께 웃으며 눈물을 훔쳤다. 후카세는 히로사와와 허니 토스트를 먹어본 적이 없었다. 하지만 그날 밤, 어쩌면 아무 일 없이 히로사와가 무라이와 함께 별장으로 돌아왔다면 이튿날 아침 다 함께 허니 토스트를 먹었을지 모른다.

입을 큼직하게 벌리고 토스트를 한입 베어먹는 히로사와의 얼굴을 지워버리듯 손바닥으로 두 뺨을 찰싹 때리고는 축축하게 젖은 눈동자를 말리려 힘껏 눈을 깜빡거렸다. 커피와 토스트가 나왔다. 작은 유리병에 든 벌꿀이 같이 나왔다. 후카세는 호박색 벌꿀을 티스푼으로 떠서 컵에 넣고 휘저었다.

나는 히로사와를 기억해내고 싶은 걸까, 잊고 싶은 걸까?

후카세는 토스트에도 벌꿀을 뿌려 한입 베어먹고 주위를 둘러보았다. 다크브라운 색조의 목제 테이블이 있고 재즈음악이 흐르는 차분한 가게로, 자리는 거의 꽉 차 있었다. 저녁때인데도 토스트를 먹는 여자 손님이 많았는데 남자 손님도 삼분의 일은 되었다.

히로사와가 이 부근에 살았으면 매일 다녔겠구나 싶어 쓴웃음을 흘렸다.

또 히로사와다…….

후카세는 옆옆 자리에 앉은 양복 차림의 두 남자에게 눈길을 멈추었다. 여자 손님에게 지지 않을 정도로 큰 목소리로 뭔가 즐겁게 떠들고 있다. 두 사람 다 간사이 사투리를 쓰고 있었다.

"너 그거 들키면 죽은 목숨 아냐?"

듣자 하니 한쪽 남자가 양다리를 걸친 모양이었다. 세심한 주의를 기울이고 있으니 절대 안 들켜, 하고 호언장담하지만 가게 안에 우연히 여자친구가 들어오기라도 하면 어쩔 셈일까. 후카세는 남자의 경솔한 태도가 어이없었다. 설마 본인이 나타나지는 않더라도 애인의 친구나 동료가 있을지도 모른다. 네 옆자리에 앉은 나이 많은 여자 손님 두 명 중 한쪽은 네 애인의 어머니일지도 몰라. 그런 상상을 하면서 어쩌면 유명한 미스터리 소설처럼 이곳에 있는 모든 손님이 저 남자의 애인과 어떤 관계가 있는 사람일지도 모른다고 상상의 나래를 펼쳐보았다. 혹시 자신이 지금 빈정거리고 있지는 않은지, 한쪽 뺨을 문질러보았다.

'지금 딴생각하지?'

히로사와가 한 말이던가. 아니, 미호코다. 한숨이 나오려는 찰나, 가방 안의 휴대전화가 울렸다. 무라이가 문자메시지를 보냈다. 오늘 당장, 전에 만났던 가게에서 만나고 싶다는 내용이었다. 선약은 없었지만 답장을 바로 보낼 수는 없었다.

지난 주말 선술집에서 무라이와 나눈 이야기를 떠올렸다.

'아사미하고 다니하라가 사고 현장에 도착했을 때, 자동차는 정말 벼랑 아래 떨어져 있었을까?'

무라이의 말에 후카세는 아무 대꾸도 하지 않았다. 대답할 수 없었던 것이다. 불편한 침묵 뒤 무라이가 먼저 입을 열었다.

'역시 취소할래. 지금 한 말은 잊어줘.'

그렇게 말하더니 시간을 확인하고 마지막으로 라멘이라도 먹으러 갈까, 하고 후카세를 돌아보며 웃었다. 후카세는 그저 배가 터질 것 같다고 작게 대답할 수밖에 없었다. 하긴, 하고 무라이도 그 이상 권하지는 않고 장지문을 열어 점원에게 계산을 요청했다.

'거기 말이야, 이 계절에는 갯장어전골도 먹을 수 있대. 다음에는 다 함께 갔으면 좋겠다. 그래, 그렇게 말을 붙였어. 너도 불러보라고 아사미에게 부탁했는데.'

'응, 들었어.'

정말 후카세도 불러주었던 것이다. 그런 생각을 하며 무라이와 역에서 헤어졌다.

마음에 걸리던 무라이의 말뜻을 곰곰이 생각해본 것은 아파트로 돌아온 다음이었다. 힘든 일은 하나도 하지 않았는데, 집에 오자마자 피로가 확 밀려와 텔레비전도 켜지 않고 다다미 위에 벌러덩 드러누웠다. 천장 벽지는 민무늬가 아니라 작은 격자무늬였구나, 하고 뒤늦게 알아차리고 멍하니 벽지를 바라보는 사이, 억지로 머릿속에 가둬둔 말이 떠오른 것이다.

아사미와 다니하라가 사고 현장에 도착했을 때, 자동차는 정말 벼랑 아래 떨어져 있었을까? 반대로 말하면 아직 떨어지지 않았을지도 모른다는 뜻이다. 자동차는 그곳에 있었다. 사고를 당했다. 불길에 휩싸이지는 않았다. 차 안에는 히로사와가 있었다. 그렇다면 일단 구급차를 부르거나 경찰에 신고했을 것이다. 하지만 무라이와 후카세가 현장에 도착했을 때 자동차는 벼랑 아래 떨어져 있었다. 아직 떨어지지 않은 물체가 떨어졌다면, 고의로 떨어뜨렸다는 뜻이 된다. 어째서 그런 짓을 해야 하나?

히로사와가 술을 마셨다는 사실을 경찰에 들키면 곤란했기 때문이다. 그래서 자동차와 함께 통째 불에 태우기로 했다. 하지만 벼랑 아래 차를 떨어뜨린다고 무조건 불이 붙을까? 어쩌면 가끔 담배를 피우던 히로사와가 주머니에 라이터를 넣어두었을지도 모른다. 그래서 차 안에 미리 불을 지른 다음, 방화로 의심을 사지 않도록 차를 밀어 떨어뜨렸다……

후카세는 벌떡 일어나 고개를 세차게 저었다. 주방으로 가 냉장고에서 생수병을 꺼내 그대로 입을 대고 벌컥벌컥 마셨다. 어리석은 생각을 지워버리려는 듯이 싱크대에서 얼굴을 벅벅 씻었다.

하지만 무라이는 똑같은 생각을 했기 때문에 그런 말을 한 것이다. 다니하라와 아사미를 후카세보다 몇 배는 더 이해하는 무라이가 두 사람을 의심하고 있다. 하지만 무라이가 그런 생각에 다다른 이유를 생각해보니 엉뚱하다고 딱 잘라 말할 수가 없었다.

무라이는 다니하라, 아사미와 셋이 균등하게 짊어진 죄에서 혼자만 벗어나고 싶은 게 아닐까? 그래서 두 사람에게 히로사와를 원망할 이유가 있다는 이야기를 넌지시 내비치며 더 악랄한 상황을 날조한 것이다. 살인자라는 딱지가 어지간히 충격이었던 모양이다. 무라이는 그런 녀석이다.

후카세는 히로사와의 사고에 대해 더 생각하지 않기로 했다.

그런데 무라이가 다시 만나고 싶다며 연락을 했다. 그것도 지금 당장. 역시 가설을 털어놓고 싶었던 걸까? 후카세가 동의하면 다수결은 2대 2가 된다. 하지만 그렇게 시시한 문제 때문에 무라이를 만나고 싶지는 않았다. 만나면 기세에 눌려 제멋대로인 가설에 억지로 찬동해야 할지도 모른다.

어쩌면 새로운 피해를 입었을지도 모른다는 생각도 들었다. 후카세는 휴대전화를 고쳐쥐고 짤막한 문장을 입력했다.

'무슨 일 있었어?'

답장 내용에 따라 만날지 말지 정하자. 답장은 커피 한 모금 마실 새도 없이 돌아왔다.

'누가 다니하라를 선로에 떠밀었어.'

후카세는 삼분의 일쯤 남은 토스트를 남겨놓은 채 커피만 벌컥

들이켜고 자리에서 일어났다. 벌꿀이 든 커피는 이미 식어서 예전과 마찬가지로 맛이 뒤죽박죽이었다. 그것이 오히려 후카세의 가슴을 뒤흔들어놓았다.

이미 끝난 일로 받아들이지 않았던가? 후카세는 그렇게 자문했다. 후카세를 살인자라고 규탄하는 편지가 인생 최초의 연인, 미호코 앞으로 왔고 두 사람의 관계는 끝났다. 그 단계에서 편지를 보낸 인물의 복수는 끝났다고 생각했다. 아사미나 무라이도 비슷한 해를 입었지만 목숨이 달린 문제는 아니었다. 그래서 화도 나고 억울한 마음도 들었지만 그냥 덮어두었다.

하지만 선로에 떠밀려 떨어졌다면……. 다니하라는 어떻게 된 거지? 후카세는 이동하는 전철 안에서 휴대전화로 전철 사고 정보를 검색했지만, 지난 며칠간의 뉴스에서 전철에 치여 사망한 사고 소식은 찾을 수 없었다.

지난번에는 낯선 동네를 여행하는 심정으로 겨우 찾아갔던 선술집도 두 번째가 되니 어렵지 않게 도착했다. 이 정도 떨어진 곳이라고 해서 아는 사람과 마주치지 않을 거라고 착각해선 안 된다. 후카세는 미닫이문 앞에서 심호흡을 한 번 하고 가게로 들어갔다. 점원에게 무라이의 이름을 대자 지난번처럼 안쪽 방으로 안내해주었다.

장지문을 열자 무라이는 이미 와 있었다. 그리고 테이블 맞은편에 아사미도. 언제부터 있었는지, 무라이 앞에는 절반쯤 빈 맥주잔이 있고, 아사미 앞에는 아직 입을 대지 않은 듯한 우롱차 잔이 놓여 있었다. 안주는 서비스로 나오는 풋콩뿐이었다. 후카세는 좁은 틈새로 몸을 드밀며 뒷손으로 장지문을 닫았다.

"다니하라는?"

선 채로 무라이에게 물었다.

"일단 앉아. 목숨에 지장은 없대."

무라이의 차분한 대답을 듣고 후카세는 가슴을 쓸어내리며 아사미 옆에 앉았다.

"일은 안 바빠?"

아사미에게 묻자 성적 처리도 이미 마쳤다는 대답이 돌아왔다. 바쁜 것과 무슨 상관이 있는지 모르겠지만, 일찍 퇴근할 수 있는 시기라는 뜻일 거라 해석했다. 아니, 다니하라 소식을 들었다면 어지간한 용무가 아닌 이상 달려오는 게 마땅하다.

"일단 뭐라도 대충 시키자. 이야기는 그다음에."

무라이가 메뉴판을 펼쳤다. 음식이 목구멍으로 넘어갈 것 같지 않았지만 후카세는 우롱차와 지난번과 똑같은 메뉴로 부탁한다고 대답했다. 아사미가 눈썹을 찌푸리며 무라이와 후카세를 번갈아 보았다. 두 사람이 만난 사실을 몰랐던 모양이다.

"지난주 금요일에 여기 왔었어. 그 고발장 때문에."

숨길 일은 아닐 것 같아 말했다가 바로 앗, 하고 입을 다물었다. '그 고발장'이라고 말했는데 아사미가 당한 일을 후카세가 알고 있다는 사실을 아사미 본인은 모르기 때문이다.

"배달 갔다가 기다 선생님한테 조금 들어서."

변명하기가 무섭게 아사미는 요란한 한숨을 쉬면서 손으로 이마를 짚었다.

"뭐가 조금이야."

"미안……."

무심코 사과했다. 후카세를 불러내 일방적으로 떠들어댄 것은 기다였는데.

"이제 와서 따져봤자 뭐해? 우리 모두 어떤 형태로든 고발장을 받은 건 사실이잖아."

무라이는 그렇게 말하고 장지문을 열어 점원을 불렀다. 뭐 마시고 싶은 거 있어? 아사미에게 물었다가 아무거나, 라는 대답을 듣고는 지난번과 같은 메뉴를 시켰다. 장지문이 닫히고 삼 초쯤 뜸을 들이다가 후카세는 두 사람에게 물었다.

"다니하라도 고발장을 받은 거야?"

"그야 그 녀석만 안 받았을 리 없잖아. ……뭐, 자세한 이야기는 네가 해. 그 녀석을 만난 건 너뿐이니."

무라이가 아사미에게 말했다. 이번에는 후카세가 눈썹을 찌푸렸다. 무라이, 다니하라, 아사미 셋이 한 세트 아니었나? 만약 세 명이 다니하라를 중심으로 둘과 하나로 갈라진다면 다니하라와 무라이가 짝을 이룰 줄 알았는데.

후카세가 주문한 우롱차와 간단한 음식이 나왔다. 아사미는 장지문이 닫히는 것을 확인하듯 눈길로 쫓다가 후카세를 바라보았다.

"고발장은 익명으로, 회사 총무부 앞으로 왔대."

다니하라가 아사미에게 전화했다고 한다. 아사미의 차에 고발장이 나붙은 것은 이틀 뒤였기 때문에 그때는 아사미도 다니하라를 개인적으로 미워하는 인물, 특히 회사 내부인의 소행이 아니겠느냐고 남 일처럼 대답했다. 하지만 다니하라는 히로사와의 사고를 제외하면 살인자라는 말을 들을 만한 짓은 절대 하지 않았다고 단언했고, 아직 연락을 못 받았을 뿐이지 너도 교장이나 학부모회장 앞으로 똑같은 편지가 배달된 것 아니냐는 말을 아사미에게 넌지시 하기도 했다.

그렇지만 다니하라는 그렇게 심각한 투는 아니었다고 한다. 대기업 정도 되면 수상한 편지가 날아오는 일도 드물지 않다고 한다. 총무부는 그를 불러 어찌된 영문인지 물었고, 다니하라는 거기서 히로사와의 사고에 대해 이야기했다.

"회사 사람한테 말했다고?"

무라이가 얼빠진 목소리로 외쳤다. 후카세도 놀랐다. 그는 자기를 이해해주리라 믿었던 미호코였으니 털어놓았지만, 만일 다니하라와 같은 상황에서 회사 상사에게 불려갔다면 히로사와의 '히' 자도 꺼내지 못했을 것이다. 전혀 모르는 일입니다, 하고 우물쭈물 대답하는 게 고작이었으리라.

"어설피 속이는 것보다는 낫잖아? 경찰에 말했던 내용을 그대로 전하고, 그것 말고는 짐작가는 바가 없다 하는 게 낫지."

아사미가 말했다. 정말 그럴까? 후카세는 아사미의 옆얼굴을 관찰했다. 너는 고발장을 목격한 사람들에게 제대로 설명하지 않았잖아? 다니하라가 편지를 받았다는 사실을 알고 있었다면 더더욱 사고를 가리키는 말인 줄 바로 알았을 텐데. 현장을 목격한 동료에게는 학교 안에서 술을 마셔 처벌받은 학생이나 그 학부모가 한 짓인 양 둘러댔고.

그게 교사로서 옳은 행동일까?

"그래서 회사 사람들은 이해해줬대?"

후카세는 물었다.

"무슨 말이 오갔는지 자세히는 모르겠지만, 마지막에는 개의치 말라고 격려해줬다더라."

정말 그럴까? 또다시 허탈한 기분을 맛보았다. 그도 미호코에게 솔직하게 전부 털어놓을 게 아니라 음주 얘기는 빼고 말했다면 좋았을 텐데, 어째서 그때는 깨닫지 못했을까?

히로사와에게 술을 먹인 일에 그는 아무 역할도 하지 않았기 때문이다. 나는 잘못이 없다, 히로사와가 사고를 당한 것은 내 탓이 아니다, 그 점을 확실히 주장하려면 음주 사건은 오히려 빼놓을 수 없는 에피소드라 생각했기 때문이다. 그것이 오히려 무덤을 파는 꼴이 되었다.

"그럼 고발장을 보낸 녀석의 의도는 빗나간 셈이네."

무라이의 말에 흠칫 놀랐다.

"그래서 플랫폼에서 떠민 거야?"

입에 담으면서도 두 팔에 소름이 돋는 것을 느꼈다.

"거기까지는 모르겠어."

아사미는 냉정하게 대답했다. 음식이 또 나왔다. 주문한 메뉴가 다 나왔다. 이제 대화가 중단될 일은 없다.

"어이, 어떻게 플랫폼에서 떨어졌는지 자세히 얘기해봐. 아무 처분도 받지 않았다는 사실을 알고 바로 다음 행동을 취한 거라면, 회사 안에 범인이 있다는 뜻 아니야?"

무라이가 흥분한 기색으로 말했다. 지나치게 단순한 가설이지만 후카세도 완전히 부정할 수는 없었다. 후카세는 고발장 때문에 미호코를 잃었다. 반면에 나머지 세 명은 아직은 아무것도 잃지 않았다. 그런데 다음 마수는 다니하라를 덮쳤다.

"어쩌면 우리는 눈속임 아닐까? 범인이 노리는 건 다니하라 한 명이고, 다니하라를 조사하다가 그 사고를 알게 되어서 우리를 눈속임으로 썼다…… 이런 건?"

무라이가 무리하게 가설을 풀어냈다. 그렇다면 엉뚱한 불똥 아닌가? 후카세는 머리를 싸매고 싶은 심정이었다.

"잠깐, 앞서가지 마. 다니하라가 플랫폼에서 떨어진 건 일요일이야. 평소처럼 야구팀 연습 시합을 마치고 돌아가는 길에 그런 거야."

아사미가 말했다.

"뭐야, 그런 건 빨리 말해."

"무라이 네가 끼어든 거잖아."

"그럼 입 다물고 있을 테니 정리해서 한꺼번에 말해줘."

무라이는 부루퉁한 얼굴로 흰돗대기새우튀김을 통째 입에 넣었다.

"지난 일요일이었어……."

아사미는 수업할 때도 이런 식이겠지. 후카세는 자세를 가다듬고 아사미의 강의에 귀를 기울였다.

일요일, 다니하라가 사는 동네의 소년 야구팀 OB 친구들로 결성된 '봄버스'는 사이타마 시민운동장에서 옆 마을 소년 야구 OB 팀인 '파이터스'와 오후 시합을 가졌다. '봄버스'는 다니하라의 역전 투런 홈런으로 승리했고, 그 후 운동장 근처의 선술집에서 뒤풀이를 빙자한 술판이 벌어졌다. 선술집에 가까운 노래방으로 이차를 갈 예정이었는데 다니하라는 이튿날 오전에 중요한 회의가 있어 다음 자리는 가지 않고 도내에 있는 집으로 돌아가기로 했다.

오후 9시쯤이었다. 역 플랫폼에서 전철을 기다리던 다니하라는 갑자기 등에 강한 충격을 받고 선로에 떨어졌다. 무슨 일이 벌어졌는지 어리둥절해 하는 사이에 열차가 다가오는 게 보였고, 아슬아슬하게 플랫폼 아래쪽 빈 공간으로 피해 목숨을 건졌다고 한다.

아사미는 우롱차를 한 모금 마셨다.

"플랫폼 밑에 공간이 있어서 다행이었네. 그래서 다니하라가 또 직접 전화한 거야? 너도 조심하라고?"

무라이가 물었다.

아사미는 그래, 하고 잔을 내려놓으며 고개를 끄덕였다. 후카세는 순간적으로 막연한 위화감을 느꼈다.

"그래서 이번에는 아사미가 내게 문자메시지를 보냈던 거군. 직접 만나고 싶으니 후카세도 불러달라고. 다니하라한테 생긴 일을 말해주고 너희도 조심하라고 충고해주려고?"

"……맞아."

"좀 이상하지 않아? 벌써 수요일이야. 그사이 나나 후카세에게 무슨 일이 있었으면 어쩔 작정이었어? 오늘 부른 건 네 사정 때문이야? 그렇게 복잡하게 굴게 아니라 다니하라가 직접 우리한테 문자라도 보내면 끝나는 문제 아니야?"

"그게 아니야. 미안, 설명이 부족했네. 다니하라가 전화한 건 오늘 낮이었어. 깜짝 놀랐지. 다니하라한테 직접 만나고 싶다고 했더니 집으로 와달라기에 일 마치고 다녀왔어. 그리고 다니하라 집에서 나오자마자 무라이한테 연락해서 여기로 바로 온 거야."

"그럼 다니하라는 왜 같이 안 왔어? 다치기라도 한 거야?"

"다니하라는…… 외상은 찰과상 정도인데 정신적 충격이 꽤 큰 모양이야. 밖에 나가는 게 무섭다는군. 월요일부터 회사에도 못 가고 있어."

"그 녀석, 그렇게 예민한 성격이었나?"

"전철에 치여 죽을 뻔했다잖아!"

아사미가 버럭 소리를 지르는 바람에 후카세는 어깨를 움찔 떨었다. 전철이 자신을 향해 달려오는 장면을 상상해보았다. 물론 무라이도 이야기를 들으며 그 광경을 떠올렸을지 모른다. 상상 속 주인공이 무라이든 다니하라든, 아슬아슬하게 몸을 훌쩍 돌려 피했을 것이다. 하지만 운동신경은 그럭저럭 괜찮다고 해도 무슨 일이 일어났는지 빠르게 판단하고 적절한 행동을 취하기는 어려울 것이다. 나였다면…… 후카세는 소름이 돋은 팔을 와이셔츠 위로 천천히 쓰다듬었다.

"하지만 이대로 평생 집에만 틀어박혀 있을 순 없잖아."

무라이는 잔에 남은 맥주를 들이켰다.

"그래서…… 경찰하고 상의하겠대."

아사미가 한숨을 크게 내뱉듯이 말했다. 후카세도 무라이도 눈을 부릅뜨고 아사미를 바라보았다.

"일단 오늘은 아무 짓도 안 할 거야. 나도 함께 가겠다고 말해놨거든. 다니하라가 밖으로 나가는 걸 두려워하는 건 사실이지만, 실은 여기서 모인다는 말도 하지 않았어."

"다니하라하고 아사미는 경찰에 갈 거고, 나하고 후카세는 어떻게 하겠느냐 이거지?"

무라이가 말했다.

"잠깐."

후카세는 짚어두고 싶은 문제가 있었다. 아사미에게 물어보았다.

"고발장과 누가 떠밀어서 선로에 떨어진 일을 경찰에 상의하겠다는 거야? 아니면 그 일도 전부 털어놓겠다는 거야?"

"그 일?"

아사미가 되물었다. 어째서 눈치를 못 챌까, 후카세는 답답했다.

"술 얘기 말이야."

"너, 그건 무덤까지 가져가기로 약속했잖아."

무라이가 끼어들었다.

"나는 부모님이나 여자친구는 물론, 아무한테도 말하지 않았고, 앞으로도 절대 말하지 않을 거야. 애초에 경찰한테 그런 비밀을 순진하게 털어놓아서 뭘 하게? 고발장에는 단순히 우리가 살인자라고 적혀 있을 뿐이지, 비밀을 털어놓지 않으면 죽인다는 말은 없었잖아."

"무라이!"

목소리가 서서히 커지는 무라이를 향해 아사미가 손가락을 입술에 갖다대며 조용히 하라는 시늉을 했다. 별실이라고는 해도 방음 설비가 완벽한 것은 아니다. 다른 방에서 흘러나오는 웃음소리도 곧잘 들렸다.

"아, 미안."

무라이는 앞으로 내밀었던 몸을 다시 뒤로 뺀 뒤 책상다리로 꼰

다리를 서로 바꾸어 앉았다.

"물론 그 일은 덮어둬야지."

아사미가 시범을 보이듯 목소리를 낮추어 말했다.

"그럼 괜찮은 것 아니야? 그 일을 다시 들추는 건 피하고 싶지만, 다니하라는 목숨을 위협받았고, 앞으로 나나 너희에게도 그런 위험이 닥칠지 모른다고 생각하면 어쩔 수 없잖아. 범인을 확실하게 잡아달라고 해야지. 종이에 지문이 남아 있을지 모르니 내가 받은 편지도 증거품으로 함께 제출할게."

무라이는 함께 경찰에 갈 기세였다. 나도 미호코에게 그 편지를 달라고 하는 게 나을까? 후카세는 팔짱을 꼈다.

"잠깐만. 내가 함께 가주겠다는 말로 다니하라를 달래기는 했지만 사실 어쩌면 좋을지 모르겠어. 그래서 너희한테 의논하는 거야."

아사미는 무라이와 후카세를 번갈아 보았다. 아사미가 망설이는 이유를 후카세는 어쩐지 알 것 같았다.

"너, 아까는 다니하라가 죽을 뻔했다고 화냈잖아. 그런데 뭘 망설이는 거야?"

무라이가 물었다.

"범인이 히로사와의 소중한 사람일지도 모르니까. 그렇지?"

후카세가 확인하듯 묻자 아사미는 천천히 고개를 끄덕였다.

"무라이가 말한 것처럼 범인이 다니하라 한 사람만 노렸고, 우리는 눈속임이라고 한다면 일찌감치 경찰에 신고하는 게 좋을지도 몰

라. 본인도 모르겠다면 다니하라를 개인적으로 원망하는 사람이 누군지 알아내기 어려우니까. 하지만 일반적으로 생각해보면 고발장을 받은 우리 네 사람을 모두 미워하는 사람이 범인이겠지. 그렇다면 동기가 뭘까?"

"짐작가는 건 히로사와의 사고뿐이야."

무라이가 말했다.

"그럼 히로사와가 죽은 것 때문에 우리를 죽여버리고 싶을 정도로 증오하는 건 누굴까?"

"역시 부모님일까?"

"그럴 리 없어."

후카세가 외쳤다. 히로사와의 부모님은 지금까지 네 번 만났다. 사고 이튿날, 히로사와의 경야와 장례식, 이듬해의 첫 번째 제사, 그리고 작년의 세 번째 제사. 특히 일주기와 삼주기 제사 때는 특별한 대접까지 해주셨다. 문턱조차 못 넘게 했어도 이상하지 않을 텐데.

"뭐, 나도 범인이 히로사와의 부모님이라고 생각하고 싶진 않아. 그만큼 친절하게 대해주셨고, 게다가 고발장도 전부 우편으로 보냈으면 또 몰라도, 아버지 사무소나 아사미 차에 한 짓은 아무리 생각해도 직접 손을 쓴 거잖아. 그런 짓을 하려고 일부러 에히메에서…… 그럴 리가 없지."

맞아, 맞아, 라고 말하듯 후카세는 고개를 힘껏 주억거렸다.

"그럼 다음으로 생각해볼 수 있는 건 애인이나 친구일까."

무라이의 말에 그러네, 하고 중얼거렸지만 막상 실감은 들지 않았다. 그런 관계의 인물이 그만한 복수를 할 리 있을까? 가령, 상상해 본다. 내가 별장에 가지 않았다면 어떻게 되었을까? 후카세에게 히로사와는 최고의 친구, 단짝이다. 그런 단짝이 교통사고로 죽었다. 동행했던 세미나 친구들이 히로사와가 운전면허를 딴 지 얼마 되지 않은 것을 알면서도 악천후 속 험한 길에 내보냈다는 사실을 알면, 원망은 할 것이다. 하지만 굳이 고발장을 보낼까? 하물며 죽이려 들다니. 심지어⋯⋯.

"그런데 왜 이제 와서 그럴까?"

아사미가 말했다. 후카세도 고발장을 보았을 때부터 몇 번이나 고민한 문제였다. 하지만 어쩌면 하고 짐작가는 구석도 있었다.

"최근에 새로운 사실을 알게 된 것 아닐까?"

저녁 무렵 전철역 플랫폼에서 여고생들이 나누던 대화, 커피 가게에서 회사원이 간사이 사투리 억양으로 하던 말, 지나가는 사람이 한 말인데도 머릿속에 똑똑히 남아 있다.

"우리는 신중하게 숨겨왔다고 생각하지만, 어디선가 무심코 말한 적이 있을지도 몰라. 히로사와를 아는 사람이 그걸 우연히 들었을지도."

그리고 히로사와의 부모님 귀에 들어갔다면? 작년에 친절을 베푸신 것이 아무 상관없게 된다. 오히려 사건 직후에 사실을 알게 된 것보다 배신당했다는 분노가 배가 될지 모른다.

"우리는 신중하게 행동했어. 그러니 들켰다고 보기는 어려워. 어쨌거나 우리 안에서 범인을 찾는 게 최선이야. 그게 어렵더라도 히로사와의 부모나 애인, 체포되었을 때 히로사와가 슬퍼할 만한 사람이 그런 건 아닌지 확인하고 나서 그 후에 취할 행동을 고민해봐야겠어."

아사미의 말에 후카세는 고개를 끄덕였다. 완벽하게 동감이다.

"하지만 만약에, 역시 부모님이 범인인 걸로 밝혀지면 어쩌려고?"

무라이가 물었다.

"대화해봐야지. 어째서 이런 짓을 했는지, 우리에게 어떤 속죄를 원하는지."

"속 편한 소리 하고 있네, 다니하라는 죽을 뻔했다고."

"아마…… 아사미는 구 할은 그분들이 아니라고 생각하는 거지? 그걸 확인하려는 거지?"

후카세가 묻자 이번에는 아사미가 고개를 끄덕였다.

"플랫폼이 붐비긴 했지만 다니하라에게 익숙한 곳이야. 변장을 살짝 했다 해도 그런 곳에 히로사와의 부모님이 계셨다면 다니하라가 모를 리 없어. 왜, 그 녀석 남의 얼굴하고 이름 외우기가 특기잖아?"

후카세도 기억나는 바가 있었다. 학창 시절, 딱히 염두에 두었던 적은 없지만 히로사와의 장례식 이듬해, 첫 제사 때였다. 먼 길 와줘서 고맙구나, 하고 나이 지긋한 여성이 말을 걸기에 후카세는 그게 누군지도 모르고 천만의 말씀입니다, 하고 고개를 숙였는데 다니하라는 그 사람이 히로사와의 경야 때 식장 입구를 지킨 사람이라는 것을 알았다. 그밖에도 이 무리는 히로사와의 고등학교 친구들, 저 사람은 중학교 때 담임선생님, 하고 어디서 정보를 구해왔는지 그 자리에 있는 사람들이 히로사와와 어떤 관계인지 대부분 파악하고 있어 깜짝 놀란 기억이 있다.

"그럼 모순되지 않아? 다니하라는 히로사와의 장례식에 온 사람을 꽤 많이 기억했어. 만일 플랫폼에 있었다면 다니하라가 알아챘을 거야. 말은 붙이지 않았을지 몰라도, 어째서 이런 곳에 있는지 경계했을 테지. 고발장을 받은 뒤였으니까. 어쨌거나 줄 맨 앞에는 서지 않을 거야. 하지만 다니하라는 전혀 경계하지 않았어. 그리고 떠밀려서 선로에 떨어졌어. 범인은 히로사와와 친한 인물이지만, 장례식에 올 정도로 친하지는 않다?"

무라이의 지적을 듣고 아사미와 후카세는 팔짱을 끼고 입을 다물었다.

"지금이라도 다니하라한테 가보지 않을래? 플랫폼에 아는 사람이 있었는지 없었는지, 아사미도 다니하라한테 확실히 물어본 건 아니지?"

"그렇긴 한데, 괜찮을까?"

아사미가 눈썹을 찌푸렸다.

"이럴 때 혼자 있으면 나쁜 상상만 해서 마음 약해지잖아. 아니면 애인이 곁에 있어주려나? ……아니, 요전에 연락했을 때는 관심 있는 상대가 있다고 했으니, 애인은 없겠군. 좋아, 그럼 괜찮겠지. 일단 지금 그쪽으로 가겠다고 문자메시지를 보내볼까? 야, 음식도 좀 먹자. 다니하라한테는 소고기덮밥이나 사다줄까?"

후카세는 척척 결정을 내리는 무라이를 따라가는 게 고작이라, 자기 앞에 놓인 접시부터 시작해 남은 음식을 차례로 처리했다.

"문자는 내가 보낼게. 너희하고 만난다는 말도 안 해서 깜짝 놀랄 테니."

아사미는 무라이의 대답을 듣지도 않고 휴대전화로 문자메시지를 보내기 시작했다. 그 모습을 바라보는 무라이의 눈에 순간 의혹의 빛이 떠오른 것을 후카세는 놓치지 않았다.

무라이는 아직도 사고 직후의 상황을 의심하는 것이다.

회사에서 임대해주었다는 다니하라의 맨션은 선술집에서 딱 한 시간 걸렸다. 해쓱한 모습을 상상했는데, 다니하라는 씻고 나왔는지 깔끔한 모습으로 세 사람을 맞이했다. 배가 고팠는지 환한 얼굴로 무라이가 포장 주문해온 소고기덮밥을 받았다.

"빨간 생강초절임은 빼달라고 했어."

무라이가 그렇게 말하자 고마워, 하고 다니하라는 비닐봉투에 얼굴을 박고 냄새를 맡았다. 히로사와는 생강초절임을 좋아했는데. 후카세는 그릇 위쪽이 분홍색으로 덮인 소고기덮밥을 맛있게 퍼먹는 히로사와의 얼굴을 떠올렸다.

"역시 후카세 센스는 알아줘야 해. 커피도 마침 딱 떨어졌는데."

다니하라가 후카세가 든 봉투에 시선을 던지며 말했다. 소고기덮밥 못지않은 존재감을 내뿜는 커피 원두는 회사용으로 산 거였지만 어쩔 수 없다. 종이봉투에서 한 봉지만 꺼내 다니하라에게 건넸다. 위험한 꼴을 당했다는 점을 감안하더라도 여전히 만사를 자기중심적으로 생각하는 녀석이라 기가 막혔다.

"괜찮으면 커피 좀 내려주지 않을래?"

원룸 맨션 현관으로 들어가면 바로 옆에 있는 주방 공간의 냉장고 위에 커피메이커가 놓여 있었다. 너도 왔냐, 라는 말보다는 나을지도 모른다. 후카세는 좋아, 하고 냉큼 싱크대 쪽으로 갔다. 커피를 세팅하고 냉장고 옆 작은 식기 선반을 살펴보니 사이즈도 디자인도 제각각인 머그컵이 다섯 개 있었다. 그중 하나는 다니하라가 세미나실에서 쓰던 컵이었다.

무심코 컵을 다섯 개 늘어놓았다가 황급히 하나를 제자리에 도로 놓았다. 설탕을 찾아보았지만 간장과 마요네즈밖에 보이지 않았다. 하지만 그래도 상관없다는 것을 깨달았다. 설탕을 잔뜩 넣었던 것은 이중에서 히로사와뿐이었다. 그만 물의 양도 잘못 가늠한 모양이다. 커피가 찰랑거리는 컵을 두 손에 하나씩 들어 두 번 왕복한 다음, 세 사람이 앉아 있는 테이블 끝에 후카세도 자리를 잡았다.

"역시 전철역 플랫폼에 장례식 때 본 사람은 없었다나봐."

무라이가 후카세에게 말했다. 커피를 내리는 사이에 선술집에서 나눈 이야기를 다니하라에게 간단히 설명하는 것을 후카세도 들었다.

"이 녀석, 야구팀 매니저 아가씨하고 함께 있었대. 오봉 연휴 때 둘이서 어디 놀러가자고 꾀어내리는데 들키면 민망하니까 주위에 아는 사람이 없는지 살폈다는군."

"전에 친척 아주머니하고 맞닥뜨린 적이 있거든."

다니하라가 소고기덮밥을 게걸스럽게 먹으며 말했다. 식욕도 충분한 모양이다.

"그래서 이 녀석 말이, 가장 수상한 건 히로사와의 애인이 아니겠느냐고 하네."

다니하라는 입 안에 든 음식을 삼키면서 고개를 끄덕였다.

"히로사와한테 애인이 있었어?"

후카세가 물었다. 히로사와와 함께 보낸 시간을 모조리 되짚어보아도 애인 이야기는 한 번도 나온 적이 없었다. 묻지 않았던 이유는…… 같은 처지이길 바랐기 때문이다.

"있었겠지. 그렇지, 아사미?"

다니하라가 아사미에게 동의를 구했지만 아사미도 그랬던가? 하고 고개를 갸웃거렸다.

"마다라오카 고원으로 가는 도중에 휴게소에서 그 녀석, 지역 한정 헬로키티 장식줄을 샀잖아. 애인 선물이냐고 물었더니 여동생한테 줄 거야, 하고 태연히 말하던데."

"맞아, 그랬어."

아사미도 손뼉을 쳤다. 다니하라와 아사미가 술을 사러 가고, 히로사와도 선물을 사야겠다고 쫓아가서 후카세 혼자 빵 코너에 있었을 때다. 후카세도 그때 일을 떠올렸다.

"여동생 없잖아?"

다니하라가 젓가락을 내려놓으며 고개를 숙였다. 외아들이었는데, 라는 말은 후카세도 장례식장 곳곳에서 들었다.

"하지만 장례식장에 그런 애는 없었잖아……."

후카세는 장례식장 광경을 떠올리며 말했다. 떳떳하지 못한 네 사람은 처음에는 장례식장 맨 뒤에 있었지만 앞으로 가라고 등을 떠미는 동네 주민과 친척들 때문에 자리를 옮겨 마치 친구 대표인 듯 친척들 바로 옆에 앉게 되었다. 그곳에서 향을 피우는 사람들을 멍하니 바라보고 있었는데, 애인인 듯한 사람은 보지 못했다. 아니, 후카세는 고개를 저었다. 남들보다 심하게 울거나 몸부림치는 초췌한 모습의 여자가 없었을 뿐이다.

"히로사와가 죽었다는 사실을 장례식 때는 미처 몰랐던 건지도 몰라. 우리도 히로사와가 여름방학 때 다른 곳에서 사고당했다면 그 자리에 없었을지 모르잖아. 휴대전화는 불에 타버렸고, 요즘 세상에 연락이 안 닿는다고 학생과에 문의한들 고향 집 주소나 전화번호를 간단히 알려주지 않을 테고."

아사미가 말했다. 그렇구나. 히로사와가 사고를 당할 때까지 후카세도 히로사와의 고향 집 주소는 몰랐다. 그리고…… 만약 지금 후카세가 죽는다 해도 미호코는 그의 장례식에 와주지 않을 것이다. 관계가 이어졌다고 해도 일단 후카세가 죽었다는 사실을 미호코에게 알릴 사람이 없고, '클로버 커피'를 통해 알게 되었다 해도 후카세의 고향 집 연락처까지는 알지 못한다.

히로사와는 어떤 사람과 사귀었던 걸까? 그러고 보니 국숫집에서 나왔을 때, 차 밖에서 기다리던 히로사와는 휴대전화를 들고 있었는데 어쩌면 여자친구에게 문자메시지를 보낸 건지도 모르겠다. 고원 돈가스 카레가 맛있었어, 하고. 그리고…… 어째서 잊고 있었지?

"차를 몰고 가면서 여자친구한테 문자메시지를 보낸 건 아닐까? 거기에 술을 마셨다는 내용까지 썼다면……."

아사미, 다니하라, 무라이, 세 사람이 동시에 후카세를 주목했다.

"히로사와가 운전중에 문자메시지를 보낼 사람으로 보여?"

무라이가 말했다.

"졸렸을지도 몰라. 히로사와가 별장에서 나갈 때 내가 커피를 건넸어. 그래서 그걸 마시려고 차를 갓길에 세운 김에 보냈을 수도 있고."

히로사와는 군소리 없이 나갔지만 사실은 한마디쯤 투덜거리고 싶었을 것이다. 여자친구에게 직접 전화 걸었을 가능성도 있다. 히로사와의 목소리를 마지막으로 들은 사람은 그들이 아니었을지 모른다. 머리를 맑게 하고 싶었는지 세 사람이 동시에 컵을 들었다.

"있잖아."

후카세는 세 사람을 향해 자세를 가다듬었다.

"내가 범인을 찾아보면 안 될까? 여름휴가도 교대제니까 신청하면 다음 주라도 당장 받을 수 있을 거야, 부탁이야."

얼른 고개를 숙였다. 아직 그리 줄지 않은 커피의 표면이 시야에 쑥 들어왔다. 색만으로 맛을 판별할 수는 없다. 이것과 똑같을지 모른다. 그야말로 히로사와의 단짝인 줄 알았는데, 한심할 정도로 히로사와에 대해 아는 게 없다.

정말 여자친구가 있었을까? 4학년이 되기 전에는 누구와 친했을까? 학창 시절은 어땠을까? 아르바이트는, 동아리는, 고등학교 때는, 중학교 때는, 어린 시절은…… 범인 추적은 아무래도 좋다. 그저 히로사와 요시키란 사람이 궁금했다.

그가 어떤 인생을 보냈는지, 거슬러 올라가보고 싶다…….

제4장

히로사와 요시키가 어떤 인생을 보냈는지 거슬러 올라가보고 싶다.

　후카세는 대학 세미나 친구들 앞에서 그렇게 선언했지만 막상 집으로 돌아와 혼자서 계획을 세우려고 보니 앞이 막막했다. 아파트에서 아직 그다지 색이 바래지 않은 다다미 위에 드러누워 천장을 바라보았다. 거기에 히로사와의 인생이 영상으로 흐른다면 얼마나 좋을까?

　히로사와의 인생이라는 필름에 후카세가 찍혀 있는 것은 분명한 사실이다. 하지만 그다지 긴 시간은 아니다. 대학에서 세미나를 같이한 고작 몇 달. 기껏해야 한 장면이나 두 장면. 그래도 후카세가 서 있는 자리에서 차례로 필름을 되감아보면 조금씩 거슬러 올라갈 수 있을지 모른다고 안일하게 생각했다. 하지만 후카세가 히로사와와 함께한 장면은 다른 어떤 장면과도 연결되지 않는다는 사실을 뒤늦게 깨달았다.

기다란 선 위에 점으로만 존재하는 것이나 마찬가지다.

애초에 4학년이 되기 전에는 학교 안에서 히로사와를 본 기억도 거의 없었다. 후카세가 학교에 최소한으로만 나갔기 때문일지도 모른다. 그래도 입학 당시에는 그나마 마음을 열고 있었다. 여기에서는 나를 이해해줄 사람과 만날 수 있지 않을까, 친구가 생기지 않을까, 하고 말이다.

그럴 때, 한 교실에 히로사와가 있었다면 뭔가 통했을 것이다.

실제로 세미나실 수업 첫날, 교실에 모인 학생들 가운데 히로사와를 발견했을 때, 취미도 성격도 모르면서 자신과 같은 부류가 있다는 생각에 안도했다.

같은 학부, 학과였으니 같은 수업을 들었을 법도 한데. 히로사와가 편입이나 해외유학 경험이 있다는 이야기는 한 번도 들어본 적이 없다. 서로 만나기 전에는 학교에서 어떻게 지냈는지 얘기한 적이 없던가?

아르바이트 이야기를 한 적은 있었다. 이삿짐센터라는 말에 히로사와답다고 생각했던 기억이 있다. 시급은 짭짤하지만 운전면허를 좀 빨리 땄으면 수당을 더 받았을 텐데, 하고 실제로는 별로 아쉽지도 않은 얼굴로 말했다.

가정교사를 일 년 했다는 이야기도 나누었다. 꽤 즐거웠지만 중학교 3학년 남자애라 지망하는 고등학교에 무사히 붙어 사명이 끝났다는 것이었다. 가정교사 일에 대해서는 그 이야기가 끝이었다. 후카세가 한때 편의점에서 아르바이트를 했다는 사실을 안 히로사와가 거기는 오리지널 인스턴트 카레가 맛있다고 하더니, 그다음부터는 오로지 카레 이야기뿐이었다.

일어나서 텔레비전 받침대로 쓰는 서랍장을 뒤졌다. 볼펜은 찾았는데 공책이나 수첩 같은 종이가 보이지 않았다. 대체 나는 무슨 회사에 다니는 사람인가, 하고 기가 찰 즈음 B5 크기의 새 공책이 한 권 나왔다. 갈색 표지가 커피 색깔 같아서 '클로버 커피'에서 배운 지식을 정리해보는 것도 좋겠다는 생각에 샀는데 속은 백지 그대로다.

여기에 쓰려고 했던 내용은, 전부 미호코에게 말했다.

펜을 손에 쥐었다.

'히로사와 요시키는 이삿짐센터 아르바이트를 했다.'

'히로사와 요시키는 가정교사 아르바이트를 했다.'

'히로사와 요시키는 카레를 좋아했다.'

히로사와 요시키는, 으로 시작하는 문장을 써내려갔다.

회사에 동기 사원이 한 명도 없는 후카세는 텔레비전에 나오는, 집단 합숙 신입사원 연수와는 인연이 없었다. 그 대신 사장이 과제를 냈다.

저는 ○○입니다. 그런 문장을 한 시간 안에 일백 개 써오라고 했다. 이름, 고향, 취미, 별자리, 혈액형, 그 정도는 금방 떠올랐지만 나머지는 뭘 써야 할지 알 수 없었다. 하지만 생각하는 동안에도 시간은 흘러간다. 고육지책으로 '저는 커피를 좋아합니다'라고 이미 썼으면서 '저는 만델링을 좋아합니다'라고 커피 종류를 몇 가지 써보았다. 그런 방식으로 좋아하는 책이나 영화 제목을 썼다. 음식도 썼다. 초밥을 좋아한다는 문장을 쓴 다음 초밥 재료를 몇 가지 쓴 끝에 간신히 백 문장을 채울 수 있었다.

새삼 다시 읽어보니 멍청한 소리만 써놔서 부끄러워졌다. 시간이 오 분 이상 남아 있었다면 전부 지웠을지도 모른다. 하지만 지우개를 손에 들 새도 없이 사장이 직접 찾아와 시간 종료를 알렸다. 사장이 종이를 손에 들고 뚫어져라 보는 사이, 후카세는 그저 고개를 푹 떨구고 책상 위의 한 점을 바라볼 수밖에 없었다. 사장은 몇 가지 항목을 소리내어 읽은 다음 후카세 가즈히사, 하고 이름을 불렀다. 후카세는 저도 모르게 벌떡 일어나 자세를 가다듬었다. 예, 하고 큰 소리로 대답했다.

'나하고 제법 잘 맞겠는데?'

그런 말을 들은 순간, 어깨의 긴장이 풀렸다. 하지만 동시에 몸속에서 뜨거운 감정이 치밀어올랐다. 사소한 부분까지 포함해서, 그라는 인간을 긍정해주었던 것이다.

멋대로 그렇게 해석하기는 했지만, 날이 갈수록 실은 그가 무슨 내용을 썼어도 상관없었을지 모른다는 생각이 자꾸만 들었다. 그건 영업 현장에서 자기 의견을 말하기 위한 연습이었다. 그래도 그 종이는 후카세 가즈히사라는 인간으로 빼곡히 채워져 있었던 것 같다. 종이 위에 뜨거운 물을 부으면 후카세의 클론이 떠오를지도 모른다. 컴퓨터 프로그램 같지만, 조금 더 피가 통하는 존재.

동시에 이 공책을 히로사와의 이야기로 가득 채우면, 거기에서 히로사와의 모습이 떠오를 것만 같았다. 중요도에 따른 취사선택은 일절 하지 않고, 히로사와에 관한 정보라면 뭐든 기입한다.

히로사와를 아는 사람을 만나가면서. ……그것이 문제다. 실마리가 하나도 없다. 히로사와의 휴대전화가 있다면 좋을 텐데. 편리한 도구에 매달리고 싶지만, 사고 때 불에 타버린 데다가 무사히 남아 있다고 해도 그런 물품은 보통 경찰이 유족 앞으로 보낸다.

그것이 있는 장소라면, 어렵사리 알고 있다.

마쓰야마 공항까지 비행기를 타고 가서, 거기서 전철로 갈아탄 뒤 히로사와의 고향 에히메 현 바닷가 마을로 향했다. 세 번째 찾아가는 길인데, 혼자서 찾아가기는 처음이었다. 항공권 예약도 히로사와의 부모님께 연락한 것도 남에게 맡기기만 했다는 사실을 통감했다. 제사 때와 똑같은 비즈니스호텔 '나기사'에 짐을 맡기고, 처음일 리 없는 길을 걷는데도 정말 이 길이 맞는지 불안해질 정도로 주변 경치가 낯설기 때문이었다.

아사미, 무라이, 다니하라, 세미나 친구들에게는 결과만 알려줄 생각이었는데, 히로사와의 고향 집 전화번호를 몰랐던 후카세는 아사미에게 연락할 수밖에 없었다.

'고향 집에 가려고?'

아사미가 진로상담실 구석에서 난색을 표한 것도 이해는 간다. 히로사와 요시키의 인생을 알고 싶다는 마음에 사로잡혀 있기는 하지만, 원래 목적은 네 사람의 관계자에게 고발장을 따로 보내고, 다니하라를 철로에 떠민 범인을 찾아내는 것이다. 복수가 목적이라면 부모는 가장 의심스러운 존재다. 가령 직접 행동을 취하지 않아도 다른 사람에게 부탁하는 방법도 충분히 생각해볼 수 있다. 꼭 아는 사람일 필요는 없다. 돈을 얼마 쥐여주면 그 정도는 식은 죽 먹기라고 받아들일 놈들이 인터넷에 바글바글하다.

'부모님이 의심스럽다 해도 한 번은 만나서 이야기를 나눠봐야 하잖아. 그럼 맨 처음에 만나도 상관없잖아? 아니면 대학에서 우리 말고 히로사와하고 친했던 녀석이 누구였는지, 아사미는 알아?'

'그거 말인데, 도통 기억이 안 나.'

'동아리나 아르바이트. ……아니, 미안.'

'나는…… 모르겠어.'

결국 아사미도 별다른 대안을 제시하지 못하고 후카세에게 히로사와의 고향 집 주소와 전화번호를 알려주었다. 그날 밤, 쭈뼛쭈뼛 전화를 걸자 히로사와의 어머니가 받았다. 히로사와 요시키와 세미나 친구였던, 까지 말했을 때 어머니가 어머, 다니하라 씨? 어, 아사미 씨였나? 미안해, 무라이 씨인가? 거기까지 한발 먼저 선수를 쳤는데 후카세의 이름은 결국 기억하지 못하는 눈치였다.

'아아, 그래, 후카세 씨……'

통째 잊었던 것은 아니라고, 뭔가 기억하고 있다는 사실을 전하려고 생각에 잠긴 듯한 공백이 흘렀지만 다음으로 나온 말은 잘 지냈니? 였다. 밝게 응대해주는 것만으로도 고마운 줄 알아. 후카세는 스스로를 타이르면서 이번 주말에 일 때문에 시코쿠에 갈 일이 생겼는데, 히로사와의 무덤에 성묘를 가고 싶다고 전화기를 붙들고 이마의 땀을 닦으며 부탁했다. 오로지 집에 찾아가는 게 목적이라고 하면 다른 이유가 있는 건 아닌지 의심을 살까봐 거짓말을 했지만, 이런 작은 거짓말이 쌓여서 되돌릴 수 없는 결과로 이어지는 건지도 모른다.

어쨌거나 히로사와의 어머니는 후카세의 방문을 기꺼이 기다리겠다고 말해주었다. 진심인지는 만나봐야 알 수 있겠지만.

후카세는 긴장하면 땀을 잘 흘리지만 더위는 그리 타지 않는 편이다. 그러나 비탈길을 올라가면서 몇 번이나 손수건으로 땀을 훔쳤다. 차라리 목에 수건이라도 걸치고 올걸 그랬다는 생각을 하면서 걸음을 멈추자 앞쪽에서 느닷없이 막 후카세를 추월했던 트럭이 후진을 했다. 황급히 덮개가 없는 길가 도랑을 펄쩍 뛰어넘어 가장자리로 피했다. 트럭은 후카세의 몇 미터 앞에서 멈췄다. 사이드미러를 접은 경차가 천천히 트럭을 스쳐 지나갔다. 후카세의 담당 구역에도 폭이 좁은 길이 몇 군데 있지만 이 정도는 아니다.

'히로사와 요시키는 비좁고 구불구불한 길에 익숙하다.'

나중에 써놔야지. 머릿속에 글자를 떠올린 순간, 후카세는 다른 길을 떠올렸다. 마다라오카 고원 별장으로 이어지는 산길. 히로사와가 운전 실수로 사고를 당한 장소다. 히로사와가 운전면허를 딴 것은 4학년으로 올라가기 직전 봄방학 때라고 들었는데, 그 후 이 길을 운전할 기회가 없었을까?

사고를 당한 것은 역시 운전 기술이 미숙해서가 아니라, 술을 마셨기 때문일까? 술을 마시면 금방 잠이 든다. 본인도 그렇게 말했고 전에 찾아갔을 때, 그의 아버지도 비슷한 이야기를 했다.

살인이잖아.

지나온 길 그대로 당장이라도 뛰어내려가고 싶었다. 뒤를 돌아보면 바로 달려가버릴 것만 같아 후카세는 앞쪽의 하늘을 올려다보았다. 하늘색까지 마다라오카 고원과 똑같았다.

"어머, 후카세?"

뒤에서 이름을 부르는 소리에 고개를 슬쩍 돌렸다. 히로사와의 어머니가 자전거를 타고 비탈을 올라오고 있었다. 허둥지둥 안녕하세요, 하고 고개를 숙이자 그녀는 자전거에서 내려 후카세 옆에 나란히 섰다.

"역에서 택시를 타고 올 줄 알았는데. 더웠지? 차로 데리러 갈걸 그랬네."

히로사와의 어머니는 핸들에서 한 손을 떼고 후카세의 얼굴을 부채질하듯 손을 살살 흔들었다. 얼굴을 이렇게 가까이서 차분히 본 것은 처음이었다.

'히로사와 요시키는 어머니를 닮았다.'

자전거 바구니에 담긴 비닐봉지에서 콜라 페트병이 빼꼼 보였다.

"후카세 씨는 술을 잘 못했지?"

히로사와의 어머니는 아들과 똑같은 얼굴로 웃었다. 기억해주었구나. 이 사람이 그렇게 악질적인 복수를 할 리가 없다.

히로사와의 무덤은 그의 집에서 비탈진 꼬부랑길을 더 올라간 곳에 있는, 완만한 산기슭의 일부 같은 절 안에 있었다. 무덤은 전부 바다 쪽을 바라보고 있었다.

후카세는 눈을 뜬 채로 두 손을 모았다. 히로사와에게 묻고 싶은 건 산더미처럼 많지만 묘비에 대고 말하고 싶지는 않았다. 지금 상태라면 히로사와는 아무 대답도 해줄 것 같지 않았다.

조금 떨어진 곳에서 히로사와의 아버지가 바닷바람을 막듯이 몸을 숙이고 향에 불을 붙이고 있었다. 커다란 바위 같은 인상이었다. 체형은 아버지를 닮았구나. 널찍한 등을 바라보았다. 히로사와의 집에서 불단에 향을 피우고 차가운 보리차를 얻어마신 뒤에 그의 부모님과 셋이서 집을 나서려는데 손님이 찾아와 히로사와의 아버지와 둘이서 성묘를 오게 되었던 것이다. 오는 길에 대화는 거의 없었다. 술을 마시면서 쾌활하게 이야기했던 것으로 기억하는데, 그것은 다니하라와 무라이가 있었기 때문이라는 사실을 이제서야 깨달았다.

불을 붙이는 데 애를 먹는지 조금 짜증스럽게 라이터 찰칵거리는 소리가 들려왔다. 후카세는 히로사와의 아버지 곁으로 다가가 정면에서 몸을 웅크려 바람을 가로막듯 손을 펼쳤다. 그리 큰 도움은 되지 않았을 텐데, 문득 바람이 누그러지더니 향에 불이 붙었다.

"아이고, 간신히 붙었네. 고맙구나."

히로사와의 아버지는 쑥스러운 듯 웃으며 일어나서 향을 두 묶음으로 나누더니 한쪽을 후카세에게 건넸다. 나란히 눈을 감고 무덤에 두 손을 모은 뒤, 아버지는 고개를 돌려 다른 곳에 시선을 던졌다. 마을 너머에 바다가 있고, 올록볼록 튀어나온 작은 섬들이 보였다.

"경치가 좋네요."

후카세는 생각을 그대로 말했다. 햇볕은 강하지만 바람 덕분에 땡볕 아래 있어도 불쾌하지 않았다. 오히려 오랜만에 이불을 넌 것처럼 몸속에 쌓인 축축한 기운이 증발되어 날아가는 듯했다. 따사로운 풍경은 히로사와라는 사람 그 자체처럼 보였다.

"나도 이 경치를 좋아하는데, 요시키한테는 비좁게 느껴졌던 모양이야."

묻기도 전에 히로사와의 이름이 나와, 후카세는 아버지의 얼굴을 뚫어지게 바라보았지만 그의 시선은 여전히 바다를 향하고 있었다.

"외국인이 세토 내해를 보면 강인 줄 안다더구나."

"그 이야기는 저도 중학교 사회 수업시간에 선생님께 들은 적 있습니다."

"요시키가 장난삼아 한 말인 줄 알았는데 아니었나? ······자네는 사무용품 회사에서 일한다고 했지?"

히로사와의 아버지가 후카세를 돌아보며 물었다. 이번에 와서는 일 이야기를 한 적이 없다. 일 년 전 제사 때 아주 잠깐 이야기한 것을 기억해주었다는 뜻이다.

"네, 영업인데, 주로 외근직입니다."

이야기를 이어나갈 만큼만 대답했다.

"그래. 훌륭하구나. ······요시키는 대학을 졸업하면 일 년 동안 외국으로 여행을 떠나고 싶다는 말을 자주 했지."

"예?"

그랬습니까? 라는 말은 꾹 삼켰다. 하지만 그 후 찾아온 잠깐의 침묵이 뭐야, 몰랐어? 하는 아버지의 마음을 대변하는 듯했다. 히로사와의 아버지는 다시 바다 쪽으로 시선을 던졌다.

"무슨 꿈같은 소리냐, 하고 대판 싸웠어. 그런 짓이나 하라고 대학에 보낸 게 아니라고 말이야. 애초에 해외여행을 하고 싶으면 학생 때 하면 되잖니. 큰돈을 들여 놀아도 되는 시간을 주었는데, 어째서 굳이 졸업 후에 가야 하는지. 나는 그 녀석이 고향으로 돌아와 관공서에라도 취직할 거라고 믿고 있었는데."

후카세는 자기 아버지도 똑같은 말을 할 거라고 생각하며 들었다. 애초에 후카세는 여행을 떠나고 싶다고 생각해본 적이 없었지만. 히로사와는 왜 여행을 떠나고 싶었던 걸까?

"그 이야기는 언제쯤 했습니까?"

"3학년 때 정초에 고향으로 돌아와서 그랬나."

후카세를 만나기 전이다. 아버지의 반대로, 후카세와 만났을 무렵에는 이미 포기한 건지도 모른다.

"그렇게 무턱대고 화낼 필요도 없었는데. 요시키가 평생 일을 안 하겠다고 한 것도 아니고. 딱 일 년. 어디 가보고 싶은 나라가 있거나, 거기서 하고 싶은 일이 있었던 건지도 모르는데…… 이야기만이라도 들어봐줄걸 그랬어."

히로사와의 아버지도 아들에게 미처 듣지 못한 이야기가 있었던 것이다. 후카세 역시 궁금했다. 히로사와는 그 이야기를 아무에게도 안 했던 걸까?

"히로사와…… 요시키하고 친하게 지낸 사람들의 연락처를 알려주실 수는 없을까요?"

후카세는 이곳을 찾은 목적을 히로사와의 아버지에게 말해보기로 했다. 물론 고발장이나 다니하라의 사고는 덮어둔 채로.

"저는 옛날부터 사람들하고 어울리는 게 서툴러서, 처음 생긴 단짝이 요시키였습니다. 그런데 요시키에 대한 추억을 떠올리려 하면 할수록 제가 요시키에 대해 아무것도 모른다는 것을 깨닫고, 즐거웠던 일마저 제가 꾼 꿈이었을지도 모른다고 생각할 때가 있습니다."

"가장 즐거웠던 일이 뭔지 물어봐도 되겠나?"

히로사와의 아버지 역시 그가 모르는 아들의 대학 시절이 궁금한 것 같았다. 최고를 꼽기는 어렵다. 일상의 사소한 일들이 즐거웠으니까. 영화, 라쿠고, 소고기덮밥…… 하지만 역시 하나만 고르라면 그거다.

"시시하게 여기실지도 모르지만, 둘이서 커피 마시는 시간이 좋았습니다. 요시키가 귤꽃 벌꿀을 가져다주며, 커피에 넣어보라고 권하더군요. 굉장히 맛있었어요."

히로사와의 아버지는 잠자코 듣고 있었다. 눈도 깜빡이지 않고 후카세의 눈을 응시했다. 후카세의 눈에 비친 아들의 모습을 보려는 것처럼. 이 정도 이야기밖에 하지 못하는 게 죄송스러웠다. 여기에 다니하라가 있다면 야구하는 히로사와의 모습을 볼 수 있었을 것이다. 아버지라면 그런 이야기가 훨씬 반가울 텐데.

"자네였나."

히로사와의 아버지가 뺨을 누그러뜨렸다.

"예?"

"우리 귤밭에서 형님이 벌을 치기 시작했거든. 집사람이 요시키에게 벌꿀을 잔뜩 보냈어. 빵에 뿌려 먹는 걸 좋아한다더구나. 그렇더라도 너무 많이 보냈다고 잔소리를 했더니, 집사람이 확인해보겠다며 전화를 걸었지. 그러더니 의기양양한 얼굴로 수화기를 내려놓고는 친구한테 췄더니 기뻐했대요, 늘 굉장히 맛있는 커피를 만들어 주는 친구래요, 하고 말하지 않겠니? 그러고는 그 친구라는 게 여자 친구 아닐까? 하고 눈살을 찌푸리면서 말하길래 시샘하는 거구나, 그렇지? 하고 놀렸지. 커피는 대개 애인하고 마시는 거라면서."

"그런⋯⋯."

후카세는 뺨이 화끈거리는 것을 느끼며 손등으로 얼굴의 땀을 닦았다. 재미있다는 듯이 웃고 있던 아버지의 얼굴에 아주 조금 그늘이 드리웠다.

나 참, 농담이 지나쳐. 난 그런 취미 없어. 그런 식으로 항의하는 아들의 목소리를 들었는지도 모른다.

"집사람에게도 알려줘야겠네. 집으로 돌아가면 여기 사는 요시키 친구들 연락처를 몇 개 알 수 있을 거야."

히로사와의 아버지는 발밑에 내려놓았던 물통을 들었다. 남아 있는 물을 떠서 묘비에 정성들여 부었다. 아들 친구의 개인정보를 알려주는 조건으로 지금 면접 같은 것을 치른 게 아닐까, 후카세는 생각했다. 그리고 다행히 통과한 것 같았다.

"고맙습니다."

후카세는 어깨 너머로 인사하고, 물에 젖어 시원스럽게 빛나는 묘비를 바라보았다.

후카세는 히로사와의 집 앞 비탈길을 내려간 곳에 있는 시민운동장으로 향했다. 오후 5시, 운동장에서는 유니폼을 입은 초등학생이 야구 연습을 하고 있었다. 일곱 명밖에 없는데, 저래서야 머릿수가 부족하지 않나? 그런 생각을 하면서 후카세는 삼루 옆 벤치로 가서 걸터앉았다. 상대가 전화로 지정한 장소다.

타자석에서 포수와 투수를 제외한 각 포지션을 향해 차례로 공을 보내던 마쓰나가 요이치는 벤치 쪽을 힐끗 보더니 스바루! 하고 이름을 불렀다. 유격수 위치에 있던 아이가 달려와 마쓰나가에게서 야구방망이를 받았다. 코치 역할을 대신하는 모양이다. 마쓰나가는 스바루라는 아이가 공을 하나 쳐서 보내는 것을 옆에서 지켜본 다음 후카세에게 다가왔다.

"미안, 연습중에."

마쓰나가는 엉거주춤 일어선 후카세에게 그냥 앉아 있으라고 말하면서 옆 자리에 앉았다.

"나야말로 이런 곳까지 오게 해서 미안해. 밤에는 또 볼일이 있어서."

히로사와의 아버지가 마쓰나가는 이웃에 사는 소꿉친구라고 알려주었다. 가업인 주류점을 이어받았다고 해서 직접 가게로 찾아가봤더니, 토요일 오후는 동네 소년 야구팀 코치 노릇을 한다며 마쓰나가의 어머니가 휴대전화로 연락해주었다.

"요시키 대학 친구라면서? 무슨 볼일로?"

"볼일이라기보다 히로사와를…… 잘 아는 사람에게 히로사와가 어떤 사람이었는지 이야기를 듣고 싶어서."

마쓰나가에게 열등감을 느끼는 이유는 그가 주저 없이 히로사와를 요시키라고 불렀기 때문이다. 하지만 그것은 친한 정도라기보다 만난 시기에 따른 문제라고 생각을 바꾸었다. 초등학생 때는 동창생들도 후카세를 가즈히사, 가즈히사 군, 하고 이름으로 불렀다. 그렇게 친하지 않은 상대도 마찬가지였다. 부모도 형제도 친척도 다 알고 지내는 작은 마을에서 성을 부르면 누가 누군지 구별할 수 없기 때문이리라.

"혹시 추도문집이라도 만들려고? 이쪽에서도 한때 그런 이야기가 나오긴 했어. 나도 그렇지만, 이 나이에 동창생이 죽다니 생각도 못 해봤던 일이라 다들 충격을 받았거든. 요시키에게 보내는 메시지를 모아서 다 함께 가져가자는 이야기도 했지만, 결국 주도할 사람이 없어서 흐지부지됐어."

그런 작업을 능숙하게 주도할 것처럼 보이는데, 라고 말할 수는 없었다. 하지만 마침 좋은 이야기를 해주었다.

"실은 그래. 시간이 좀 흐르긴 했지만. 아직 어떤 형태로 정리할지 확실하지 않지만, 되도록 많은 사람들의 이야기를 듣고 싶어서."

너무 허황되게 떠벌리면 나중에 비슷한 것을 만들어야 하지만, 그래서 경계심을 풀고 이런저런 에피소드를 이야기해준다면 정말 만들어도 괜찮겠다는 생각이 들었다. 후카세는 가방에서 공책과 펜을 꺼냈다. 그날 알게 된 사실은 호텔로 돌아가 정리하려 했지만, 그러다가는 중요한 정보를 놓칠지도 모른다.

메모는 공책의 위아래를 뒤집어 뒤쪽부터 쓰기로 했다. 눈앞에서 펼쳐지는 새하얀 페이지를 보며 역시 그 에피소드를 얘기해줘야지, 하고 마쓰나가가 입을 열었다.

마쓰나가와 히로사와가 동네 소년 야구팀 '서니스'에 들어간 것은 초등학교 4학년 때였다. 학교에서 스포츠 소년단 안내문을 돌리자 운동을 좋아하는 소년들은 대부분 축구를 하고 싶어했고, 마쓰나가도 그러고 싶었지만 '서니스'의 코치였던 아버지가 두 살 많은 형도 당연하다는 듯 야구팀에 넣어버렸기 때문에 선택의 여지가 없다고 여겨 처음부터 포기했다. 하지만 혼자 들어가기는 싫었다. 그래서 히로사와를 꾀기로 했다. 약속한 것도 아닌데 히로사와와는 거의 매일 아침 같은 장소에서 만나 함께 등교하는 사이였다. 릴레이 선수로 뽑힌 적은 없지만 다리는 빠를 거라는 생각도 했다.

무엇보다 히로사와는 거절할 리 없다는 믿음이 있었다.

예상대로 마쓰나가가 '서니스'에 함께 가입하자고 하자 히로사와는 흔쾌히 승낙했다. 너무 선뜻 대답하기에 그만 마쓰나가가 축구는 안 해도 돼? 하고 물었을 정도였다.

'야구랑 축구랑 둘 다 좋아해.'

히로사와는 그렇게 대답했다. 그해, 소년 야구팀에 입단한 4학년은 두 사람을 포함해 네 명이었다. 6학년이 네 명, 5학년이 세 명이었기 때문에 마쓰나가와 히로사와는 연습도 한 번 못 해보고 시합에 나가게 되었다.

첫 공식 시합에서, 히로사와는 대활약을 펼쳤다.

"덩치가 크니까 힘이 셀 거라 짐작은 했지만, 우리 아버지도 보고 깜짝 놀랐어."

우익수였던 히로사와는 홈런에 가까운 타구를 다이렉트로 잡아내, 그대로 홈베이스로 던졌다. 공은 커다란 포물선을 그리며 날아가 땅에 튕기지도 않고 포수 미트 속으로 들어갔다.

"어깨가 얼마나 튼튼하던지, 놀랄 만하지?"

마쓰나가가 의기양양하게 털어놓는 이야기를 들으며, 후카세는 필드 오른쪽에 서 있는 소년에게 시선을 던졌다. 때마침 그 아이의 연습 차례였는지 공이 오른쪽으로 날아갔다. 바닥에 두 번 튕기고 굴러가는 공을 주워 힘껏 던진다. 그것을 이루수가 받아 홈베이스로 던졌다. 후카세는 고교 야구에도, 프로 야구에도 관심이 없었지만 저런 송구가 일반적일 거라고 생각했다.

"초등학교 육상경기대회에서도 소프트볼 시합에 나가서 시코쿠 지역대회까지 갔고, 6학년 때는 3위 입상도 했을 거야."

"치는 쪽은?"

"그것도 굉장했어. 한 시합에서 반드시 홈런 하나는 쳤으니까. 게다가 번트도 잘했고, 6학년으로 올라가 투수가 된 뒤에는 다양한 구질을 던졌고. 요시키는 보기보다 재주가 많았어."

후카세는 멋대로 착각하고 있었다. 덩치는 컸지만 태평한 이미지가 강했던 히로사와가 사람 좋은 느림보 캐릭터 취급을 받았을 거라고. 후카세와 마찬가지로 운동에서 활약할 기회는 없지 않았을까? 운동회가 짜증스럽지 않았을까?

착각도 유분수였다…….

"대단하네. 그랬으면 학교에서도 인기가 많았겠구나."

말투가 자학적이진 않았을까, 후카세는 마쓰나가의 표정을 살피며 물었다. 하지만 마쓰나가의 눈에는 당시의 히로사와나 자기 자신밖에 보이지 않는 듯했다.

"말했잖아. 인기 있는 종목은 축구라고. 운동신경이 뛰어난 녀석들은 전부 축구부에 들어갔으니, 지역대회에서도 늘 순위권에 들어갔고, 여학생들은 팬클럽까지 만들 정도였어. 야구는 안중에도 없었어."

보통 그런가? 후카세는 자신의 초등학교 시절을 떠올려보았다. 그러고 보니 축구부 남자아이들이 반에서 주도권을 쥐고 있었던 것 같다.

"그래서 나도 중학교에 들어가서는 축구로 바꿨어."

"히로사와도?"

"아니, 그 녀석은 계속 야구부였어."

그렇다. 중학교 때 야구부였다는 이야기는 마다라오카 고원 별장에서 히로사와에게 직접 들었다.

"왜 같이 들자고 하지 않았어?"

"그야, 중학생쯤 되면 누구나 자기가 하고 싶은 일은 스스로 결정하잖아. 인기를 끌고 싶으니 축구부에 들어가자고 구태여 꾀어내지도 않고."

그렇게 마쓰나가는 히로사와와 소원해졌고, 고등학교도 다른 곳으로 진학했다고 한다. 중학교 때 축구부에서 한 번도 주전이 되지 못했던 마쓰나가는 고등학교 때 다시 야구부에 들어갔지만, 이번에는 히로사와가 배구부에 들어가는 바람에 연습경기에서도 만나지 못했다.

"하지만 우연히 만나면 잠깐 잡담 정도는 했어. 마지막으로 히로사와와 이야기를 나눈 게, 그 녀석이 사고를 당하기 딱 일 년 전 여름이었나. 즐겁게 지내는지 물었더니 여기 있을 때하고 별로 다를 바 없지만 나이트게임을 보러 갈 수 있는 게 기쁘다고 했어."

"나이트게임이라니, 야구 시합?"

"그것 말고 뭐가 있겠어."

마쓰나가는 그렇게 말하더니 일어나서 손을 메가폰처럼 만들어 아이들을 향해 "좋아, 십 분 휴식!" 하고 외쳤다. 후카세는 그것이 슬슬 끝내자는 신호로 들려, 공책을 덮었다.

"고마워. 히로사와가 그렇게 야구선수로 활약한 줄은 몰랐어. 덕분에 좋은 이야기를 들었어."

"그래?"

마쓰나가는 쑥스러운 듯이 머리를 긁적이더니 문득 뭔가 생각난 것처럼 운동복 주머니에서 휴대전화를 꺼냈다.

"히로사와하고 같은 고등학교에 들어간 녀석한테 시간 좀 내줄 수 없는지 물어볼게."

"정말? 가능하면 내일 낮이 좋은데."

"일요일이지? 그럼 차라리 올 수 있는 녀석들은 다 모이라고 하는 게 나을지도 모르겠네."

"그긴……."

후카세가 말을 마치기도 전에 마쓰나가는 문자를 보내기 시작했다. 가능하면 1대 1로 만나야 히로사와의 표면적인 모습이 아니라 감춰진 부분까지 물어볼 수 있을 것 같았는데.

"뭐, 거의 다 고향을 떠났으니, 갑자기 모이라고 해봤자 세 명이나 되면 다행이고. 그래, 후카세 씨는 오늘 밤 히로사와 아저씨 댁에서 자는 거야?"

"아니, '나기사'라는 역 앞 비즈니스호텔에서."

"그래? 그럼 후카세 씨 휴대전화나 메일로 연락하는 게 나으려나."

조금 거부감이 들었지만 그러는 편이 일을 진행하기가 쉽다. 후카세는 가방에서 휴대전화를 꺼냈다.

"그건 그렇고……."

마쓰나가는 휴대전화 화면에 시선을 떨어뜨리고 손가락을 움직이면서 말했다.

"이런 이야기를 하니까 드는 생각인데, 역시 요시키가 운전 실수를 했다니 믿을 수 없어."

히로사와의 집으로 이어지는 비탈길을 다시 올라갔다. 저녁식사는 히로사와의 집에서 신세를 질 예정이었다.

등에 내리꽂히는 따가운 저녁 햇볕에 폴로셔츠가 축축해졌다. 불쾌감과 함께, 헤어질 때 마쓰나가가 했던 말이 되살아났다. 히로사와는 면허를 딴 지 반년도 채 되지 않았지만, 운전이 미숙해서 사고를 냈다는 것을 믿을 수 없다고 생각하는 친구도 있다. 소꿉친구이지만 중학교 때부터는 그리 가깝게 지내지 않았던 마쓰나가가 그런 생각을 할 정도로. 같은 의문을 품은 사람이 또 있지 않을까?

친구들을 소개해준 마쓰나가에게 답례를 겸해 '마쓰나가 주류점'에 들러 히로사와의 아버지에게 드릴 와인을 한 병 샀는데, 상대가 사정을 모른다고는 해도 술을 선물로 골랐다는 게 몹시 경솔하게 느껴졌다.

조금 거북하기는 해도 히로사와 부모님에게 드릴 선물만큼은 '클로버 커피' 원두를 사올 걸 그랬다. 그랬다면 히로사와의 부모님에게 커피를 내려드릴 수 있었는데. 아들이 말했던 게 이 커피였나, 하고 기뻐해주었을지도 모른다.

히로사와의 집이 눈에 들어왔다. 아무래도 하루에 두 번이나 오다 보니 그리 멀게 느껴지지 않았다. 이층짜리 목조 주택으로, 일본식 가옥이다. 정원이 넓다. 히로사와는 이곳에서 배팅 연습을 했는지도 모른다. 지금까지 상상해본 적 없던 모습도 떠올릴 수 있었다.

현관 초인종을 누르자 히로사와의 어머니가 나왔다. 튀김 냄새가 났다.

"덥지? 자, 들어와."

안으로 들어오라는 말에, 신발을 벗기 전에 와인을 건넸다.

"이런 거 안 사와도 되는데, 요시키 아버지 때문에 일부러……."

저도 마시고 싶던 참입니다, 라고 말할 수 없는 게 괴로웠다. 아니요, 그냥, 하고 머리를 긁적이는 수밖에 없다.

"그보다 후카세 씨, 메밀국수는 좋아해? 아까 여행 선물로 국수를 받는데 반*생면 타입이라 빨리 먹어야 하나봐. 이즈모타이샤(일본 시마네 현 이즈모 시에 있는 신사)에 다녀왔다면서 주더라고."

"잘 먹겠습니다. 메밀국수는 진짜 좋아하거든요."

"잘됐네."

히로사와의 어머니는 그렇게 말하더니 종종걸음으로 주방에 돌아갔다.

후카세는 거실로 들어갔다. 히로사와의 아버지는 보이지 않았다. 에어컨 덕분에 시원했다. 거실 한가운데에 놓인 테이블에는 모둠튀김과 초밥, 오이와 문어초무침이 차려져 있었다. 어찌 보면 메밀국수를 차린다는 것을 전제로 한 메뉴 같기도 했다.

문이 열리더니 히로사와의 아버지가 셔츠와 나일론바지 차림으로 들어왔다. 목욕하고 있던 모양이다.

"후카세, 잘왔다. 요이치는 만났니?"

마쓰나가 요이치를 말하는 것이다.

"예. 함께 소년 야구를 했다는 이야기를 들었습니다. 수비도, 타격도, 투구도 굉장했다고요."

"그런 식으로 말하던?"

히로사와의 아버지는 눈시울을 누르더니 "요시키 엄마, 맥주 좀" 하고 쑥스러운 마음을 감추려는 듯 주방을 향해 소리쳤다.

"자네는 하는 운동이 있나?"

"아니요, 저는 운동에는 영 소질이 없어서요."

"그럼 관전은 즐기고?"

"그것도 딱히······."

후카세의 대답에 히로사와의 아버지는 그렇군, 하고 테이블 밑을 슬쩍 보고는 재떨이와 담뱃갑을 끄집어냈다. 따분해진 것이다. 나는 대체 뭘 하러 온 건가. 후카세는 자책했다. 내키지 않는 식사 자리에 초대된 것이 아니라 스스로 찾아온 처지인데, 상대에게 배려받는 것으로도 모자라 난처하게 만들면 어쩌잔 말인가. 하지만 그럭저럭 장단을 맞출 만한 이야깃거리도 떠오르지 않았다.

"자네들 중에 야구하는 친구는 누구였더라?"

"다니하라입니다!"

그래도 말을 걸어주셨다. 이번에는 힘차게 대답했다.

"히로…… 요시키도 다니하라네 팀에서 시합에 나가기도 했다고 들었습니다."

그밖에 야구에 대해 무슨 이야기를 했는지 모르겠다. 마다라오카 고원 별장에서 나눈 대화를 기억해내고 싶은데, 다니하라의 이름이 나오면 아무래도 선로에 떨어진 일이 먼저 머릿속을 뒤덮어버린다. 때마침 문이 열렸다.

"오늘은 나를 따돌리는 거야?"

히로사와의 어머니가 요리가 담긴 쟁반을 들고 거실로 들어왔다. 유리그릇에 담긴 메밀국수와 육수를 테이블 위에 내려놓았다.

"웬일이야?"

히로사와의 아버지가 메밀국수 그릇을 보며 말했다.

"미야타 씨가 이즈모타이샤에 다녀왔다더라고요."

후카세도 메밀국수를 보았다. 과연 평소 먹는 국수보다 면이 세 배는 굵었다.

"요시키 아버지, 후카세가 와인을 사왔지 뭐예요. 뭐 이런 걸 다."

요시키 아버지, 요시키 엄마, 라고 서로를 부르는 말에 가슴이 아팠다.

"그렇게 마음 쓸 필요 없는데."

히로사와의 아버지는 그렇게 말했지만, 인사치레 웃음으로 넘어

가서는 안 될 것 같았다.

"아니요, 저는 못 마시지만 술을 곁들인 즐거운 자리는 무척 좋아하니까요. 술 대신 음식을 맛있게 얻어먹겠습니다."

"어머나, 양이 충분할지 모르겠네."

히로사와의 어머니가 기뻐하며 말했다.

"그럼 나도 사양 않고 와인을 마실까?"

히로사와의 아버지가 그렇게 말하자마자 어머니는 술을 가지러 주방에 갔다. 똑같은 모양의 잔을 세 개 차리더니, 남편과 자기 잔에 와인을 따르고 후카세의 잔에는 콜라를 따라주었다. 그럼, 하고 히로사와의 아버지가 잔을 들자, 어머니와 후카세도 따라했다. 무엇을 위한 건배인지 말은 없었지만 모두의 머릿속에는 히로사와가 있었을 것이다.

"그런데…… 아까 다니하라 씨 얘기를 잠깐 했지?"

마침 튀김에 손을 뻗으려는데 히로사와의 어머니가 후카세에게 말을 걸었다.

"예."

"얼마 전에 요시키 고등학교 때 친구라는 아이가 전화를 해서, 편지를 보내고 싶으니 대학교 세미나 친구들 연락처를 알려달라고 했거든. 그래서 일단 다니하라 씨 주소를 알려줬는데, 제대로 갔을까? 후카세는 무슨 얘기 못 들었어?"

마음을 진정시키려고 젓가락을 내려놓았다.

편지란 바로 고발장이고, 전화했다는 그 사람이 범인 아닐까?

'히로사와 요시키는 후루카와라는 고등학교 때 친구가 있다.'

히로사와의 집에서 비탈길을 내려와 역 앞 비즈니스호텔로 돌아온 후카세는 좁은 책상 위에 공책을 펼쳤다. 누군가 대학교 세미나 친구들의 연락처를 알려달라고 히로사와의 집에 전화를 걸었다……. 히로사와의 어머니는 남자 목소리였다고 했다.

'어떤 목소리였습니까?'

후카세가 묻자 히로사와의 어머니는 질문의 뜻을 모르겠다는 듯이 어리둥절한 얼굴로 평범한 남자 목소리였다고 대답했다. 차라리 고발장에 대해 털어놓을까 하는 생각이 머릿속을 스쳤지만, 그랬다가는 다니하라의 주소를 알려준 어머니를 탓하는 것처럼 비칠지도 모른다. 애초에 음성변조기를 쓰거나, 남자가 여자인 척, 혹은 여자가 남자인 척 목소리를 바꾼 기색이 있었다면 히로사와의 어머니가 태평히 연락처를 가르쳐주었을 리 없다.

'이름은요?'

'후루카와라던데. 요시키하고 고등학교 때 삼 년 동안 같은 반이었다고 그랬어.'

성만 말하고 이름까지는 밝히지 않았던 모양이다.

'만나본 적 있으세요?'

'요시키의 고등학교 때 친구들은 못 만나봤어.'

히로사와가 다니던 니시 고등학교는 같은 학군 공립 고등학교 중 제일가는 인문계였다. 집에서 15킬로미터나 떨어진 이웃 마을에 있었기 때문에 히로사와가 하굣길에 친구네 집에 놀러가는 일은 있어도, 친구를 집으로 데려오는 일은 없었다고 히로사와의 어머니가 설명해주었다. 후카세는 퍼뜩 생각이 나서 히로사와의 고등학교 졸업 앨범을 보여달라고 부탁했다.

'그게 말인데, 우리도 한참 찾았는데 없지 뭐니.'

언제부터 없었는지도 확실하지 않다고 했다. 고등학교 졸업식 날 가지고 온 것은 보았는데, 그 후로 졸업 앨범을 고향 집에 두었는지 대학에 가면서 가져갔는지 잘 모르겠다는 것이었다. 히로사와가 죽은 후에 앨범을 보고 싶어 찾아보았지만 집 안에도, 하숙집에서 챙겨온 짐 속에도 없었다고 한다.

'다니하라 씨에게 뭔가 폐가 될 만한 일이라도 생긴 건 아니겠지?'

입을 다문 후카세를 염려하듯 히로사와의 어머니가 물었다.

'앗, 아닙니다. 죄송합니다. 앨범은, 내일 요시키의 고등학교 동창생을 몇 명 만날 예정인데 학교 분위기가 어땠는지 미리 좀 알고 싶어서 궁금했던 것뿐입니다. 그, 후루카와라는 친구가 다니하라에게 연락했는지 안 했는지 저는 잘 몰라서, 나중에 문자로 확인해보겠습니다.'

큰 목소리로 단숨에 쏟아내서 그런지 배에서 요란한 소리가 났다.

꾸룩 하는 소리 뒤에 꼬르륵 하고 만화 같은 소리가 난 게 우스웠는지 히로사와의 어머니가 풋 하고 웃음을 터뜨렸다.

'이야기는 식사하면서 해도 되잖아.'

그때까지 잠자코 있던 히로사와의 아버지도 유쾌한 목소리로 말했다. 저마다 젓가락을 들었다.

그 후로는 히로사와가 화제로 등장하지 않았다. 후카세가 지금 어떤 일을 하는지 이야기하자 마침 프린터 상태가 나쁘다고 하셔서 식사 후에 살펴보기로 했다. 컴퓨터를 켜고 노즐 클리닝을 했을 뿐인데 히로사와의 아버지가 덕분에 살았다고 말씀해주셔서 후카세는 솔직히 기뻤다.

'이런 건 요시키한테 다 맡겨두다보니.'

가슴을 옥죄는 말은 예기치 못한 순간에 찾아온다.

무슨 자격으로 범인을 찾겠다고 한 걸까?

'히로사와 요시키는 살해당했다.'

그렇게 썼다가, 글자를 알아볼 수 없을 때까지 선을 북북 그었다. 전부 털어놓아야 하지 않을까? 술을 못 마시는 히로사와에게 반 강제로 술을 먹인 것으로도 모자라, 운전 경력이 짧은 것을 알면서도 밤에, 악천후 속으로, 좁고 꼬불꼬불한 커브가 이어지는 산길로 혼자 내보냈다고.

다니하라는 생명에 위협을 받았지만, 범인은 처음부터 그를 죽일 작정이 아니었을지도 모른다. 앞으로 생길 피해를 막기 위해서는 범인을 찾아낼 게 아니라, 역시 진실을 털어놓아야 하지 않을까? 경찰이 아니라도 상관없다. 히로사와의 부모님에게 털어놓고, 성심성의껏 사죄한다. 범인도 그것을 알면 이해해주지 않을까?

히로사와의 부모님은 진실을 알게 되더라도, 가슴속에 묻어주지 않을까?

얼굴을 마주 보고 말하기는 어렵다. 편지를 써볼까? 편지지가 없나 서랍을 여니 책상 끝에 두었던 휴대전화가 울렸다. 저장되어 있지 않은 연락처에서 문자메시지가 와 있었다. 마쓰나가가 불러준 동창생으로, 친구랑 둘이서 내일 만나러 가겠다는 내용이 적혀 있었다. 보낸 사람 이름을 살펴보았지만 성이 후루카와는 아니었다. 이름은 없었지만 말투가 여자 같았다. 범인을 찾는다는 의미에서는 이 여자를 만날 가치가 없을 것 같았다. 하지만 아직 히로사와의 인생을 충분히 알아냈다고 할 수 없었다. 공책을 세 페이지밖에 못 채웠다. 그렇다, 후카세는 약속 시간과 장소를 알리는 문자메시지 밑에 한 줄을 덧붙였다.

'괜찮다면 졸업 앨범을 가져와주십시오.'

이튿날 아침, 휴대전화 알람을 끄지 않은 바람에 출근하는 날과 같이 오전 6시 반에 요란한 전자음이 울려 잠에서 깼다.

'히로사와 요시키는'으로 시작하는 문장을 일백 개 쓰고 샤워를 하고 침대에 누운 지 십 분도 채 지나지 않아 잠들어버린 모양이었다. 텔레비전이 그대로 켜 있었다. 어떻게 텔레비전이나 전등을 켜 놓은 채 잠들 수 있는 거지, 하고 미호코가 어이없어했던 적이 있다. 하지만 고발장을 본 그날 밤 이후로 깊이 잠들어본 적이 없었다. 비탈길을 오르내린 덕분이리라. 그리고 마음이 충족되었기 때문이 아닐까?

후루카와라는 동창생은 마음에 걸렸지만 소꿉친구의 이야기를 통해 지금까지 몰랐던 히로사와의 과거를 알고, 그가 갖고 있던 히로사와의 이미지가 좀 더 입체적으로 변한 것이 만족스러웠다. 무엇보다 히로사와의 부모님과 허심탄회한 대화를 나누어 단숨에 긴장이 풀린 게 아닐까?

눈을 감아도 잠이 오지 않아 그냥 일어나서 채비를 마치고 산책이나 하기로 했다. 조식은 선택하지 않았으니 근처 편의점에서 먹을거리를 사서 어디 경치 좋은 곳에서 먹는 것도 좋겠다.

호텔 옆옆 건물에 있는 편의점에서 아이스커피와 샌드위치를 사서, 히로사와의 집이 있는 산 쪽이 아니라 바다를 향해 국도를 걸었다.

'히로사와 요시키는 고등학교 때 자전거로 통학했다.'

휴대전화에 지도를 띄워 니시 고등학교까지 가는 길을 살피며 히로사와는 자전거를 타고 이 해안선을 달렸겠구나, 하고 주위를 둘러보았다.

세토 내해의 바다는 초록빛이 강할 줄 알았는데, 눈앞에 펼쳐진

잠잠한 바다는 여름 하늘을 반사한 것처럼 푸른빛을 띠고 있었다. 히로사와는 오늘도 바다가 아름답다는 생각을 하면서 자전거를 탔을까? 아니, 이것은 일상일 뿐, 바다가 아름답다, 바닷바람이 시원하다는 생각은 외지인이나 하는 것일 터였다.

골목으로 빠져 바다를 훑어볼 수 있는 제방 위에 앉아, 샌드위치 포장 비닐을 뜯었다. 만약 후카세도 이 마을에서 태어났다면 히로사와와 함께 등하교를 했을까? 방과 후나 휴일에 이렇게 바다를 마주한 채 빵이나 주먹밥을 우물거리며, 진로에 대해 서로 이야기를 나누었을까?

후카세, 나, 일 년쯤 외국을 여행해보고 싶어.

그런 식으로 꿈을 털어놓지 않았을까? 히로사와는 어느 나라에 가고 싶었던 걸까? 프린터를 살펴보려고 히로사와네 집의 고물 노트북을 켰을 때, 문득 히로사와의 인터넷 검색 기록이 남아 있지 않을까 생각했다. 하지만 그 이상으로 히로사와 부모님의 사생활이 담겨 있을 것 같아 생각을 바꾸었다.

히로사와의 사고 검색 기록이라도 발견한다면…….

잠깐. 아이스커피를 한 모금 마셨다. 휴대전화는 불에 타버렸지만, 히로사와가 대학에서 사용한 노트북은 남아 있지 않을까? 그쪽 메일함에 친하게 지내던 사람들과 주고받은 메일이 남아 있지 않을까? 그렇지만 후카세는 히로사와의 휴대전화와 연결된 메일주소밖에 몰랐다. 후루카와가 실존하는 친구라 해도, 그리고 다니하라의 말처럼 히로사와에게 애인이 있었다 해도 역시 연락은 휴대전화로 주고받지 않았을까?

곧 만날 동창생들에게, 히로사와의 애인에 대해서도 물어봐야 겠다.

후카세는 커피를 들이켜고 바다를 바라보며 일어나 크게 기지개를 폈다. 오늘도 또다시, 새로운 히로사와를 만나기 위해.

호텔에 익숙한 건 아니지만 비즈니스호텔 '나기사'의 일층 로비 옆에 있는 티라운지에서 주위를 두리번거리는 사이, 호텔이라는 장소는 동네주민을 위한 것이 아니라 외지인의 영역이라는 생각이 들었다. 과장되게 말하자면 대사관 같은 곳이다. 특히 비즈니스호텔은 결혼식이나 망년회처럼, 동네 사람들이 모여 연회를 열지도 않으니 주변 사람들에게는 존재는 알지만 좀처럼 발을 들여놓을 일은 없는 장소라고 할 수 있다. 그런 분위기를 강하게 느끼는 이유는, 주위에서 들려오는 대화 속에 이 동네의 사투리가 섞여 있지 않아서일까?

그래도, 혼자 있을 때는 자기 영역 같지 않은 곳이지만 몇몇 친구들과 흥미로운 이야기를 나누다보면 이곳이 멀리 떨어진 장소라는 것을 깜빡 잊게 되지 않을까?

실제로 제법 떨어진 자리인데도 시끄러운 간사이 사투리로 떠드는 세 명의 아주머니 덕분에 에히메 현이라는 감각이 점점 흐려지고 있다.

"후카세 씨?"

아주머니들에게 정신이 팔린 탓에 그의 자리로 두 명의 여성이 다가온 것을 조금 늦게 깨달았다.

"그렇습니다."

거래처 상대를 만날 때처럼 무심코 일어나서 자세를 가다듬었다. 그런 후카세를 보고 상대가 재미있다고 웃는 바람에 이마에서 왈칵 땀이 솟았지만, 상대는 동갑이라고 자신을 타일러가며 간신히 자기소개를 진행했다.

두 사람은 각자 우에다 마유와 요시우메 아오이라고 이름을 밝혔다. 평범한 옷차림이 동네 주민이라는 사실을 말해주고 있다. 후카세에게 문자로 연락한 것은 마유로, 핸드백 외에 졸업 앨범이 든 것으로 보이는 나일론가방을 어깨에 메고 있었는데 일단 앉자, 하고 상황을 주도하는 것은 아오이 쪽이었다. 여기는 팬케이크가 맛있다는 말에 배는 고프지 않았지만 후카세도 플레인 팬케이크와 뜨거운 커피를 주문했다.

"마유 네가 히로사와하고 초등학교부터 고등학교까지 쭉 같이 다녔으니까, 먼저 얘기하는 게 어때?"

잠시 비즈니스호텔은 외지인의 영역이라고 생각했던 게 무색할 만큼, 동네주민의 등장으로 분위기가 단숨에 바뀌었다. 그래도 아오이가 히로사와라고 부르는 것을 듣고 점점 그가 아는 히로사와에게 다가가고 있다는 생각이 들어, 점이 선으로 이어지는 예감에 마음이 들떴다.

"히로사와에 대한 이야기라면 뭐든 상관없으니 알려줘."

기대를 품고 마유를 바라보았지만, 상대는 조금 난처한 듯 집게손가락으로 이마를 긁적였다.

"요이치가 부탁해서 오긴 왔는데, 고등학교는 같았지만 요이치보다 많이 아는 건 없어. 요시키하고 같은 반이었던 건 중학교 3학년 때뿐이고."

그래도 당연하다는 듯이 요시키라고 부른다.

"그렇게 상세한 정보가 아니라도 괜찮아. 예를 들어 히로사와 요시키는 이런 사람입니다, 하는 문장을 다섯 개 쓰라고 한다면 어떤 글을 쓸 것인가, 그런 느낌이면 돼."

"그러면 국어 시험이잖아, 더 어려울 것 같은데?"

"그럼 연상퀴즈로 히로사와 요시키가 답이 되는 문제를 낸다고 한다면?"

"일단은 컸어! 키가 컸다는 표현이 맞을까?"

마유는 대뜸 말해놓고 그다음 말이 떠오르지 않는지, 허공을 바라보며 생각에 잠겼다.

"공부를 잘했어. 이건 중학교 3학년도 다 끝나갈 때쯤에야 알게된 건데. 수학 시간에 선생님이 어려운 퀴즈를 내서, 한 명이라도 풀수 있으면 오늘은 자습시간을 주겠다고 하셨는데 아무도 손을 들지않았거든. 그랬더니 선생님이 히로사와도 못 풀 정도야? 라고 묻는 거야. 그래서 어라, 선생님이 저렇게 말할 정도로 요시키가 공부를 잘했나? 하고 깜짝 놀랐던 기억이 나. 게다가 선생님이 지목하니까 또 술술 풀기 시작하는 거야. 최고 점수를 받아도 티를 안 내니까 몰랐던 거지. 그런 의미에서는 얌전하다고 할까."

히로사와답다고 생각했다.

"그리고 야구부에서 공을 잘 던졌다는 거랑…… 역시 상냥했다는 것?"

반에서 리더 격이었던 소년이 반 아이들에게 얌전한 소년 하나를 따돌리자고 한 적이 있었다고 한다.

"그러긴 싫었지만, 거부하면 화살이 내게 날아올 것 같아 남자애들도 여자애들도 다들 어쩔 수 없이 시키는 대로 했는데, 요시키 혼자만 그 애한테 아침 인사를 했어."

어째선지 히로사와가 아니라 무시의 대상이 된 소년에게 공감을 느꼈다. 얼마나 기쁘고 든든했을까, 후카세는 자신이 비호받은 것처럼 마음이 묵직하니 뜨거워졌다.

"하지만 그러면 다음 번에는 히로사와가 공격 대상이 되지 않았어?"

"응. 주모했던 애가 배신자라고 달려들었지 하지만 덩치가 크니까 상대도 기가 눌려서, 그 이상 시비를 걸지는 않았어. 그럴 줄 알고 감싸주었던 건지도 모르지만."

마유의 의견에 전적으로 동의할 수 있었다.

"체격 같은 건 상관없어."

잠자코 듣고만 있던 아오이가 큰 소리로 반론했다.

"너희, 덩치가 크니까 반에서 설치는 아이에게도 맞설 수 있다고 생각하는 거야? 진심으로?"

너희, 라고 말하면서 아오이는 후카세만 보고 있었다. 비겁한 자신을 속이기 위한 핑계일 뿐이라는 말은 듣고 싶지 않았다. 그런 건 뼈저리게 알고 있다. 아마도, 마유 역시. 하지만 진심으로 그렇게 생각하는 구석도 있는 것이다. 키가 5센티미터만 더 컸다면, 힘이 조금만 더 셌다면, 하다못해 어깨라도 처지지 않았다면, 그만큼 용기를 낼 수 있었을지도 모른다. 적극적으로 나설 수 있었을지도 모른다. 아니, 그렇게 대단한 변화까지는 바랄 수도 없지만.

비굴하게 굴지 않아도 되었을지 모른다.

"겉모습이 주는 영향이 적지 않지. 모두 아오이 너처럼 생각한 걸 말로 할 수 있는 건 아니니까."

익숙한 일인지, 마유는 태연히 아오이에게 반박했다.

"그렇게 자신을 정당화하면서 유리한 쪽에 붙는 사람들은 영악하고, 편하게, 하루하루 즐겁게 살 수 있겠지."

언성을 높이지는 않았지만 아오이는 거침없이 말을 이었다. 키도 작고, 말랐고, 딱히 예쁘거나 귀엽지도 않은 평범한 외모의 아오이가 옛날부터 이런 식으로 자신의 정의감을 고집스레 주장해왔다면, 반에서 상당히 험난한 신세가 되지 않았을까? 이런 애는 우리 반에도 있었지, 하고 후카세는 중학교 시절을 회상했다.

어느 날, 학교에 가니 뭔가 분위기가 이상했다. 따돌림당하는 느낌이었다. 반나절도 지나기 전에 깨달았다. 애초에 존재감이 흐린 후카세에게 아침 인사를 건네주는 반 친구는 얼마 없다. 교실 입구에서 맞닥뜨려도 다들 후카세와는 눈길도 맞추지 않고 지나가버리는 게 일상적인 광경이었다. 그건 따돌림이 아니다. 무의식중에 나오는 행동이기 때문이다. 하지만 그날은 노골적으로 의식해서 후카세를 피했다. 무시하려면 평소대로 잠자코 지나가면 될 텐데, 후카세를 중심으로 반경 1미터 안에 들어가면 안 된다는 규칙이라도 있는 것처럼 멀찍이 돌아가거나 다급하게 달려서 피하니 아무리 둔한 사람이라도 눈치채게 마련이다.

누가 주모자고, 후카세의 어떤 면이 마음에 들지 않았는지 알 수 없었지만 일주일쯤 참으면 자연히 원래 상태로 돌아가겠지. 그렇게 속으로 다독이며 이런 처사는 아무렇지도 않다는 듯이 무표정을 가장하고 있었는데…….

'이런 건 이상해!'

한 여학생이 담임이 맡은 국어 시간에 갑자기 두 손으로 책상을 쾅 치고 일어났다. 어째서 못 알아차리는 거야, 이 허수아비 선생아, 하고 암암리에 지적하듯이 후카세가 반에서 무시당하고 있다는 사실을 모든 아이들이 보는 앞에서 담임에게 폭로했다. 수업은 그대로 학급 회의로 바뀌었고, 후카세를 무시한 사람이 누군지 묻는 질문에 고발한 여학생을 제외한 모두가 쭈뼛쭈뼛 손을 들었다. 그리고 주모자는 알아내지 못한 채로 모두가 자리에서 일어나 후카세에게 '우리가 잘못했어' 하고 머리를 숙이는 싸구려 연극이 펼쳐졌고 후카세를 향한 무시는 막을 내렸다.

수업이 끝나자 그 여학생은 후카세에게 다가와 말했다.

'다음부터는 싫으면 싫다고 자기 입으로 말해야지, 안 그러면 잊을 만할 때 또 같은 일을 당할 거야.'

무시하자고 한 주모자보다 그 여학생을 힘껏 때려주고 싶었다.

"후카세 씨, 날 짜증나는 인간이라고 생각하지?"

"엇……."

저도 모르게 들어올린 손을 황급히 내렸다. 땀이 밴 얼굴을 만지면 바로 긍정하는 몸짓이 된다. 호텔 종업원이 오래 기다리셨습니다, 하고 타이밍을 잰 것처럼 말을 걸었다. 버터 냄새가 향기로운 팬케이크가 나왔다. 후카세가 주문한 메뉴에는 버터밖에 없었지만 두 사람 앞의 접시에는 소프트아이스크림처럼 짜놓은 생크림과 빨간 딸기소스가 뿌려져 있었다.

"일단 먹자."

마유가 활기차게 재촉했다. 아오이의 성격은 알고 있었지만 처음 만나는 후카세에게도 평소처럼 굴 줄은 예상하지 못했던 건지도 모른다.

"이곳 핫케이크는 옛날부터 동네에서 제법 인기가 있어. 팬케이크 붐이 부니까 금세 메뉴 이름까지 팬케이크라고 바꾼 건 좀 그렇지만. 아마 요시키도 먹어봤을걸?"

어떻게든 화제를 바꾸려고 애쓰는 마유에게 맞추듯 후카세도 맛있어 보이네, 하며 나이프로 팬케이크를 잘랐다.

"행동과 생각이 항상 일치하는 건 아니야. 자기 행동이 최선이 아니라는 건 대부분의 사람들이 자각하고 있어. 하지만 그렇기 때문에 성립되는 세상도 있어. 몰랐던 사실은 지적하면 개선되는 경우도 있고. 하지만 자각하고 있는 걸 누가 지적한들 바뀌는 건 없어. 오히려 망신을 샀다는 생각에, 상대를 완고하게 만들 뿐이야."

입을 우물거리고 있는 후카세와 마유 옆에서 아오이만 나이프도 들지 않고 계속 이야기하고 있다. 말과 행동이 일치하지 않잖아. 후카세는 아오이와 시선을 맞추지 않고 속으로 욕하며 팬케이크에 집중했다.

"모순되지? 당연해. 지금 한 말은 내 생각이 아니라…… 히로사와한테 들은 말이니까."

나이프를 내려놓고 고개를 들었다.

"이제야 눈을 봐줬네. 먹으면서 들어도 되니까 내가 하는 히로사와 이야기, 제대로 들어줘."

"미안……."

과연 제대로 들리기나 했을까, 자신도 거의 알아들을 수 없는 목소리밖에 나오지 않았다. 후카세는 아오이를 똑바로 바라보았다.

고등학교 1학년 때, 아오이와 히로사와는 같은 반이었다고 한다. 2학기에 접어들어 반에서 왕따 문제가 발생했다. 중학교 때는 전혀 눈에 띄지 않던 남학생이 운동회나 문화제를 계기로 주목을 끌게 되자, 그것을 언짢게 여긴 같은 중학교 출신 남학생이 시비를 걸기 시작한 것이다. 아오이는 다른 중학교를 나왔기 때문에 처음에는 멀찍이서 지켜보고 있었지만 어느 날 용서할 수 없는 결정적인 일이 터졌다.

"괴롭히던 애는 항상 그 애를 이름으로 불렀는데, 어느 날 갑자기 엉뚱한 성씨로 불렀어. 그래 놓고 아, 미안, 미안, 중학교 때는 이쪽 이름이어서 그만 실수했네, 하고 실실 웃는 거야."

부모의 이혼 사실을 친구들 앞에서 폭로하며 놀린 것이었다. 아오이가 아니더라도 불쾌한 마음이 치밀었다. 자신이 문제제기를 할 수 있는지 없는지와는 별개로. 무엇보다 그럴 때, 어떻게 말하면 좋을까? 그런 식으로 말하지 마?

"뭐라고 말했어?"

"중학교 때 좀 잘나갔다고 엉뚱하게 화풀이하지 말라고 했어."

직구도 그런 직구가 없다. 말이 떨어지기가 무섭게 한 대 맞을 것 같다.

"아무 일 없었어?"

"아니, 내 쪽으로 다가오더니 갑자기 눈앞에 있는 책상을 발로 걸어차았어."

아마 그 정도도 상당히 자제한 행동이었을 것이다. 아오이는 굉장히 무서웠다고 했다. 책상 모서리가 허벅지를 찍고, 의자가 요란하게 넘어가고, 책상 서랍에 넣어두었던 필통과 교과서도 쏟아졌다.

"아무도 도와주지 않았어. 친구라고 생각했던 애들도. 내가 감싸준 애조차 멀찍이서 지켜보기만 할 뿐이었지. 말문이 턱 막혔어. 눈물이 쏟아지려는 걸 필사적으로 참는 게 고작이었어. 그럴 때, 히로사와가 나타났어."

그만두라고 말한 것은 아니었다. 아오이를 감싸듯 가로막고 선 것도 아니었다. 그저 쓰러진 의자를 바로 세우고 흩어진 교과서와 공책을 주워 책상 위에 올려놓았다고 한다. 그러는 사이에 책상을 걷어찼던 남학생은 혀를 차고 교실 밖으로 나갔다. 그 후 아오이에게 시비를 거는 일도 없었고 왕따도 사라졌다.

잠자코 교과서를 줍는 히로사와의 모습이 후카세의 머릿속에서 선명하게 재현되었다. 널찍한 등은 그것만으로도 위압감을 주었을지 모른다. 하지만 히로사와가 그 자리에 나선 것은 덩치와 상관없다. 이제는 그렇게 생각한다. 선악을 판가름하려는 마음은 히로사와 안에 눈곱만큼도 없는 것이다. 그저 다툼이나 왕따를 끝내고 싶을 뿐. 자기가 방패가 되어 해결할 수 있다면, 주저 없이 한 걸음을 내디딘다. 그런 녀석이다.

그래서 그때, 맥주를 마셨구나.

그래서 그때, 무라이를 데리러 간다고 했구나.

눈시울이 뜨거워졌지만 아오이의 이야기는 아직 끝나지 않았다. 히로사와에게 도와줘서 고맙다 말하고, 그것을 계기로 문자메시지를 주고받는 사이가 되었다고 한다. 생각을 곧바로 말하는 성격인 아오이는 문자메시지로는 답답할 때가 잦아, 전화를 걸기도 했다. 아까 했던 말은 그때 히로사와에게 들었다고 한다.

혹시 아오이가 히로사와의 애인이 아닐까? 아오이라면 사고의 진상을 알면 고발장을 보내고도 남을 성격이다. 그래도 반성하는 빛이 보이지 않으면 주저 않고 다음 행동에 나설 수도 있을 것 같다. 처음 만났을 때부터 시비조인 이유도 이해할 수 있다.

"아오이는 요시키하고 사귀었던 거야?"

마유가 물었다. 후카세의 마음을 꿰뚫어보았나 싶었지만, 단순히 자기가 궁금했던 것뿐이리라. 둘이서 아오이를 보았다.

아니, 하고 아오이는 당장이라도 울음을 터뜨릴 것 같은 얼굴로 고개를 가로저었다.

"좋아했는데, 밸런타인 같은 날에 고백하고 싶었지만, 안 했어."

못 한 것이 아니다.

"아오이는 하고 싶은 말은 다 하면서, 왜 그런 데서만 망설이는 거야?"

마유의 말투가 '클로버 커피'의 안주인과 비슷하다고 생각하면서 좋아, 더 물어봐, 하고 속으로 맞장구를 쳤다.

"그야 고백하면 좋다고 할 거 아니야."

자신만만한 발언이지만, 아오이의 얼굴에는 서운한 미소가 감돌았다. 잠자코 뒷말을 기다렸다.

"나는 말이야, 처음에 히로사와하고 나는 같은 색인 줄 알았어. 정의의 사도는 빨간색이다, 이런 건 아니지만 사람을 볼 때 이 사람은 무슨 색인지 색에 빗대곤 했거든. 이 사람은 비슷한 색, 이 사람은 반대색, 이 사람은 보색, 그렇게 미술 시간에 배운 12색상환으로 치환해서 생각해보면 잘 안 맞는 사람하고도 그럭저럭 잘 지낼 수 있다 싶거든. 미안, 비유가 이상하지."

"아니……."

후카세도 자기 인생을 색에 빗대본 적이 있다.

"중학교 때부터 늘 그런 생각을 했는데, 나하고 같은 색으로 느껴지는 사람은 한 명도 없었어. 하지만 히로사와는 같이 왕따에 맞서주었고, 책이나 영화 이야기를 하면 굉장히 잘 맞았어. 표면적으로는 서로 다른 색을 띠고 있지만 속은 같지 않을까, 마블초코를 먹으면서 그런 생각을 했어. 밸런타인데이에 마블초코를 주면 내가 하고 싶은 말을 이해해줄까 싶어 도전해볼까 했지만, 히로사와를 오래 지켜보는 사이 뭔가 다르다는 생각이 들었어. 내가 엄청난 착각을 했다는 걸 깨달은 거야. ……마유는 히로사와를 색에 비유한다면 무슨 색일 것 같아?"

갑작스러운 질문에 놀랐는지 마유는 어? 하고 팔짱을 끼더니 한참 고민하다가 오렌지라고 대답했다.

"'서니스' 모자 색이 오렌지색이니까. 아, 소년 야구팀 얘기야."

"소꿉친구라 다르구나, 부러워. 나는 야구하는 히로사와는 본 적이 없거든. 후카세 씨는 무슨 색이라고 생각해?"

다음으로 질문받을 줄 예상은 했지만 마유와 마찬가지로 후카세도 팔짱을 끼고 생각에 잠기고 말았다. 오렌지색이란 말 때문에 그 영향으로 벌꿀이나 카레를 연상시키는 노란색이 떠올랐지만, 내면의 색이라면 다를 것 같았다. 조금 더, 넓고, 커다란 색.

"파란색일까. 바다나 하늘, 그런 느낌."

"그 말도 이해가 가. 하지만 나는…… 투명하다고 생각했어. 투명한 히로사와는 선명한 색도, 어두운 색도 수용해주니까, 나하고 같은 색이라고 착각하는 거라고. 달리 사귀는 사람이 없는 한 고백만 하면 아무한테나 좋다고 말해줄 사람 같았어. 그렇게 상대의 색에 맞춰가는 거야. 하지만 그렇다면 나처럼 고집 세고 미움만 사는 사람하고 같은 색이 되면 안 되잖아. 그래서 반이 달라진 뒤로는 문자메시지도 전화도 끊었어."

아오이와 후카세의 색은 다를지도 모르지만 녹색에도 보라색에도 파란색이 섞여 있는 것처럼, 구성 요소 중에는 같은 색이 있을지도 모른다고 생각했다.

"요시키는 아무 말도 안 했어?"

마유가 물었다.

"딱 한 번 이유를 묻기에 투명인간하고는 잘 안 맞는다고 대답했더니 이해해줬어."

"그럴까? 그런 거야? 난 잘 모르겠어."

마유까지 울먹거리는 표정을 지었지만, 후카세는 아오이의 마음을 이해할 수 있을 것 같았다.

"대학교 때 히로사와에게는…… 그런 사람이 있었을까?"

아오이는 그렇게 말하며 고개를 떨어뜨렸다. 마쓰나가의 부탁으로 왔다는 마유와는 달리, 아오이는 히로사와에 대해 이야기하고 싶다기보다 그것이 궁금해서 온 게 아닐까? 그리고 그의 대학 생활은 어땠는지, 히로사와의 인생에서 자기가 모르는 부분을 채워넣고 싶다, 그렇게 후카세와 똑같은 목적이 있었던 게 아닐까? 그래서 알고 있는 것은 솔직히 털어놓기로 했다.

"나는 그런 낌새는 전혀 못 느꼈지만, 기념품 코너에서 여자들이 좋아할 법한 휴대전화 장식줄을 샀으니 애인이 있지 않았겠느냐고 말하는 친구도 있어. 사실 오히려 내가 두 사람한테 같은 걸 묻고 싶었을 정도야."

미안하다는 말은 꿀꺽 삼켰다. 궁금해하는 이야기를 들려줄 수 없어서, 미안해.

"괜찮아. 고마워. 여자친구가 있는 편이 더 기뻐. 하지만 그 사람이, 히로사와 쪽에서 먼저 고백한 상대라면 좋겠네."

아오이는 그렇게 말하더니 녹아버린 생크림이 스며든 팬케이크에 나이프를 가져갔다. 사등분으로 잘라 입보다 큼직한 한 조각을 꾸역꾸역 욱여넣고 있다. 더 얘기할 건 없다는 신호로 보였다.

"그래, 깜빡하기 전에 이거."

마유가 발밑 바구니 속에 넣어두었던 나일론가방을 후카세에게 내밀었다. 묵직한 무게가 느껴졌다. 속을 들여다보니 초등학교, 중학교, 고등학교 졸업 앨범이 한 권씩 들어있었다. 고등학교 때 앨범만 가져다줄 줄 알았는데 고마운 일이다. 게다가 초등학교 졸업문집까지 들어 있었다.

"고마워, 큰 도움이 될 거야."

히로사와의 부모님께 보여드려야겠다는 생각도 했다.

"요시키네 아버님 부탁으로 추도문집 같은 걸 만들 거라면서?"

마쓰나가와 무슨 이야기를 나누었는지, 히로사와의 아버지에게서 의뢰받았다는 거창한 착각을 하고 있다. 그래서 마유가 공부를 잘했다느니, 왕따를 막아주었다느니 하는 이야기를 구구절절 해준 건가.

"제대로 만들 수 있을지 자신은 없지만."

"좋은 대학 나왔으면서 겸손 떨기는. 게다가 그런 걸 부탁받았다는 건 장례식에 왔던 사람들 중에서 후카세 씨가 가장 요시키하고 사이가 좋았다는 뜻이잖아?"

"뭐…… 그런 셈인가."

이제 와서는 그다지 자신이 없다.

"그럼 하나만 질문. 요시키는 친구를 차로 데리러 가다가 사고를 냈지? 함께 여행을 갔던 친구들은 택시로 갈걸 그랬다, 말릴걸 그랬다, 그렇게 굉장히 후회하면서 요시키네 부모님께도 사과를 드렸다고 들었는데, 진짜야?"

후카세는 말없이 고개를 끄덕였다. 마유는 웃는 얼굴로 잡담이라도 하듯 묻고 있지만 후카세는 겨드랑이에 식은땀이 흐르는 것을 느꼈다.

"누가 친구를 데리러 갈지, 처음부터 요시키를 보내는 걸 전제로 의논했던 것 아니야?"

"……왜 그런 말을?"

"내 의견이라기보다 이 동네 아주머니들이 수군거리는 말인데, 요시키는 사람이 좋아서 거절하지 못했겠구나, 그러시더라고. 뭐라고 해야 하나, 요시키를 아는 동네 사람들은 모두 너희 때문에 요시키가 죽었다고 생각하는데, 아저씨는 어째서 추도문집 같은 걸 부탁했는지 조금 의아해서."

"아니야! 난, 아니, 우리는…… 그날 밤 일을 진심으로 후회하고 있고, 히로사와의 죽음을 슬퍼하고 있어. 적어도 나는, 내게는 인생에서 처음 얻은 단짝이었어."

무릎 위에 얹고 있던 주먹을 힘껏 움켜쥐었다. 온몸에 힘을 주고 있는데도 눈에서 눈물이 주르륵 흘러내렸다.

"미안, 무례한 말을 해서. 그럼 좋은 문집을 만들어줘. 앨범은 다 본 다음에 아무 때나 요이치네 집으로 보내주면 돼."

가자, 하고 마유는 아오이를 재촉했다. 후카세가 우는 것이 미안해서 그렇다기보다는 그냥 난처해하는 기색이었다. 아오이는 아무 말도 하지 않았다. 마유를 타이르지 않았다는 것은, 동네에 도는 소문을 아오이도 믿는다는 뜻이리라.

일부러 나와줘서 고마워, 시간을 내줘서 고마워, 하고 인사를 해야 하는데도 후카세는 꾸벅 고개를 숙이는 게 고작이었다. 정신을 차리고 보니 두 사람은 계산서까지 가지고 가서 자기가 먹은 몫을 각자 계산하고 있었다.

후카세가 내겠다고 달려가봤자 거절당할 것 같았다. 소중한 소꿉친구와 동창생을 빼앗아간 사람에게 대접받고 싶을 리 없다.

히로사와의 부모님이 다정하게 대해주어서 용서받았다고 착각하지는 않았나? 장례식 때 친척들 바로 옆자리에 앉게 해주었다고, 그 위치와 마찬가지로 그들이야말로 히로사와와 가장 사이좋았던 친구라고 착각하지는 않았던가?

차를 마시며 즐거운 추억담을 들려줄 거라고, 진심으로 믿었던 걸까? 사실은 아무도 그들을 용서하지 않았다. 술을 마셨다는 사실을 알고 모르고는 상관없다. 그 사실이 없어도, 이곳 사람들은 그들이 히로사와를 죽음으로 몰아넣었다고 생각하는 것이다.

고발장의 범인을 찾아낸들 무슨 소용이란 말인가…….

그냥 이대로 돌아가버릴까? 그런 유혹을 느꼈지만 다음 약속까지 십 분도 채 남지 않았다는 것을 깨닫고 몸이 먼저 움직였다. 함께 점심이나 들면서 이야기하자고, 상대가 장소를 지정했던 것이다. 역 앞 상점가에 있는 중화요릿집이었다.

점심때라 가게 안은 붐볐지만 점원에게 '오카모토'라고 이름을 대자 이층 방으로 안내해주었다. 별실은 아니지만 다른 손님은 없었다. 가장 안쪽 테이블에 남자가 한 명 앉아 있었다. 후카세를 보더니 시원스레 웃으며 한 손을 들었다.

마유가 소개해준 배구부 주장, 오카모토 쇼마다. 피부도 하얗고 아이돌처럼 화사하니 잘생겼다. 어지간히 인기가 있겠다. 후카세는 괜히 거북한 기분으로 오카모토의 맞은편에 앉았다.

같은 나이지만 옆에서 보면 절대 친구로 보지 않을 것이다. 여자를 소개해주는 대신 영어회화 교재를 사라는 사기 현장으로 착각할 확률이 더 높았다.

훤칠한 얼굴을 힐끔거리며 그런 생각을 하는 참에 문득 시선이 마주치자 오카모토가 관찰하는 눈빛으로 후카세를 뚫어져라 보고 있는 것을 깨달았다. 눈물 자국이라도 남아 있나? 두 손으로 뺨을 문질렀다.

"장례식 때 있었나?"

"있었는데…… 왜?"

후카세가 묻자 오카모토는 난처한 기색으로 머리를 긁적였다.

"무례한 말 좀 해도 돼?"

예고만으로도 숨이 턱 막히는 불안감이 올라왔지만 어떤 말이라도 빠짐없이 들어야 한다.

"편히 말해."

그렇게 대답했을 때 마침 점원이 다가왔다. 오카모토가 메뉴도 펼치지 않고 "여긴 탄탄면이 맛있어" 하고 제 몫을 주문하는 통에 후카세도 같은 것을 부탁했다.

"다리, 편하게 앉지?"

오카모토의 말에 꿇고 있던 무릎을 펴고 책상다리로 앉았다.

"장례식 때, 주위에 있던 친구들이 앞쪽에 있는 무리가 히로사와의 대학 친구들이라고 이야기하기에 다행이라고 생각했어."

후카세는 고개를 들어 오카모토의 눈을 똑바로 바라보았다. 지금 다행이라고 말한 건가?

"훌륭한 대학교라 성실한 녀석들을 상상했는데, 은근히 괜찮다고 할까, 적당히 멋도 있고, 성격도 밝아 보이고, 여자한테 인기도 있을 것 같고. 이제야 그런 녀석들하고 어울려 지내게 되었구나 싶었거든."

무슨 말을 하는 건지 전혀 이해할 수 없었다.

"고등학교 때는 보통 동아리 친구들하고 어울려 다니잖아, 수학여행이나 문화제에서. 그래서 당연히 히로사와는 우리랑 다닐 줄 알았는데, 그 녀석 늘 먼저 약속한 사람이 있다고 우리가 부를 때마다 거절했거든. 그 상대라는 게, 볼품없고 다른 친구는 한 명도 없을 것 같은 녀석이었어. 히로사와는 사람이 좋아서 누가 버림받은 강아지

233

같은 눈빛으로 다가오면 뿌리치질 못하거든. 하지만 정작 그런 애들은 자기가 히로사와 단짝인 것처럼 굴어. 아무것도 못하면서. 찌질한 녀석들은 끼리끼리 어울리면 되는데, 자기는 그런 녀석들과는 다르다고 착각을 하는 거야."

오카모토의 한마디 한마디가 가슴을 도려냈다. 후카세 이야기를 하는 것도 아닌데.

"딱 그거야, 못생긴 여자가 고급 명품 가방을 들고 다니는 느낌. 그 녀석은 히로사와를 좋아하는 것도 아니야. 자기는 볼품없는 무리에 속하지 않는다고 주장하려고 뭐든 잘하는 녀석하고 어울리고 싶은 거지. 그랬는데 유일하게 상대해준 게 히로사와였을 뿐이야."

그래서 오카모토는 다니하라나 무라이, 아사미를 보고 다행이라고 생각했던 것이다. 히로사와에게 어울리는 친구가 있었다는 사실에.

"하지만 그 볼품없는 녀석이 정말 히로사와를 좋아했을지도 모르잖아."

자신과 동일시한다는 사실을 들켜도 상관없다. 오히려 오카모토가 먼저 후카세에게서 그 친구라는 인물과 흡사한 인상을 받고 이런 이야기를 꺼낸 것이리라.

"글쎄. 그럼 그만 놔주는 게 맞지 않을까? 모처럼 친구가 상위 그룹에 갈 수 있는데, 자기가 걸림돌이라는 걸 알면 물러나주는 게 우정이잖아?"

히로사와도 그렇게 생각했을까? 후카세보다 다니하라나 무라이, 아사미와 함께 어울리고 싶었을까? ……그럴지도 모른다. 그래서 다니하라의 야구팀에 들어간 사실이나, 무라이와 카레를 먹으러 간 일을 후카세에게 말하지 않은 것이다.

"저, 그 친구도 만나보고 싶은데, 이름 좀 알려줄 수 있어?"

"상관없는데, 내가 이런 말을 했다는 건 비밀이야. ……후루카와, 후루카와 다이시란 녀석이야."

오카모토가 테이블 위에 손가락으로 한자를 썼다. 古川. 그렇지 않을까 하는 예감이 이야기를 듣고 있을 때부터 느꼈다.

"앗, 하지만 그 녀석, 이쪽에 안 사는데. 대학까지 히로사와를 쫓아갔거든."

같은 대학에는 못 붙었기 때문에 도쿄의 다른 사립에 가서, 졸업한 후에도 고향으로 돌아오지 않았다고 한다. 후카세가 다닌 대학이 도쿄 소재는 아니었지만 오카모토는 간토를 전부 같은 지역으로 여기는 모양이다. 후루카와는 히로사와의 장례식에도 오지 않았다고 한다.

"연락처는 알 수 없을까?"

"난 몰라. 아는 녀석이 있을까? ……뭐, 난 후루카와하고 같은 중학교를 나왔으니 다른 녀석한테 물어볼게."

오카모토는 재빨리 휴대전화로 문자를 보내기 시작했다. 후카세는 그 손놀림을 보면서 생각했다.

이렇게 된 바에야, 그냥 물어볼까? 아니, 굳이 물어보지 않아도 알 수 있다. 후루카와 다이시는 틀림없이 나와 비슷한 타입이다. 아오이의 표현을 빌리자면, 같은 색을 가진.

후카세의 휴대전화가 울린 것은 마쓰야마 공항에 도착하고 나서였다. 귤꽃 벌꿀이 담긴 큼직한 병 두 개를 넣은 종이봉투를 발밑에 내려놓고 전화기를 꺼내자, 후루카와의 휴대전화 번호가 적힌 오카모토의 문자메시지가 들어와 있었다.

당장이라도 후루카와를 만나보고 싶었지만, 지금은 그럴 겨를이 없다.

먼저 만나야만 하는 사람을…… 졸업 앨범 속에서 발견한 것이다.

제 5 장

비행기 여행이 후카세에게 이성을 조금이나마 되찾아주었다. 만일 집에 돌아와서 히로사와의 고등학교 졸업 앨범을 펼쳤더라면, 아무리 한밤중이라 해도 전화기를 집어들었을 것이다. 신칸센 고속열차를 탔어도 마찬가지였을 것이다. 전화기를 한 손에 들고 객실 밖으로 나가 굉음과 터널 때문에 뚝뚝 끊기는 통신 상태에 혀를 차면서도, 말도 안 되는 사실을 알아냈다고 연락했을 것이다.

말도 안 되는 사실……? 기내에서 다급한 마음을 추스르듯 졸업 앨범 속에서 발견한 인물과 이번 사건의 흐름을 되짚어보려는데 문득 창문에 비친 자신과 눈이 마주쳤다. 히로사와 고등학교 동창생이었다. 그 사실만으로 고발장을 보낸 범인이라고 단정할 수 있나? 강화유리에 비친 후카세 가즈히사는 살아있는 자신보다 다소 냉정한 얼굴로 그렇게 묻는 것처럼 보였다.

다니하라를 선로에 떠민 것도? 체격이 그렇게 다른데 그게 가능할까? 그보다, 정말 혼자서 한 짓일까? 아니면 그 친구가 공범일 가능성도 있다는 뜻일까?

거기까지 생각하다가 졸업 앨범의 다른 사진이 머릿속에 떠올랐다. 후루카와 다이시. 고등학교 때 히로사와와 가까워져서 대학까지 쫓아갔다가, 히로사와가 죽은 후에 대학 세미나 친구들 연락처를 알려달라고 히로사와의 고향 집에 전화했다. 후카세는 후루카와의 존재를 간과할 수 없었다.

결론을 너무 서둘러 찾아서는 안 된다. 히로사와의 인생을 더듬어가듯, 그의 부모님부터 소꿉친구까지 차례로 만나지 않았던가. 후루카와를 만나면 분명 그다음으로 이어질 인물이 나올 것이다. 그것이 누구인지 짐작된다 해도 후루카와를 건너뛰어서는 안 된다.

어째서 후루카와를 만나야 한다고 이렇게까지 스스로 변명하는 걸까? 후카세는 유리창에서 눈을 돌렸다가 다시 한 번, 자기 얼굴을 비추듯 창을 마주 보았다.

답은 이미 알고 있다.

휴대전화 번호를 가르쳐준 오카모토 혹은 다른 동창생에게 미리 연락을 받았는지, 집으로 돌아간 후카세가 후루카와에게 전화를 걸자 낯선 번호일 텐데 경계하는 기색 없이 이름을 밝히고는 용건을 물었다. 전화를 기다리고 있었던 것도 같다.

게다가 후루카와는 넌지시 후카세에 대해 조사했다는 듯한 말도 했다. 한번 만나서 이야기를 나누고 싶다고 부탁하자 후루카와는 자기도 그러고 싶었다며 흔쾌히 수락했다. 약속 장소를 정해야 하는데 후카세는 후루카와가 어디 사는지 몰랐다.

그것은 후루카와 역시 마찬가지일 줄 알았다. 그런데…….

'그쪽 회사로 가도 상관없는데. '니시다 사무기 주식회사' 맞지?'

목구멍까지 튀어나온 어떻게, 라는 말을 가까스로 집어삼켰다. 동요하고 있다는 것을 들키기 싫었다. 거기 말고, 하고 태연한 척하면서 전에 커피 원두를 샀던 가게에서 만나자고 했다. 네가 허니 토스트를 먹었던 곳 말이구나, 라는 말은 나오지 않아서 오싹한 인상은 다소 누그러들었다.

약속 장소에는 후루카와가 먼저 와 있었다. 졸업 앨범 사진의 얼굴과 크게 다르지 않은 왜소한 남자가 여자 손님으로 북적거리는 카페 공간의 가장 안쪽 자리에서 거북한 눈치로 앉아 있었다. 얼굴을 확인하려고 가까이 다가가다가, 어쩌면 사진을 보지 않았어도 바로 그가 후루카와라는 사실을 알 수 있었을 거라는 생각이 언뜻 스쳤다.

"저, 저기, 늦어서 미안해."

정보를 얼마나 쥐고 있는지 모를 상대에게 말리지 않도록 세게 나가겠노라 결심했는데, 후카세는 이마에 맺힌 땀을 닦으며 주위 소음에 파묻힐 만큼 작은 목소리를 뱉었다.

"아니, 천만에."

엉거주춤 일어나던 후루카와는 머리를 긁적이면서 고개를 꾸벅 숙였다. 그렇게 두 사람은 서로 얼굴을 마주 보고, 인사를 한 건지 그냥 입가를 살짝 올린 건지 모를 표정을 지으며 마주 앉았다. 약속한 일행이 있다고 말해두었는지 두 사람이 앉기가 무섭게 웨이트리스가 주문을 받으러 왔다. 메뉴를 펼치지도 않고 뜨거운 커피를 주문했고 후루카와도 같은 것을 시켰다.

후카세는 찬물을 마신 뒤 새삼스럽게 후루카와를 힐끗 보았다. 잠깐 시선이 얽혔지만 누가 시선을 먼저 피했는지 판단이 서지 않았다. 아마도 서로 상대방을 살피듯 힐끗거렸을 것이다. 그래서는 안 된다. 후카세는 작게 심호흡을 하며 등을 곧게 펴고 후루카와를 똑바로 보았다. 후루카와도 시선을 피하지 않았다. 하지만 팽팽하게 긴장된 공기 속에서 무슨 말로 운을 떼야 할지 망설였다. 전화는 후카세 쪽에서 먼저 걸었다.

"그러고 보니 여기는 토스트도 맛있어. 구하기 힘든 벌꿀을 뿌려주거든."

후카세는 잡지꽂이 옆에 놓인 작은 칠판에 눈길을 던졌다. '나라현 요시노의 벚꽃 벌꿀'이라고 적혀 있다. 남자인 일행에게 토스트를 권하다니 무슨 소리를 했나 싶은 민망함은 사라지고, 순수하게 먹어보고 싶다는 생각이 들었다.

"벚꽃 벌꿀이라는 것도 있나? 맛있을 것 같네."

후루카와가 중얼거렸다. 커피가 나오자 후카세는 이때다 싶어 두 사람 몫의 토스트를 주문했다.

후카세는 귤꽃 벌꿀보다 연한 노란빛이 감도는 벌꿀을 토스트에 듬뿍 뿌렸다. 후루카와는 일단 맛을 보려는 심산인지 하얀 접시 가장자리에 살짝만 뿌렸다.

"여기 히로사와하고 자주 오던 곳이야?"

후루카와가 접시에 시선을 떨어뜨린 채 물었다. 후루카와 쪽에서 히로사와의 이름을 먼저 꺼내자, 선제공격이라도 당한 것처럼 움츠러들고 말았다.

"아니, 지난번에 우연히 와봤는데…… 왜?"

"그 녀석, 벌꿀 좋아했잖아. 자취집에도 커다란 병이 있었고, 가지고 가라고 해서 받아온 꿀이 아직도 우리 집 냉장고에 있어."

후루카와는 벌꿀에 소용돌이를 그리듯 티스푼 끝을 돌리면서 담담히 말했다. 후루카와에게 히로사와와 얼마나 친한 사이였는지 물어볼 셈이었다. 대학생이 되어서도 왕래가 있었는지. 후카세가 히로사와와 친구였을 때도 교류가 있었는지. 하지만 답은 이미 나왔다.

"좀 충격받지 않았어? 혼자만 히로사와의 단짝이라고 생각한 것 아냐?"

놀리는 말투는 아니었지만 후루카와의 말에 뺨이 화끈거렸다.

"그런……."

그런 말을 들을 이유가 없다고는 말할 수 없었다. 상대에게 속마음을 훤히 들켰다는 인상을 주어서는 안 된다. 무슨 말을 하는지 영문을 모르겠다는 듯이 일부러 고개를 갸웃거렸다. 어설픈 연기가 들통나도 상관없다. 후루카와도 허세를 부리기는 마찬가지일 터였다. 하지만 후루카와는 후카세의 연기 따위 아무래도 상관없다는 듯이 말을 이었다.

"히로사와하고 같은 대학이라면 굳이 물을 필요도 없겠지만, 후카세…… 씨는 중고등학교, 특히 중학교 때는 반에서도 제법 성적이 좋았지?"

후카세는 긍정도 부정도 하지 않았다. 다만 후루카와에게서 시선을 돌리지 않겠다는 일념뿐이었다.

"주위에는 온통 멍청이들뿐이지. 그런데 어떻게 된 일인지 반에서 내 위치도 바닥이거든. 자칫하면 거의 모든 애들한테 무시당할 판국이야. 여학생들은 멋대로 볼품없이, 오타쿠하고 같은 무리로 분류하지. 그만둬, 나를 그런 놈들하고 똑같이 취급하지 마, 그렇게 우울한 나날을 보내고 있었어."

후루카와는 그렇게 말하고 자조 어린 미소를 띠었다.

"내가 학교에서 이렇게 지내는 건 시골에 살기 때문이야. 비좁은 세계에서 서열을 만들려고 애쓰는 녀석들은 일단 자기보다 뛰어난 사람을 끌어내리지. 지긋지긋해. 내게는 훨씬 더 어울리는 세계가 있어. 그곳에는 나를 이해해주는, 내게 어울리는 친구가 있을 거야, 라고 하면서."

후루카와는 마치 후카세의 인생을 보고 온 것처럼 거침없이 말했다. 귀를 틀어막고 싶었다. 하지만 그렇지 않다고 스스로 타일렀다. 처음 만난 순간, 아니, 만나기 전부터 예감하지 않았던가? 그와 후루카와는 몹시 닮았을지도 모른다고. 물론 생김새는 다르지만 둘 다 우중충한 외모라는 카테고리로 분류된다. 하지만 외모는 아무래도 상관없다. 성격도 알지 못한다. 공통점은, 굴절된 태도이다. 후루카와는 후카세의 이야기를 하는 것 같지만 사실은 자기 이야기를 하고 있는 것이다.

그래도. 마음은 반발한다. 너하고 똑같이 취급하지 마.

"히로사와하고 만났을 때, 이제야 만났구나 싶지 않았어?"

세미나실에서 서로 자기소개한 날을 떠올렸다. 무라이, 다니하라, 아사미. 온몸에서 자신감이 흘러넘치는 세 사람을 보고 주눅이 들었고, 히로사와의 존재에 마음을 놓았다. 하지만 만약 그 자리에 있던 사람이 히로사와가 아니라 후루카와였다면? 자신과 흡사한 분위기를 띠고 있더라도 분명 맥이 빠졌을 것이다. 나는 이 녀석하고 같은 취급을 받겠구나, 하고.

외모도 나쁘지 않고, 큰 키에 성격도 밝다. 하지만 주위 사람들에게 위압감을 주지 않는다. 히로사와에게는 그런 분위기가 있었다.

패배 선언이라는 걸 알면서도 가볍게 고개를 끄덕이고 말았다.

"히로사와하고 있으니까 순위를 매기려고 필사적이었던 녀석들이 정말 시시하게 보였어. 여유가 없는 놈들이네, 하고 불쌍하다는 생각도 했어. 속이 좁은 사람이라고. 히로사와는 누구의 험담도 하지 않았고, 불만을 품거나 불평도 하지 않아. 눈앞에 있는 것을 뭐든 받아들였어. 마치 바다 같다고 할까?"

분했지만 수긍할 수밖에 없었다.

"그래서 인간의 본질을 꿰뚫어볼 수 있는 거겠지. 겉으로는 젠체하면서 뒤에서는 남들을 바닥에 처박으려고 필사적으로 버둥거리는 놈들이 아니라, 자기하고 마찬가지로 본질을 꿰뚫어볼 수 있는 사람, 즉 나하고 친구가 되고 싶었던 거야."

거기까지 생각해본 적은 없었지만, 히로사와가 자기와 같은 부류라고 생각했던 것은 사실이다. 후카세는 그 말에도 고개를 끄덕였다. 후루카와는 만족스럽게 입가를 올려 웃더니 식어버린 토스트에 벌꿀을 듬뿍 뿌려 한입 베어물었다.

후카세도 미지근한 커피를 한 모금 마셨다. 내리는 방법이 다른 걸까? 지난번에는 느끼지 못했는데, 스페셜티 커피라고 불리는 원두를 사용하는 데도 '클로버 커피'에서는 느껴본 적 없는 아릿한 맛이 혀 위에 조금 남았다.

"……아."

커피에 정신이 팔려 있다가 후루카와가 중얼거리는 소리를 놓치는 바람에 어? 하고 되물었다.

"그럴 리가 없잖아, 라고 했어."

후루카와는 들고 있던 토스트를 내려놓고, 요란한 한숨을 내뱉었다.

"우리는 여러 모로 닮았어. 사이좋게 지낼 수 있을 것 같아. ……
그런 말을 들으면 좀 화나지 않아?"

화나지 않지만 기쁘지도 않다. 그렇게 대답할까 싶었는데, 반응하
지 않는 것을 긍정의 뜻으로 받아들였는지 후루카와가 먼저 그렇
지? 하고 입을 열었다.

"나하고 히로사와는 같은 부류. 그렇게 믿었던 건 혼자만의 착각
이었다는 뜻이야."

'혼자'라는 것이 후카세를 가리키는 건지, 후루카와 본인을 가리
키는 건지 알 수 없었다.

"같은 대학에는 들어가지 못했지만 히로사와하고는 하루가 멀다
하고 만났어. 같은 아파트에 살았거든. 그렇다고 스토커처럼 히로사
와의 꽁무니를 쫓아다녔던 건 아니야."

후루카와와 히로사와는 서로 진학할 대학교가 정해지자, 둘이서
시골에서 나와 자취집을 찾았다고 했다. 집세가 싼 곳을 최우선 조
건으로 찾았더니 부동산가게에서 룸셰어를 권했다는 말도.

"히로사와는 그래도 상관없다고 했지만 내가 거절했어. 여자친구
가 생기면 난처하잖아, 하고."

그 후 부모가 제시한 예산 안에서 방을 구했다. 후루카와의 학교
까지는 조금 더 멀었지만 교통비를 감안해도 다시없을 좋은 조건이
었기 때문에 두 사람 다 같은 아파트로 정했다. 바로 에히메로 돌아

가는 비행기 안에서, 후루카와는 히로사와에게 어떤 타입의 여자를 좋아하는지 물었다.

"나는 어쨌거나 시골에서 벗어날 생각밖에 없었고, 그 학교에 볼품없는 무리라는 딱지가 붙은 나라는 사람을 제대로 봐줄 여자는 없을 것 같아서, 히로사와하고 그런 이야기를 해본 적이 없었어."

하지만 히로사와는 태연히 한 동창생의 이름을 댔다. 문화제 때 메이퀸 2위로 뽑힌 적 있는, 귀여운 아이였다. 히로사와하고는 2학년 때 같은 반이었다고 한다.

"너 그건 꿈이 너무 크잖아. 애써 고백해도 콧방귀만 뀌는 것 아니야? 그렇게 말했더니 히로사와도 그렇겠지, 하고 웃었어."

그때 히로사와의 표정이 어땠을지, 후카세는 상상할 수 있었다. 취업이 잘 되지 않아 한창 투덜거렸을 때였다. 결국 요령 좋은 놈들만 붙어, 그렇게 내뱉은 후카세에게 히로사와는 그렇겠지, 하고 온화하게 웃었다. 분명 그때와 같은 표정이었을 것이다. 결국 시골에서 벗어날 때까지, 히로사와가 그 구름 위의 여학생에게 마음을 고백하는 일은 없었다고 한다.

"하지만 도시로 나왔어도, 우연이라는 건 있나봐."

대학교 3학년 초봄, 후루카와가 우연히 들른 빵집에 그 여학생이 있었다고 한다. 계산대에 있던 그녀가 먼저 알아보고는 후루카와? 하고 이름을 부르더니 지난달부터 그 가게에서 아르바이트를 하고 있다며 묻지도 않은 정보를 알려주었다.

"도쿄 어디 여대에 붙었다는 건 졸업식 때 누군가의 말을 듣고 알았지만, 우연히 재회하다니 텔레비전 드라마 속에서나 일어나는 일이라고 생각했어."

그 우연으로 드라마 같은 전개가 일어났지만, 그 대상은 후루카와가 아니었다. 그녀를 다시 만난 날 밤, 흥분이 가시기도 전에 후루카와는 히로사와에게 낮에 있었던 일을 전했다. 후루카와도 기뻤던 것이다. 설령 재회했다고 해도 볼품없는 그를 못 알아보았을 가능성이 높았다. 알아보았더라도, 무시해도 할 말이 없는 처지인데 헤어질때 또 오라는 말까지 건네주었다.

그저 귀여운 아이라는 막연했던 기억이 성격도 좋은 아이로 수정되었다. 그러고 보니 인기는 있었지만 누구와 사귄다는 소문은 들어본 적이 없었다. 그런 일을 떠올리고 그녀 역시 인간의 본질을 꿰뚫어볼 수 있는 사람이고, 시골 학교의 시시한 서열놀이가 짜증스러웠던 건지 모른다고 생각했다. 기회만 있었다면 친해졌을지도 모른다. 하지만 히로사와에게 그런 생각까지 전하지는 않았다.

고등학교 때 히로사와가 동경하던 여학생과 우연히 만났다. 그렇게 자랑했을 뿐이었다.

'그런 일도 다 있구나.'

히로사와도 그냥 평소처럼 온화한 목소리로 대답했다. 하지만 빵가게의 위치와 이름은 되물었다고 한다.

"한 달 후였나, 히로사와가 같이 저녁이나 먹자고 불렀어. 저녁밥은 거의 매일 같이 먹었으니 또 시골에 계신 부모님이 반찬을 잔뜩 보내주셨나보다, 하는 생각밖에 안 했어. 그랬는데, 그녀가 있었던 거야."

히로사와의 집에서 앞치마를 두른 그녀가 카레를 만들고 있었다. 히로사와는 후루카와의 이야기를 들은 이튿날, 그녀가 아르바이트를 하는 빵가게로 찾아가 휴대전화 번호와 메일 주소를 적은 종이를 건넸다고 한다.

"고등학교 때부터 쭉 사귄 게 아닐까 싶을 정도로 분위기가 좋았어. 그래도 그때는 내 덕분이잖아, 하고 좋은 일을 했다는 마음에 진심으로 두 사람을 축복했어."

역시 히로사와에게 여자친구가 있었구나. 상대는 고등학교 때 동창생. 후카세는 발밑에 내려놓았던 가방의 가장자리를 꽉 움켜쥐었다. 이 안에 졸업 앨범이 들어 있다. 후루카와는 일부러 그녀의 이름을 숨기고 이야기하고 있겠지만, 후카세는 그녀의 얼굴도 이름도 이미 알고 있을지 모른다. 어떤 목소리를 가졌는지도. 좋아하는 상대를 이야기할 때 붉어지는 뺨도. 하지만 아직 후루카와에게 그 사실을 밝힐 생각은 없다. 그래서? 후카세는 후루카와에게 뒷말을 재촉했다.

히로사와와 그녀는 둘이 외출해도 되는데 매번 후루카와도 불러냈다고 한다. 영화나 야구 야간 경기 관전, 수족관에도 따라갔다. 두 사람을 이어줬다고 자부했고, 무엇보다 두 사람 다 후루카와가 함께 하는 것을 바랐다고 생각했기 때문이다.

셋이서 사이좋은 한 팀이라 믿었다.

"하지만 어느 날……."

히로사와와 그녀가 사귀기 시작한 지 반년쯤 지났을 때 셋이 영화를 보러 갔다고 한다. 연휴 중간이기도 해서 매표소 앞에 줄이 길었다. 그래도 셋이서 좋아하는 배우 이야기며 잡담을 하다보니 전혀 괴롭지 않았다. 평소 음료수는 표를 산 다음에 샀는데, 매점 앞에도 마찬가지로 줄이 길었기 때문에 히로사와가 그쪽 줄을 서 있겠다고 말했다. 당연히 그녀도 히로사와를 따라갈 줄 알았는데, 원하는 음료를 히로사와에게 말하고는 후루카와와 함께 매표소 줄에 남았다.

혹시 그녀가 나를? 그런 엉뚱한 기대는 하지 않았다. 히로사와는 음료수 쪽에 줄을 서겠다고 그녀에게 말했고, 그녀는 히로사와와 역할을 분담하고 있다고 해석했다. 히로사와가 빠진 다음에도 그녀는 최근에 읽은 재미있는 책 뭐 없어? 하고 후루카와에게 평범하게 말을 걸었다. 평소처럼 대답하던 후루카와는 문득 자신에게 쏟아지는 따가운 시선을 느꼈다.

가만히 바라보는 시선이 아니었다. 여러 사람이 힐끔힐끔 훔쳐보듯 눈길을 던지고 있었다. 의식되는 쪽을 돌아보아도 아무하고도 눈이 마주치지 않았다. 다만 그 방향에서 설마 하고 나직한 비웃음이 들려왔다. 가슴속이 술렁거렸다. 얼마 만에 느껴보는 감각일까? 호흡을 가다듬으며 생각했다.

설마 커플은 아니겠지. 똑똑히 알아듣자, 비웃음의 이유를 이해했다. 그녀와 자신, 누가 봐도 어울리지 않는 두 사람에게 위화감을 품은 사람들이 대체 어떤 사이인지 흥미진진하게 추측하고 있는 것이었다. 난처하네, 하고 애써 억지로 웃으며 그녀를 보았지만 그녀는 왜 그러냐는 듯이 어리둥절한 얼굴로 후루카와를 볼 따름이었다.

'콜라보다 우롱차가 나을까? 역시 뭐가 있는지 직접 보고 정하는 게 낫겠어. 히로사와하고 교대할게.'

후루카와는 그렇게 말하고는 그녀의 대답도 듣지 않고 줄에서 빠져나와 히로사와에게 갔다.

때마침 웨이트리스가 다가와 빈 잔에 찬물을 따라주었다. 후루카와는 그것을 단숨에 들이켰지만, 이야기를 듣고만 있던 후카세도 목이 바짝 탔다. 머릿속에서 이미 후루카와가 자신의 모습으로 바뀌어 있었다.

"혼자 있게 되니 불현듯 이런 생각이 들었어. 히로사와가 언제나 나를 데이트에 불러낸 건, 그녀하고 단둘이 있으면 열등감을 느꼈기 때문이라고. 셋이서 어울리면 주위에서 그냥 동아리 친구이겠거니 하고 멋대로 해석할 테고, 애초에 위화감도 느끼지 않을 테니까."

후카세는 이해한다는 듯이 고개를 끄덕였다. 후루카와가 다시 요란하게 한숨을 내쉬었다.

"그렇지 않다고 부정 좀 해줘. 조금 기대하는 바가 있어서 처음

보는 너한테 이런 쪽팔린 얘기를 하고 있는 건데."

후루카와는 화난 게 아니라, 한심스럽다는 표정으로 후카세를 바라보았다. 하지만 후카세는 무엇이 후루카와의 마음에 들지 않았는지 이해할 수 없었다.

"여러 녀석들한테 히로사와의 이야기를 들었을 것 아니야? 배구부 주장 오카모토도 만났지? 그보다도 내가 처음에 말했잖아."

아아. 후카세는 후루카와가 무슨 말을 하고 싶은 것인지 겨우 깨닫고, 테이블을 훑어보듯이 시선을 떨어뜨렸다. 하지만 후루카와는 그것을 이해했다는 신호로 받아들여주지 않았다. 후루카와가 숨을 들이마시는 소리가 들렸다. 뇌가 귀를 막으라는 지시를 내렸지만 몸이 반응하지 않았다.

"히로사와하고 그녀가 함께 있는 모습에는 전혀 위화감이 없었어. 아무도 웃지 않았고, 두 사람은 어떤 관계일지 수군거리지도 않았어. 똑같지 않았던 거야. 사람 좋은 히로사와가 나하고 똑같은 위치에 서주었던 것뿐이야. 히로사와하고 함께 높은 곳에 있다고 생각했지만, 사실은 원래 높은 곳에 있던 녀석을, 그 호의를 이용해 낮은 곳으로 끌어내렸던 것뿐이야. 주위 녀석들은 처음부터 그걸 알고 있었는데 나 혼자만 착각하고 있었던 거야."

후루카와가 떨리는 목소리로 말했다. 하지만 후카세는 그가 울고 있는 건지 아닌지 알 길이 없었다. 눈앞이 아른거렸다. 테이블 위로 떨어지는 물방울을 물컵의 흔적을 닦아내듯 손가락으로 문질렀다.

"그래서 히로사와를 놓아줬어. 동정도 하지 못하게, 심한 말과 함께……. 그게 마지막 말이 될 줄은 꿈에도 몰랐어."

"뭐라고 했길래……."

"너 같은 위선자하고 어울리는 건 이제 질색이라고 했어."

쨍그랑. 뭔가가 깨지는 소리가 났다. 히로사와의 마음이 부서지는 소리인 줄 알았는데, 빈자리를 치우던 웨이트리스가 바닥에 유리잔을 떨어뜨린 것이었다. 눈물을 흘리며 심각한 이야기를 나누는 볼품없는 남자 둘을 흥미진진하게 지켜보는 사람들의 시선을 분산하기 위해 부러 유리잔을 떨어뜨려준 것인지도 모른다는 어리석은 생각을 해보았다.

사실 이 기분 나쁜 광경에 정신이 산만해져서 유리잔을 떨어뜨렸을 것이다. 하지만 주위 시선은 아무래도 상관없었다.

"히로사와네 부모님께 우리 연락처를 물은 이유는 뭐야?"

"궁금했어. 히로사와의 마지막 일 년이."

이런 부분까지 똑같았나. 눈을 꾹꾹 문지르며 눈앞의 후루카와를 새삼스레 똑바로 쳐다보았다. 자존심이라는 갑옷을 벗어던진 후루카와에게 혐오감을 느끼지 않는 이유는, 후카세 역시 갑옷을 벗어던졌기 때문이리라. 아니, 벗어던진 게 아니라 부서진 것일까. 일상적인 이야기를 나눠보고 싶었다. 어떤 영화를 좋아해? 책은? 커피는? 아마도 이야기꽃을 피웠을 것이다. 어쩌면 히로사와에게 라쿠고의 재미를 가르쳐준 것은 후루카와가 아니었을까?

하지만 그전에 확인해야 하는 문제가 있었다.

"나 같은 친구가 있어서 실망했어? 애써 물러났는데, 또 비슷한 녀석이 들러붙었다는 생각에 화났어?"

이번에는 후루카와가 말없이 고개를 끄덕였다.

"그래서 그런 편지를 보냈던 거야?"

"편지?"

후루카와가 의아한 얼굴로 눈썹을 찌푸렸다. 연기하는 것 같지는 않았다. 여기까지 와서 시치미를 뗄 필요도 없을 터였다. 정말 모른다면…….

역시, 고발장을 보낸 것은 그녀였나.

"아, 아니, 아무것도 아니야. 히로사와 문제로 우리한테 할 말이 있는 사람이 또 있는 모양인데, 이름이 적혀 있지 않아서……. 히로사와의 여자친구 말인데, 기다 미즈키 씨 맞아?"

"뭐?"

후루카와는 무슨 소리냐는 표정으로 후카세를 쳐다보았다.

어린 시절에는 여름방학 때 선생님이 쉰다고 생각했는데 그렇지도 않은 모양이다. 후카세는 직원용 주차장에 있는 자동차를 바라보면서 한 손에는 공구함을 든 채 나라사키 고등학교의 중앙 현관으로 향했다.

후루카와를 만난 이튿날 아침, 후카세는 직장에서 나라사키 고등학교의 기다에게 전화를 걸었다. 목소리를 낮추어 기다 선생님께 묻고 싶은 게 있다고 말하자, 기다도 목소리를 낮추어 서무실에 인쇄기 상태가 나쁘다고 말해놓을 테니 오후 적당한 시간에 학교로 오라고 대답했다.

누구한테 하는 말인지 모를 말투로 아사미 선생님은 오늘 출장가고 자리에 없어요, 라는 말도 덧붙였다.

창문 너머로 형식적인 인사를 하고 인쇄실로 갔지만 기다의 모습은 보이지 않았다. 회사를 나서기 전에 미리 연락했는데. 다른 교사의 모습도 보이지 않는다. 바로 옆이 교무실이지만 인쇄실 구석에 있는 파이프 의자를 가져와 앉아서 기다리기로 했다.

지난번 마쓰야마 공항에서 비행기를 타기 전에 히로사와의 동창생, 우에다 마유에게 빌린 졸업 앨범을 펼쳤다. 후루카와 다이시의 모습을 확인하기 위해서였다. 오카모토에게 히로사와나 후루카와가 몇 반이었는지 듣지 못했기 때문에 1반부터 차례로 뒤적였다. 1반은 이과 반인지, 팔 할이 남학생이었다. 히로사와의 사진도 후루카와의 이름도 보이지 않았다. 2반은 남녀가 반반이었다. 이 안에 히로사와가 있을지도 모른다. 처음부터 순서대로 살펴보는데 중간쯤에서 낯익은 얼굴에 눈길이 멎었다.

성명을 보니 '기다 미즈키'라고 적혀 있었다. 이름은 잘 기억이 안 나지만 성만 봐도 확실했다. 아사미의 동료인 국어 교사가 아닌가? 같은 페이지에 히로사와의 사진도 실려 있었다. 히로사와의 동창생이 아사미와 같은 직장에 있다. 그녀가 나라사키 고등학교에 부임한 것은 올봄이다. 만약 기다가 아사미를 통해 히로사와가 당한 사고의 진상을 밝혀냈다면, 삼 년 만에 고발장이 날아온 이유도 설명할 수 있다.

그렇다면 기다와 히로사와는 어떤 관계였을까? 그것을 확인하기 전에 후루카와를 만났더니, 히로사와가 대학에 들어온 후에 고등학교 때 동창생과 사귀기 시작했다는 이야기를 털어놓았다. 그래서 후루카와가 말하는 여자친구란 기다가 아닐까 의심했다. 메이퀸 2위에 뽑힐 정도는 아닌 것 같지만, 얼굴은 귀여운 편이다.

다만 히로사와와 함께 있는 모습을 상상해봐도 어딘가 어색한 구석이 있었다. 어쩌면 기다가 후카세 앞에서 연기를 했기 때문인지도 모른다. 히로사와의 사고를 조사한다는 사실을 감추면서, 후카세에게서도 사고 이야기를 캐내려고 태평한 성격을 가장했을 수도 있다.

하지만 조금이라도 어색함을 느꼈다면, 억지로 끼워맞추어서는 안 된다. 조각을 억지로 맞춘다고 퍼즐이 완성되지는 않는다.

후루카와 다이시는 히로사와의 여자친구가 기다가 아니냐는 지적을 단호하게 부정했다. 어이없다는 얼굴로 어째서 그 이름이 나오느냐고 후카세에게 물었다. 후루카와는 아사미의 이름과 그가 고등학교 교사라는 사실은 알고 있었지만, 후카세에 대한 정보만큼 상세히 조사하지는 않은 듯했다. 그래서 기다가 아사미와 같은 학교에서 일한다는 사실을 몰랐다. 애초에 기다가 졸업하고 어떤 진로를 택했는지도 알지 못했다. 후루카와는 한 학년에 일곱 반이나 있어서 미처 몰랐다며 변명했지만, 다섯 반이든 세 반이든 결과는 똑같다. 그것은 후카세가 경험한 일이었다.

하지만 후루카와는 히로사와의 여자친구와 기다 사이에 교류가 있었을지도 모른다고 했다. 고등학교 때는 그리 친하지 않았더라도 간토 쪽으로 진학하는 학생이 많지 않아서, 동향 사람끼리 정기적으로 모임을 가졌다고 한다.

'나는 한 번도 불러준 적 없었지만. 히로사와는 연락받고도 나를 생각해서 가지 않았던 게 아닐까?'

후루카와는 쓸쓸한 미소를 짓더니 '5반의 가와베'라는 말을 남기고 자리에서 일어섰다. 또 만나고 싶기도 하고, 다시는 만나고 싶지 않기도 했다. 하지만 후루카와의 모습이 사라질 때까지 눈을 뗄 수 없었다.

히로사와에 대한 정보를 적은 공책에 추가해야 할 항목이 대번에 늘었다. 집으로 돌아가 테이블 위에 공책과 졸업 앨범을 꺼내놓고 일단 졸업 앨범에서 5반을 찾아 펼쳤다. 가와베라는 성을 찾았다. 한자로는 '河部'였다. 후카세는 종이에 구멍이 뚫릴 정도로 사진을 쏘아보다가 그대로 드러누워 천장을 올려다보았다.

대체 어떻게 된 일이지…….

그걸 확인하려고 여기에 온 거잖아. 후카세는 파이프 의자에서 일어나 인쇄기를 보았다. 들어왔을 때는 잘 몰랐는데, 핑크색 형광펜으로 '고장'이라고 적은 갱지가 덮개 위에 테이프로 고정되어 있었다. 불러낼 핑계인 줄 알았는데 정말 인쇄기가 고장난 것일까? 위쪽 덮개를 열어보니 그냥 용지가 걸렸을 뿐이었다. 기다가 구겨진 종이를 써서 일부러 걸리게 만든 건 아닐까? 그런 생각을 하며 검은 잉크가 번진 종이를 잡아뺐다.

기다는 공범일지도 모른다. 후카세에 관한 고발장은 한 장이었지만, 아사미의 차에는 여러 장의 고발장이 붙어 있었다. 어쩌면 이 인쇄기로 출력했는지도 모른다. 그런 의혹까지 솟아났지만 고개를 설레설레 저었다. 옛날이라면 모를까, 집에 컴퓨터와 프린터만 있으면 고발장은 몇십 장, 몇백 장도 간단히 만들 수 있다.

그녀는 직접 만들었을까……?

노크 소리가 나더니 문이 천천히 열렸다. 기다가 주위를 살피며 안으로 들어왔다.

"죄송해요. 서예부 학생들이 동아리실 열쇠가 없다는 바람에."

건물 안을 헤매고 다녔는지 기다의 이마에는 땀이 송골송골 맺혀 있었다.

"앗, 인쇄기 고쳐주셨네요. 아침에 쓰려고 봤더니 누가 그랬는지 종이가 걸려 있어서. 니시다 씨가 때마침 전화 잘해주셨어요."

도저히 연기하는 사람 같지 않았다.

"참, 시원한 보리차라도 내올까요?"

후카세는 괜찮습니다, 괜찮습니다, 하고 대답도 듣지 않고 걸음을 돌리려는 기다를 황급히 말렸다. 기다는 그러시다면, 하고 후카세가 앉아 있던 의자를 재차 권했다. 기다란 작업용 테이블을 사이에 두고 둘이 마주 앉았다. 신문 같다는 생각을 했다.

"차에 붙어 있던 종이에 대해 뭔가 알아냈어요?"

"그건 아직. 오늘은 아사미…… 선생님에 대한 이야기가 아니라."

차를 몰아 이곳으로 오는 길에 기다에게 어떻게 말할까 고민했다. 기다가 어떤 식으로 얽혀 있는지 아직 모른다. 괜한 소리까지 떠들었다가는 히로사와의 사고에 대한 진상이 드러나, 아사미의 입장이 위태로워질지도 모른다.

하지만. 마음을 가다듬고 스스로 타일렀다. 이렇게 물어보는 건 기다가 처음이 아니다. 똑같이 하면 된다. 내가 궁금한 건 오로지 하나뿐이 아닌가.

"히로사와 요시키가 어떤 사람이었는지 말씀해주시겠습니까?"

기다는 허를 찔린 표정이었다. 히로사와? 그렇게 중얼거리며 고개를 갸웃거렸다.

"교통사고로 죽은 히로사와를 말하는 건가요?"

"그렇습니다."

"상관은 없는데…… 니시다 씨가 히로사와를 어떻게 아는 거예요?"

아무래도 나는 괜히 정보만 퍼뜨리러 온 게 아닐까? 후카세는 기다를 만나러 온 것을 후회했다.

초등학생은 정말 작구나. 당연한 소리를 하고 말았다. 겨우 며칠 전에도 비슷한 광경을 보았다. 운동장에서 야구하는 사람들. 오늘은 어른이다. 다니하라가 속해 있고, 히로사와도 몇 번 참가한 적 있는 '봄버스'가 연습하는 시민운동장을 찾았다.

다니하라는 보이지 않았지만 그건 이미 아는 사실이었다. 연습 날짜나 장소를 물어보려고 전화를 했더니, 다니하라는 유급 휴가를 더 받을 수 없어 가까스로 용기를 내서 출근했다고 비교적 씩씩한 목소리로 대답했다. 회사까지 자동차로 통근해도 괜찮다고는 했지만 회사 근처 유료 주차장에 세우는 비용이 만만치 않다고 투덜거렸다. 그렇지만 주차비를 빼도 후카세의 월급보다는 많이 받을 것이다.

뭐 좀 알아냈어? 그 질문에는 조만간 모두 모아놓고 알려줄 수 있을 것 같다는 말만 했다.

포수가 틀림없겠거니 싶은 몸집의 남자가 운동장에서 후카세가 앉아 있는 벤치로 달려왔다. 이케타니 히로유키, 다니하라의 팀동료이다. 후카세가 다른 멤버를 만나고 싶다고 하자 다니하라는 야구팀에 관한 질문이라면 나한테 물으면 되지 않느냐, 하며 의아해했다. 그럼 같이 운동장에 가달라고 하자 거절당했다. 사건 현장에 접근할 만큼 회복된 건 아닌 모양이다.

"많이 기다렸지? 다니하라한테 들었어."

이케타니는 사람 좋아 보이는 웃음을 띠며 후카세 옆에 앉았다.

"이야기를 듣고 싶다니, 다니하라에 관한 이야기 말이야?"

"그것도 있지만, 그전에 히로사와에 대해 알려줄 수 없을까? 히로사와가 어떤 사람이었는지, 여러 사람들에게 물어보고 다니고 있거든. 소년 야구팀에서 함께 뛰었다는 소꿉친구 이야기를 듣고 나서, 이곳에서 히로사와는 어땠는지 궁금해져서."

"타격도 투구도 대단했지. 배구부에 들어가지 말고 처음부터 야구를 했으면 고시엔에도 갈 수 있지 않았을까? 대학교 때 야구를 다시 시작했어도 바로 주전선수가 될 수 있었을 텐데, 아까워. 왜 야구를 안 했을까? 다니하라처럼 어디 부상이라도 당했나?"

이케타니가 속사포처럼 질문을 던졌다. 부상 이야기는 아무에게도 듣지 못했다. 히로사와가 대학교에 들어가 아무 운동도 하지 않은 것은, 아무도 그를 불러주지 않았기 때문일 것이다. 눈앞에서 일어나는 일, 그를 찾아 다가오는 사람들, 그런 것들만 자연스레 받아들이며 지냈던 게 아닐까? 후카세는 지금까지 들은 이야기를 토대로 그런 생각에 이르렀다.

"야구는 좋아하지만, 단순히 계기가 없었던 것 아닐까? 여기선 즐겁게 지냈어?"

"물론. 하지만 매주 오라고 불렀는데도 대타로 부를 때만 오겠다고 했어. 다니하라 체면을 생각해준 거겠지. 말은 하지 않았지만 그 녀석, 히로사와가 활약하면 분해 보였거든. 히로사와는 그런 걸 누구보다 빨리 알아차리는 타입이잖아."

이케타니의 손을 붙잡고 고맙다고 말하고 싶은 기분이었다. 이 마

262

당에 이르러서도 여전히 자신이 히로사와의 친구 대표라고 착각하고 있기 때문일까. 기쁜 한편 마음이 착잡해졌다. 어쩌면 히로사와가 마음을 쓴 상대는 다니하라가 아니라, 후카세였던 게 아닐까? 간신히 후루카와가 곁에서 떨어지고, 함께 야구하자고 불러주는 친구가 생겼는데, 그러기가 무섭게 또 음침한 친구가 들러붙어 히로사와를 속박하고 말았다.

"그나저나."

이케타니가 심각한 얼굴로 후카세를 바라보았다.

"다니하라 말인데, 술에 취해서 선로에 떨어진 줄 알았더니, 누가 떠민 거라는 소문을 들었는데 범인은 알아냈어?"

이케타니는 역시 그쪽 정보가 궁금한 모양이다. 후카세는 잠자코 고개를 저었다.

"이쪽 근처로는 당분간 오기도 싫다는 걸 보니, 어지간히 겁먹었나봐. 이럴 줄 알았으면 운전해서 가라고 할걸 그랬어."

"응?"

다니하라는 그날, 이곳 시민운동장까지 차를 몰고 왔다고 한다. 하지만 시합이 끝나고 다 함께 단골 술집에 가서 무알코올 음료가 아니라 일반 맥주를 주문했다. 당연히 차는 주차장에 두고 전철로 돌아갈 줄 알았는데, 다니하라는 술집에서 나와 차를 세워둔 시민운동장 쪽으로 가려 했다고 한다.

"평소보다는 자제했지만 음주는 음주니까, 무슨 일이라도 생기면 함께 마신 우리한테도 책임이 있잖아. 뭐, 어째서 그날만 차를 끌고 왔는지 대충 짐작은 갔는데, 역시 음주운전은 안 된다고 다 함께 설득했어."

이름은 말하지 않았지만, 이케타니의 머릿속에는 히로사와의 사고에 대한 기억이 있지 않았을까. 그런 게 없더라도 다니하라를 설득할 수 있을까? 마다라오카 고원에 이케타니도 있었다면 뭔가 달라졌을지도 모른다는 생각까지 했다. 그나저나 다니하라는 질리지도 않는 모양이다. 심장박동이 빨라질 정도로 분노가 치밀었다.

"다니하라는 왜 차를 몰고 왔던 거야?"

"매니저 아가씨를 데려다주려고 했거든. 우리 멤버는 대부분 이 근처에 사는데, 다니하라하고 그 아가씨는 늘 전철로 왔으니까."

다니하라의 집에서 무라이에게 비슷한 소리를 들은 기억이 떠올랐다.

"뭐, 그 아가씨가 설득해서 다니하라도 전철로 돌아가겠다고 한 거였지만."

이케타니나 야구팀 동료들의 말은 듣지 않은 모양이다.

"전철로 데려다주면 술도 깰 겸 집에서 커피 한 잔 정도는 대접하겠다고 했어. 그렇게까지 말하니 다니하라도 당연히 전철을 타겠다고 했지."

그리고 둘이서 역으로 갔고 다니하라는 선로에 떨어졌다.

"그때 일을 매니저 아가씨한테 자세히 들을 수 있을까?"

"그게 말인데, 아무도 그 아가씨 연락처를 몰라."

매니저 아가씨는 올봄부터 이따금 운동장 구석에서 연습을 바라봤다고 한다. 넉살 좋은 다니하라가 말을 붙이자 야구를 좋아해서 멋대로 견학중이라고 했고, 그 자리에서 매니저로 팀에 영입했다. 하지만 연락처를 묻자 조금 난처해하며 얼마 전에 휴대전화를 해지했다고 했다. 요즘 그런 거짓말은 통하지 않는다고 다니하라가 물고 늘어졌지만 스토커 때문에 고생해서 그런다고 우물거리며 고개를 푹 숙이는 바람에 다니하라도 얌전히 물러났다고 한다.

"굉장히 참한 아가씨야. 한 달에 두 번은 샌드위치를 만들어 가져왔는데, 그때 이후로 안 오네. 괜히 전철을 타고 가자고 해서 그런 일이 생겼다고 자책하지 않으면 다행인데."

이케타니는 진심으로 매니저 아가씨를 염려하는 것 같았지만, 후카세는 다른 생각을 했다.

다니하라를 떠민 사람은 바로 그녀다.

"저기, 이것 좀 봐줄 수 있을까?"

후카세는 발밑에 내려놓았던 가방에서 졸업 앨범을 꺼냈다.

"흠, 누구 건데?"

난데없이 왜? 그렇게 당혹스러워하는 기색이기는 했지만 이케타니는 졸업 앨범을 들여다보았다. 그의 질문에는 대답하지 않고 후카세는 5반을 펼쳐 보였다.

"이 안에 혹시 매니저 아가씨 있어?"

"뭐?"

이케타니는 깜짝 놀란 얼굴로 후카세를 쳐다보았지만, 바로 졸업 앨범에 시선을 떨어뜨리고 출석번호 순서대로 손가락으로 사진을 짚어갔다. 그 손가락이 뚝 멈췄다.

"있다!"

그 목소리를 천천히 받아들이듯, 후카세는 두 손으로 얼굴을 가렸다.

후카세는 늘 앉는 자리, 카운터석 맨 구석에 앉았다.

사장도, 다른 손님도 없다. 거의 한 달 만에 찾은 '클로버 커피'는 반년도, 일 년도 더 넘게 멀어져 있었던 느낌이었다. 하지만 의자나 카운터가 피부에 닿는 감촉을 몸이 뚜렷이 기억하고 있었는지, 오랜만에 앉았는데도 전혀 위화감이 없었다.

오늘 밤, 가게의 카페 공간에는 후카세밖에 없었다. 오랫동안 찾아오지 않은 이유를 어떻게 설명할까, 답을 찾지 못하고 전화를 하자 안주인은 다행이라는 첫마디와 함께 안도의 한숨을 내쉬었다.

'이제 우리 가게에는 안 오는 줄 알았지 뭐야. 정말 미안해.'

안주인이 사과하는 이유가 전혀 짐작가지 않았다. 만약 미호코와 헤어진(그렇게 생각하기는 싫었지만) 일을 안주인이 알게 되어 영화표 따위로 다리를 놓은 것을 미안하게 생각한다면, 말도 안 되는 오해다. 그래도 얼마 전의 후카세라면 괜찮습니다 하고 영문을 모른

채 맞장구를 쳤을지 모른다. 그렇게 해서는 서로 이해할 수 없다는 사실을, 지난 몇 주 동안 배웠다.

'왜 사과하시는지 잘 모르겠는데, 이유를 말씀해주시겠어요?'

그렇게 말로 전해보았다.

'응? 스토커 문제 때문에…….'

안주인의 입에서 전혀 예기치 못한 말이 튀어나왔다.

'미호코가 우리 가게를 감싸주려고 후카세 씨한테는 말을 안 했나보네. 미호코를 노리고 '그림빵'에 가서 이래저래 수작을 걸던 작자가 있었는데, 알고 보니 우리 가게에 이따금 찾아오던 손님이었어. 그런데 난 전혀 눈치도 못 채고, 카운터석 맨 구석에 앉아 있는 사람 이름이 뭐냐고 묻길래 후카세 씨 풀네임을 가르쳐줬지 뭐야. 한 번 물어봤는데 또 물으려니 미안하다느니 어쩌느니 하는 바람에. 후카세 씨가 무슨 불쾌한 장난이라도 당해서 우리 가게에 안 오는 게 아닐까 걱정했는데…….'

'아니요, 저는 아무 일도 없습니다.'

'그럼 다행이고.'

마음을 놓은 듯 목소리가 한 톤 올라간 안주인에게 그동안 가게에 가지 못했던 것은 출장 때문이었다고 둘러대고, 한 시간이라도 좋으니 카페 공간 전체를 빌릴 수 있느냐고 물었다. 저녁 시간부터 문 닫을 때까지 써도 된다는 안주인에게 인사를 거듭하며 전화를 끊었지만, 뒤늦게 찜찜한 생각이 들었다.

스토커라고? 그러고 보니 미호코가 편지를 보여줬을 때, 아르바이트생 앞으로 편지나 선물을 보내는 스토커 같은 사람이 있다는 말을 했던 것 같다. 미호코가 직접 피해를 입은 건 아닌 듯해서 심각하게 받아들이지 않고 흘려들었는데.

어쩌면 나는 크게 착각했던 게 아닐까……? 후카세는 미호코 앞으로 온 고발장이 '그림빵'의 주소로 배달되었다는 사실을 떠올렸다.

살인자라고 적힌 편지는, 고발장이 아니라 그냥 고약한 장난이었던 게 아닐까? 켕기는 구석이 전혀 없는 사람이 받으면 이게 뭐야, 하고 웃으며 구겨서 버릴 수 있다. 고작 그런 장난은 아니었을까? 그런데 떳떳하지 못한 구석이 있는 후카세는 과거에 저지른, 살인이나 다름없는 행위를 고백하고 말았다.

그리고……. 다시 한 번, 이번 사건의 원점으로 돌아갈 필요가 있었지만 이미 약속을 잡은 뒤였다. 히로사와의 인생을 거슬러 올라간 끝에 찾아낸 히로사와의 연인과. 그냥 만나고 싶다는 말만으로는 거절당할 것 같았다. 그래서 지난 며칠 동안 그가 만났던 사람들의 이름을 댔다. 그리고 이런 문장으로 문자메시지를 마무리했다.

'나는 그저 히로사와 요시키가 어떤 사람이었는지 궁금했을 뿐이야.'

고발장을 보내고, 다니하라를 선로에 떠민 범인이 바로 너였느냐고 규탄할 마음은 없었다. 그 마음이 전해진다면 와주지 않을까. 그렇게 기도하는 마음으로 이곳에 왔다.

후카세가 전체를 빌리긴 했지만 그녀라면 안주인도 후카세에게 굳이 묻지 않고 가게 안으로 들여보내줄 것이다.

문이 천천히 열리고, 오치 미호코가 나타났다.

미호코는 후카세에게서 한 자리 떨어진 의자에 살짝 걸터앉았다. 앉기 전에 일순 눈이 마주쳤지만 미호코는 고개를 숙인 채 후카세의 눈을 보지 않으려 했다. 미호코에게 희미하게 풍겨오는 버터 냄새로 그녀의 일상은 아직 '그림빵'에 있다는 것을 알았다. 손이 닿지 않는 곳으로 가버린 건 아니라는 사실에 안도했다.

"커피 마실까?"

후카세는 그렇게 물었지만 미호코는 말없이 고개를 저었다. 후카세는 발밑에 둔 가방에서 공책을 꺼내 미호코 앞에 살며시 내려놓았다.

"봐줘."

표지에 제목은 적지 않았다. 다만 어떤 공책인지 설명하지 않아야 미호코도 공책을 펼쳐볼 것 같았다. 미호코는 손끝으로 커피색 표지를 잡고 천천히 겉장을 넘겼다.

'히로사와 요시키는'으로 시작하는 문자로 가득한 페이지. 미호코는 작은 숨을 삼키며, 고개를 들어 후카세를 바라보았다. 미호코가 무슨 생각을 하고 있는지는 모른다. 당장 울음을 터뜨릴 것 같기도,

화를 낼 것 같기도 한 표정으로 후카세를 뚫어져라 바라볼 뿐이다.

"나는, 미호…… 너를 만난 마지막 밤에, 히로사와 요시키라는 대학 시절 친구 이야기를 했어. 친구를 죽음으로 몰아넣은 셈이나 마찬가지였는데, 마치 나야말로 히로사와의 둘도 없는 친구이고, 그 녀석을 누구보다도 이해하며, 그 죽음을 세상에서 가장 슬퍼하는 것처럼 굴었어."

미호코가 눈길을 떨어뜨렸다. 하지만 시선은 공책 위에 똑바로 쏟아지고 있었다.

"하지만 사실은 아무것도 몰랐어. 나와 함께할 때의 히로사와밖에 몰랐지. 아니, 그조차도 히로사와가 어떤 마음으로 있었는지 생각해보지도 않았다는 것을 깨달았어. 살인자라는 고발장을 받기 전까지는. 나만 받은 게 아니야. 세미나 친구들도 전부 받았다는 것을 알기 전까지, 나는 히로사와를 알지 못한다는 사실을 깨닫지 못했어."

미호코는 꼼짝도 하지 않았다. 하지만 시선은 이미 공책의 문장을 좇고 있지 않다는 것을 안다.

"그래도 내게 친구라고 할 만한 사람은 히로사와뿐이었어. 이미 늦었을지도 모르지만 히로사와를 알고 싶었어. 그래서 히로사와를 잘 아는 사람을 만나 이야기를 나누고, 아무리 사소한 일이라도 하나씩 써나갔어."

미호코가 페이지를 넘겼다. 실눈을 뜨고 보면 검은 입체상이라도 떠오를 것처럼 글자가 빼곡하게 페이지를 채우고 있었다.

"누구를 만났는지는 문자메시지에 쓴 그대로야."

미호코는 아무 대꾸도 하지 않았지만, 글자를 좇다가 곳곳에서 시선을 멈추었다. 그녀가 아는 히로사와를 발견한 건지도 모른다. 어쩌면 그녀가 몰랐던 히로사와도.

"사람들의 관계는 일직선이 아니라는 걸 알았어. 복잡하게 얽혀 있으니까, 나하고 아사미가 일을 통해 알게 된 공통의 지인이 히로사와의 고등학교 동창생이라는 우연도 생기더라고. 굉장한 우연이지만…… 우리가 이 가게에서 만난 건, 우연이 아니었지?"

몇 초의 침묵 끝에 미호코가 작게 고개를 끄덕였다.

"첫 단추가 누구였는지는 몰라. 하지만 너는 히로사와의 세미나 친구들 네 사람과 접촉을 시도했어. 어떤 식으로든 우리 때문에 히로사와가 죽었다는 걸 알았으니까."

"아니야."

미호코가 갈라진 목소리로 반박했다. 작게 헛기침한 뒤 다시 한번 아니야, 하고 똑똑한 목소리로 말했다.

"내가 네 사람을 본 건, 작년 삼주기 제사 때였어. 장례식에도, 첫 제사에도 괴로워서 가지 못했으니까. 내가 요시…… 히로사와하고 사귀었다는 건 후루카와 말고는 아무도 몰랐어. 하지만 장례식이나 제사 소식은 고향에 남아 있는 친구가 문자메시지로 알려주었어. 오카모토가."

후카세도 만났던 배구부 주장이다.

"제사가 끝나자 그냥 동창회처럼 다들 한잔하러 갔어. 내가 고등학교 졸업할 무렵 부모님이 이혼해서 성이 바뀌었는데, 그런 설명을 하기 싫어서 동창회를 계속 피했어. 그런데 오카모토가 다 함께 히로사와에 대한 추억을 이야기하자고, 제사라는 게 원래 그런 목적 아니냐고 해서 참석하기로 했어."

오카모토가 부르면 모두 모이겠지. 후카세는 오카모토의 당당한 모습을 떠올렸다.

"그 자리에 모인 친구들 중에는 히로사와하고 유치원 시절부터 계속 같이 다닌 아이도 있었고, 고등학교 때까지라면 다들 잘 알았어. 약한 친구를 괴롭힌 아이도 세월이 지나니 자기가 못된 짓을 했다는 걸 깨닫고, 그걸 뉘우치고, 정말 강한 사람은 히로사와처럼 묵묵히 보호막이 되어줄 수 있는 녀석이라고 했어. 정말 기뻤어."

후카세도 고개를 끄덕였다. 코가 찡했다.

"하지만 아무도 대학생인 히로사와에 대해 알지 못했어. 이런 분위기라면 후루카와도 오면 좋았을걸, 그러면 다 함께 히로사와에 대해 이야기할 수 있었을 텐데. 네가 이야기하면 되지 않느냐고 하겠지? 하지만 그런 경우를 상상해봐도, 난 무슨 얘기를 하면 좋을지 전혀 떠오르지 않았어."

나와 같구나. 후카세는 생각했다. 하지만 기쁜 마음을 필사적으로 억눌렀다.

"그랬더니 오카모토가 잘은 모르겠지만 즐겁게 지내지 않았을까, 그러는 거야. 장례식이나 제사 때 찾아왔던 세미나 친구들은 인생에 충실해 보이는, 현실만족형이라고 하나? 그런 타입의 사람들이니 분명 재미있게 지냈을 거라고."

후카세도 오카모토에게 똑같은 말을 직접 들었다. 다만 후카세의 존재는 기억 속에 없었던 모양이지만. 또 동창생 중에서 비즈니스호 텔 '나기사'에서 일하는 친구가 그 친구들 무슨 물산에서 일한다고 주워들었다며, 히로사와도 살아 있었으면 그런 곳에 취직했을까 하는 쪽으로 이야기가 흘러갔다고 한다. 자발적으로 이야기하던 미호코의 안색이 갑자기 어두워졌다.

"히로사와가 4학년으로 올라가기 얼마 전부터 우리 사이는 조금 삐걱거렸어. 이유는 잘 모르겠지만, 후루카와가 갑자기 히로사와하고는 함께 어울리기 싫다고 해서, 히로사와가 굉장히 침울해했어. 나하고 헤어져도 이렇게 서운해할까 의심스러울 만큼."

"설마……."

"후루카와 만났지? 뭐라고 해?"

"히로사와를 놓아주고 싶었다고 했어. ……줄곧, 함께 있어주었으니까."

후루카와에게 들은 이야기를 미호코에게 전부 말할 수는 없었다. 하지만 그 말로 전해졌을 것이다. 오히려 지금 당장 이야기해주고 싶은 상대는 후루카와였다. 히로사와는 네가 떠나서 침울했다고. 너만 히로사와에게 의지했던 게 아니라, 히로사와도 네게 의지했다고.

"후루카와는 굉장하네. 역시 나보다 히로사와를 몇 배는 잘 이해했던 거야. 히로사와가 어느 나라에 가고 싶어했는지 알아?"

"……아니."

히로사와가 해외여행을 꿈꿨다는 말은 히로사와의 아버지에게 들었다. 후루카와는 그것에 대해서는 아무 말도 하지 않았다. 당연히 후카세도 모른다.

"그렇구나. 히로사와는 성실하잖아? 처음 사귄 상대랑 평생 함께 있어야 한다고 믿는 타입이지. 나는 그런 말을 한마디도 하지 않았는데, 절대로 한눈팔지 않겠다고 맹세한 적도 있었어. 난 말이야, 그래서 당연히 히로사와하고 결혼할 줄 알았어. 그런데 어느 날 갑자기, 잠시 해외여행을 가고 싶다는 거야. ……어라, 나는? 별안간 히로사와의 세상에서 나만 내팽개쳐진 기분이었어. 아니, 이 사람은 나를 곁에는 두었지만 안으로 들여보내주지는 않았다는 걸 깨달았어."

미호코는 크게 한숨을 쉬었다. 후카세 역시 같은 기분이었다. 그렇게 말하려다가 말을 삼켰다. 그와 미호코 사이에는 결정적인 차이가 있다.

"목마르네. ……이래도 되나?"

미호코가 쭈뼛거리며 가방에서 물통을 꺼냈다. 컵으로 쓸 수 있는 뚜껑에 차를 따라 꼴깍꼴깍, 두 모금 만에 비웠다. 마시겠느냐고 묻기에 후카세가 눈치를 보며 고개를 끄덕이자 미호코는 같은 컵에 차를 따라 후카세 앞에 내밀었다. 미호코와의 거리를 가늠할 수 없다. 후카세를 원망하는 게 아니었나? 하지만 오래 속을 털어놓을 정도로, 그리고 자기가 사용한 컵을 내밀 정도로 마음을 열어주고 있다는 생각이 든다. 그렇지만 아직 그 얼굴에 미소가 어린 적은 없다.

"고마워……."

컵을 단숨에 비우고 카운터 중간에 내려놓았다. 미지근한 캐모마일 차였다. 여전히 콧속을 맴도는 향기에 마음이 누그러졌다.

"히로사와는 캐모마일을 별로 안 좋아했다는 거 알고 있었어?"

후카세는 고개를 저었다. 둘이서 허브티를 마신 적이 없었다.

"풀 맛이 난대. 겨우 한다는 소리가 그거냐, 마음을 편안하게 해준다고 내가 지적했더니, 그렇게 느꼈으니 어쩔 수 없지 않느냐고, 하지만 향기는 싫지 않다고 했어. 허브티처럼, 가고 싶은 나라가 어딘지도 더 자세히 물어볼걸 그랬어. 나는 두고 갈 거야? 기다리면 돼? 맘대로 따라가도 돼? 가볍게 물었으면 가볍게 대답해주었을 텐데."

"가볍게 물을 수 있는 건 자신감이 있는 사람들뿐이야. 나 같으면 무서워서 못 물어."

"하지만 가즈히사라면 화는 안 내겠지?"

그럴 때가 아닌 걸 알면서도 가즈히사라고 이름을 불러주는 것이 기뻤다.

"부끄러운 얘기지만 우리 부모님은 아버지가 일을 안 해서 이혼

한 터라 취직하지 않는다는 건 곧 결혼할 마음이 없다, 자기만 알고 다른 사람 생각은 안 한다는 식으로 단정짓고 취직할 마음이 없으면 헤어지자고 딱 잘라 말했어."

아아. 후카세는 마치 자신이 해외여행을 꿈꿨다가 비정한 선택을 강요당한 당사자처럼 느껴져 고개를 숙이고 말았다. 히로사와는 분명 미안해, 하고 미호코에게 사과했을 것이다.

"미안해, 꼭 취직할게, 라고 말했어."

예상대로다.

"그 후로도 둘이 만났고, 평범하게 이야기를 나누었지만 더는 진심을 말해주지 않는 것 같았어. 무난한 얘기뿐이었지. 함께 웃고 있어도 분명 내게 맞춰서 웃어주는 거라고 생각했어. 외국으로 떠난 것보다도 히로사와가 더 멀게 느껴졌어."

후루카와가 미호코와 자기는 어울리지 않는다고 느꼈듯, 오늘 '클로버 커피'에 오기 전에는 후카세 또한 자기는 미호코와는 어울리지 않을 거라 생각했다. 색이 다르다, 속한 장소가 다르다. 후루카와는 금방 깨달았는데 아무런 위화감도 못 느끼고 석 달이나 사귄 나는 얼마나 어리석었나. 우둔한 자신을 비웃었다. 스스로 얼마나 높은 점수를 주었단 말인가. 하지만 지금은 미호코가 그와 같은 색으로 보였다.

히로사와가 곁에 있을 때는 그걸 당연시했는데, 거리가 생기고 나서야 비로소 자기가 얼마나 히로사와를 필요로 했는지, 함께 있기를 바랐는지 깨달은 것이다.

좋아하는 여자가 계속 다른 남자 이야기를 하는데도 질투심이 전혀 고개를 들지 않았다. 처음에는 히로사와가 이미 이 세상에 없는 사람이기 때문이라고 생각했지만, 그렇지 않았다. 미호코가 말을 이어갈수록 그녀의 마음에 동화되었기 때문이다.

그와 미호코는 같은 마음을 품고 있다. 그렇다면 미호코가 히로사와의 세미나 친구들을 만나고 싶어했던 이유도 다른 마음이 아니지 않을까?

"나는 미호코가 우리 네 사람과 접촉한 목적이 복수라고 생각했어. 물론 그런 이유도 있을지 모르지. 하지만 무엇보다도 히로사와를 알고 싶었기 때문 아니야? 내가 모르는 친구들과 어떻게 지냈는지. 그들 눈에는 히로사와가 어떤 식으로 비쳤는지. 그냥, 궁금했던 거야. 가능하다면 마지막이 어땠는지도."

미호코는 조용히 고개를 끄덕였다. 그리고 네 사람과 각각 어떻게 접촉했는지 묻는 후카세의 질문에 캐모마일 차로 다시 한 번 목을 축이고, 담담하게 대답했다.

"어? 아사미한테?"

히로사와는 이따금 미호코에게 세미나 친구들 이야기를 했다고 한다.

미호코는 어느 날 도쿄에서 여학생 향우회 모임에 참석했다가, 요코하마의 여대로 진학한 기다 미즈키가 고등학교 교사를 꿈꾸고 있다는 이야기를 히로사와에게 했다. 미즈키는 히로사와와 3학년 때 같은 반이었던 데다, 수다스러워서 선생님들에게는 골칫덩어리였는데, 그런 미즈키가 교사를 꿈꾼다는 사실이 재미있어서 한 이야기였다. 하지만 말이 끝나기 전에 또 취직 이야기를 꺼내고 만 것 같아 후회했다. 하지만 히로사와는 마음에 두지 않는 기색으로 미호코에게 같은 세미나에 있는 아사미도 교사를 꿈꾸는데, 아이들 숫자가 줄고 있으니 채용 인원도 줄어서 힘들어한다고 했다. 하지만 그 녀석이라면 분명 합격할 거야, 라는 말도.

미호코는 교사 신규 채용이나 인사이동 정보가 실린 신문 기사에서 아사미의 이름을 찾아보기로 했다. 그리고 아사미가 채용 시험에 단번에 합격해, 현립 나라사키 고등학교에서 근무한다는 사실을 알았다. 그 후로 이 년이 지났지만 졸업생을 가장하고 학교에 전화해서 아사미가 아직 그곳에 있다는 사실을 알아냈다. 밑져야 본전이라는 심정으로 학교 주소로 아사미에게 히로사와에 대한 이야기를 듣고 싶다고 편지를 보냈더니, 아사미는 금방 회신을 보냈고 두 사람은 만나게 되었다.

아사미는 히로사와와 무슨 관계인지 물었지만, 미호코는 자신 있게 여자친구였다고 말하지 못하고 친척이라고 대답했다. 에히메에서? 하고 묻기에 반사적으로 히로사와의 부모님에게 부탁 받았다고 대답하자, 아사미는 어두운 표정으로 그런 날씨에 산길을 운전하게 만들어서 정말 미안하게 생각한다고 사죄의 말을 했다고 한다.

자기가 술을 마시지 않았더라면 운전할 수 있었는데, 그 사고 이후로 술은 한 모금도 마시지 않는다는 말까지 하는 상대에게 그런 이야기가 궁금한 게 아니라는 말은 차마 하지 못한 채 마음에 두지 말라고 위로의 말을 건넸다.

그래도 교사 일은 힘들겠어요, 하는 이야기를 하면서 다른 세미나 친구들은 어떻게 지내고 있는지 묻는 데 성공했다.

'아저씨, 아주머니께는 말씀드렸는데.'

'무역 쪽이라면서요? 그런 딱딱한 이야기 말고, 요시키하고 취미가 같았다거나, 다 함께 만난다거나, 그런 즐거운 일 말이에요.'

그렇게 미호코는 무라이, 다니하라, 후카세의 근무처와 취미를 알아냈고, 만날 준비를 했다.

또 세 사람에게는 히로사와에 대해 알려달라고 사전에 연락한 게 아니라 전혀 다른 형태로 우연한 만남을 가장해, 자연스럽게 학창 시절 친구 중 한 사람으로서의 히로사와에 대한 이야기를 들어보려 했다. 그러면 더 만나주지 않을 것 같은 아사미와 달리 여러 번 만나 사고와는 관계없는, 히로사와의 자연스러운 모습에 대해 알 수 있을 것 같았고, 히로사와가 어떤 친구들과 어울렸는지도 깊이 이해할 수 있을 것 같았다.

미호코는 무라이의 아버지가 주최하는 음악회에 자원봉사 신청을 넣었고, 다니하라가 속한 야구팀을 보러 갔고, 후카세의 단골 카페에 다니기 시작했다.

 아사미가 히로사와의 부모님이 고발장의 범인일지 모른다고 의
심했던 이유는 미호코가 접촉했기 때문이었다. 이제야 이해가 갔다.
그 사실을 다른 사람들에게 털어놓아야 할지 고민했던 건지도 모른
다. 그보다……

"혹시 그 녀석들하고도 사귀었어?"

"아니야!"

 후카세가 조심스럽게 묻자 미호코는 말이 끝나기가 무섭게 대답
했다. 화내고 있다.

 "아무하고도 사귈 생각은 없었어. 히로사와 이야기를 어떻게 꺼
내야 할지 몰랐지만, 모두 싹싹하고 좋은 사람 같아서 굳이 물어볼
필요 없겠다고 만족했어. 분명 히로사와도 즐거웠을 거야. 마지막
하루를 이 사람들하고 함께 보낼 수 있어서 다행이라고 생각했어.
그렇게 마음을 정리하고 고향으로 돌아가려고 했는데, 아무래도 꼭
한 사람, 조금 더 함께 있고 싶은 사람이 있어서 이쪽에 남기로 했
어."

 미호코는 학창 시절부터 아르바이트했던 빵가게에 취직했다고
한다. 하지만 혼자 사는 데 지쳐서, 고향으로 돌아갈 결심을 했다. 히
로사와의 삼주기 제사 때 만난 동창생들의 변한 태도를 보고 돌아가
는 것도 나쁘지 않겠다고 생각했던 것이다. 지난 연말에 일을 그만

두고, 히로사와의 행적을 더듬다가 봄에는 고향으로 돌아갈 생각이었다. 그때까지 살던 집은 회사에서 빌려준 사택이었기 때문에 단기 임대주택을 찾아야 했다. 그렇다면 차라리, 하고 후카세가 매일 다니는 '클로버 커피'와 가까운 역 근처의 아파트를 빌렸다.

"어째서 내 주변에?"

"……특별했으니까."

무슨 의미인지 알 수 없었다. 미호코가 새 집을 찾던 시기에는 세미나 친구 네 명 중 아사미밖에 만나지 못했을 텐데.

"가즈히사는, 히로…… 요시키에게 특별한 친구였으니까."

미호코의 말을 머릿속으로 몇 번이나 곱씹었다. 특별한 친구. 바로 얼마 전까지 그렇게 믿어 의심치 않았지만 미호코의 그 말이 머릿속까지 스며들지 않았다. 그럴 리 없다고 방어막을 치고 튕겨내는 것만 같다. 상처받지 않고 자기자신을 지키려고.

"그런 동정은 이제 됐어."

나중에 갖다붙인 핑계다, 그냥 이 동네 집값이 싸서 그랬겠지. 그렇게 생각했다.

"요시키가 그렇게 말했어."

미호코는 후카세를 똑바로 바라보았다.

"요시키는…… 자기는 빈껍데기라고 말한 적이 있어. 잔뜩 채워보고 싶지만 뭘 채워넣어야 할지 모르겠다고. 야구도 배구도 즐겁지만, 아무리 채워도 가득 찬 느낌이 들지 않으니 분명 그렇게 좋아하지 않는 거라고. 온몸에 열정이 가득한 주변 사람들을 보면 자기가 그걸 하고 있다는 사실이 미안해진다고 했어. 진심으로 싫어하는 사람은 없지만, 굉장히 좋아하는 사람도 나타나지 않을 거라고 생각했대. ……하지만 그런 가운데에도 확실하게, 함께 있으면 마음이 편한 친구가 생겼다고 했어. 그게 예전에는 후루카와였고, 지금은 후카세랬어."

눈앞이 뿌예졌다. 눈을 압박하듯 안쪽에서 뭔가가 울컥 치미는 것을 느꼈다. 그것은 눈물이지만, 눈물과 함께 몸을 찢고 흘러나오려는 감정이 있었다. 북받치는 감정에 눈알이 튀어나올 것만 같아 반사적으로 입이 벌어졌다. 새로운 출구를 찾은 감정의 일부가 그쪽으로 몰려나갔다.

"히로사와!"

카운터에 풀썩 엎드리자 동시에 눈물과 탄식이 튀어나왔다. 히로사와와 보낸 시간이 그 사고의 날을 기점으로 빠르게 되감겼다. 즐거웠던 그 나날들이…….

북받쳤던 감정이 조금 가라앉자 흐느끼던 등에 따스한 온기가 느껴졌다. 비어 있던 옆자리에 미호코가 앉아, 후카세의 등을 다정하게 어루만져주고 있었다.

"어떻게 그럴 수 있어? 소중한 사람을 빼앗은 놈인데."

후카세는 엎드린 채로 말했다. 미호코는 아무 대꾸도 하지 않았다. 하지만 여전히 후카세의 등을 어루만지고 있었다.

"내가 살인자라는 편지는 그냥 고약한 장난이었겠지. 하지만 나는 히로사와의 사고에 대해 털어놓았어. 마시지 못한다는 술을 권하고, 면허를 딴 지 얼마 안 되었다는 걸 알고 있었는데도 악천후 속에서 차를 몰고 산길을 가게 했어. 그걸 미호코가 어떤 마음으로 들었을지, 상상도 할 수 없어. 하지만……."

후카세는 고개를 들었다. 주먹을 쥔 손등으로 눈물을 닦고, 미호코를 똑바로 마주 보았다.

"원망하는 게 당연해. 그래서 다른 사람에게도 똑같은 짓을 한 거지?"

미호코는 작게 고개를 끄덕였다. 그 눈에 후회의 빛은 없었다.

"용서할 수 없었으니까."

"죽여버리고 싶을 정도로?"

미호코는 고개를 크게 가로저었다.

"아무 일도 없었다는 듯이 행동하는 걸 용서할 수 없었어. 그래서 생각나게 해주려고 했어."

"나처럼?"

미호코가 눈길을 떨어뜨렸다.

"아무도 잊지 않았어."

"하지만 다니하라는!"

거기까지 시인하고 말았나. 후카세는 두 눈을 질끈 감았다. 탓할 마음은 없다. 이케타니에게 다니하라가 음주운전을 하려고 했다는 말을 들었을 때는, 후카세도 배 속에서 분노가 치밀었다. 그래도 미호코의 행동을 긍정할 수는 없다.

"다니하라하고 무슨 일이 있었어?"

"……지독한 소리를 했어. 전철을 타러 플랫폼에서 들어갔을 때였어. 마침 전철이 막 떠났거든. 다니하라가 역시 저걸 타는 게 좋지 않았겠냐고 했어. 그래서 예전에 친구가 교통사고를 당했다고 들었는데 신경 안 쓰이냐고 물었어."

플랫폼에 나란히 서 있는 두 사람의 모습을 상상해볼 수 있었다. 다니하라는 잔뜩 들떠 있었을 것이다. 틀림없이 미호코의 눈 속까지는 들여다볼 생각도 하지 않았을 것이다.

"그때는 면허가 없어서 산길 운전은 정말 힘든가보다 했는데, 지금이라면 이 정도쯤 취한 상태로도 식은 죽 먹기야, 결국 반사신경 문제지. 하지만 그 녀석 야구는 잘했는데. 뭐, 운이 없었던 거겠지. ……그렇게 말했어."

머릿속으로 다니하라의 등을 선로로 힘껏 떠밀었다. 아니, 실제로 그러지 않으면 움켜쥔 주먹이 언제까지고 부들부들 떨릴 것 같았다. 미호코도 떨고 있었던 게 아닐까?

"난 머릿속으로 숫자를 세고 있었어. 진정해, 진정해, 진정해, 하고. 요시키가 야구는 즐겁다고 했으니까. 다니하라는 싹싹하고 배려심 있는 녀석이라고 칭찬했으니까. 이 사람은 허세를 부리는 거라고. 그런데 걱정 끼쳐서 미안해, 하고 갑자기 날 끌어안으려고 하는 바람에……."

"하지만 다니하라는 미호코가 떠민 줄 모르던데."

"그 정도로 취해 있었고, 나도 내가 떠민 주제에 사람 살려! 하고 비명을 질렀으니까."

"……죽지 않아 천만다행이네."

숨을 내뱉듯이 후카세가 중얼거리자 미호코는 입을 굳게 다물고 고개를 숙였다. 그런 의미가 아니었다. 후카세는 그 마음을 전하려고 미호코의 어깨를 붙잡았다.

"미호코가 살인자가 되지 않아서 다행이야."

미호코의 뺨이 살짝 누그러졌다. 마음을 전부 놓아버리면 눈물이 흘러넘칠 것을 알고 있다는 듯 간신히 힘을 주고 있다.

"난 어쩌면 좋을까?"

"그건 나도, 세미나 친구들도 마찬가지야. 미호코는 어떻게 하면 우리를 용서해줄 거야?"

"끔찍한 짓을 해놓고 이제 와서 이런 말을 하기도 그렇지만, 나는 그런 걸 정할 권리가 없어. 나는 요시키에게 아무것도 아니었으니까."

"그렇지 않아. 어째서 모르는 거야? 주어진 것만, 다가오는 사람만 받아들이던 히로사와가 미호코에게는 스스로 다가갔어. 미호코는 유일하게 히로사와가 원한 사람이었는데."

미호코가 두 손으로 얼굴을 가렸다. 두 손 사이로 눈물과 오열이 흘러넘쳤다.

"나 같은 건, 나 같은 건……."

후카세는 쭈뼛쭈뼛 미호코의 등을 쓰다듬으며 문득 생각했다. 후루카와는 고등학교 때 히로사와와 미호코 사이에 별다른 접점이 없었다고 했다. 히로사와는 어째서 미호코를 좋아하게 되었을까?

"히로사와는 미호코에게 뭐라고 했어?"

"……또 같이 캔커피를 마시고 싶다고."

미호코는 더듬더듬 고등학교 시절의 어느 하루를 이야기해주었다.

2학년 가을, 자전거로 통학하던 미호코는 학교에 지각했다. 한밤중에 시작된 부모의 다툼에 괴로워하다가 잠을 못 이루었기 때문이다. 해안길과 만나는, 학교까지 200미터쯤 남은 신호등에서 같은 반이었던 히로사와와 마주쳤다. 대화를 나누어본 적은 없었지만 지각 동지를 만난 것 같아 반가운 마음에 말을 걸어보았다. 늦잠? 하고 물으니 히로사와는 도로 공사 때문에 길이 막힌 곳이 있었다고 대답했다. 듣고 보니 히로사와는 멀리 돌아왔는지 자전거를 급히 몰았는지, 고작해야 통학길인데 마라톤이라도 뛰고 온 것처럼 숨을 헐떡이고 있었다.

'캔커피라도 마실래? 아니, 커피가 아니라도 괜찮은데. 수업 도중에 교실에 들어가기도 그렇고, 이십 분만 더 땡땡이치자.'

미호코가 그렇게 꾀어내자 히로사와는 좋다고 대답했다. 기뻐하는 기색은 아니었지만 싫어하는 눈치도 아니었다. 신호를 건너 학교쪽으로 50미터쯤 가면 버스 정류장이 있고, 자동판매기가 있다. 히로사와는 동전을 넣고 미호코에게 고르라면서 자동판매기 앞을 터주었다. 미호코가 사겠다고 하자 백만장자는 아니지만 동전부자라고 하기에 미호코는 따뜻한 캔커피 단추를 눌렀다. 히로사와도 미호코와 같은 음료를 뽑았고, 둘이 나란히 함께 마셨다. 딱히 인상적인대화를 나눈 것은 아니다.

'올해 처음 마시는 따뜻한 음료야.'

'나도.'

그 정도였다.

종소리가 들려서 다 마신 캔을 버리고 자전거에 올라탔다. 정문에도착하자 서로 그럼, 이라는 한 마디를 끝으로 각자 자전거를 세우러 갔다.

"그뿐이었는데."

"충분해. 만일 미호코의 추억을 살 수 있다면 내가 그걸 사고 싶어."

미호코가 작게 고개를 끄덕였다. 히로사와의 모습을 자기 모습으로 바꿔보는 것을, 아니, 그 자리에 끼는 상상 정도는 허락해주었다는 뜻일까? 후카세는 캔커피를 한 손에 들고 졸린 눈을 비비는 고등학생이 된 자신의 모습을 상상했다. 어제 산 책이 예상 외로 너무 재미있어서 밤새 읽어버렸어…….

"다른 세 사람은 반대하겠지만, 나는 히로사와네 부모님께 진실을 털어놓으려고 해."

"마음에 상처가 되지 않을까? 용서해주고 안 해주고 하는 문제를 떠나서, 참회하는 쪽은 마음이 가벼워지겠지만 무거운 짐을 받게 된 쪽은 어쩌면 좋아?"

미호코의 말에는 순순히 수긍할 수 있었다. 하지만 그것 또한 도피처럼 느껴졌다. 히로사와라면…….

히로사와 요시키라면 어쩌길 바랄까?

설령 죽은 게 후카세고, 히로사와가 지금 후카세의 입장이라면 어떻게 할까?

대답을 찾으려는 듯 손을 뻗어, 미호코 앞에 놓아둔 공책을 끌어당겼다.

"일단 이 공책을 가득 채워야겠어. 히로사와를 아는 사람은 아직 많을 테니까. 히로사와는 아르바이트도 했고, 세미나 지도 교수님도 그렇고 히로사와를 가르친 사람은 아직 한 명도 못 만나봤어. 히로사와가 가보고 싶어한 나라가 어디였는지 알 수 있을지도 몰라. 그렇게 만난 히로사와가 답을 가르쳐줄 것만 같아."

"나도 같이 써도 돼?"

미호코가 공책 위에 손을 얹었다.

"물론이지."

후카세는 미호코의 손에 자기 손을 포개어 힘껏 움켜잡았다.

"우리, 커피 마시자."

종장

커피를 주문하려 가게로 가자 계산대에 있던 안주인이 걱정스러운 눈으로 후카세를 보았다. 미호코하고는 어떻게 됐어? 그런 눈빛이다. 후카세가 씨익 웃자 안주인은 다행이다, 하고 웃는 얼굴로 가슴을 쓸어내렸다.

"커피 마실게요."

"알았어."

경례 시늉을 하는 안주인을 뒤로하고 카페 공간으로 돌아가자 미호코가 공책을 펼치고 뭔가 쓰고 있었다. 옆에 앉아 어디 보자, 하고 들여다보았다.

'히로사와 요시키는 캐모마일 차를 싫어한다.'

'히로사와 요시키는 노란 후쿠진즈케(잘게 썬 무·가지·작두콩 등을 소금물

에 절여 물기를 뺀 다음 간장에 조린 반찬)보다 빨간 후쿠진즈케를 더 좋아한다.'

미호코가 고개를 들었다.

"시시한 것들만 생각나. 게다가 음식 취향밖에 안 떠오르다니."

"괜찮아. 나도 허니 토스트 같은 거나 썼는걸. 오히려 싫어하는 음식이 뭔지 모르겠으니 알고 있으면 써줘."

"싫어하는 음식…… 아, 맞다."

미호코가 공책에 시선을 떨어뜨렸다.

'히로사와 요시키는 메밀국수를 못 먹는다.'

미호코가 펜을 내려놓았다.

"어, 그래?"

"몰랐어? 메밀 알레르기야. 마다라오카 고원에 갔을 때도 요시키만 카레를 먹었다면서."

"아니, 그건 카레가 먹고 싶어서 그런 줄 알았는데, 우릴 배려한 거였구나."

모처럼 메밀국수 가게를 찾아왔는데 알레르기라 못 먹는다고 하면 후카세는 눈치가 없어서 미안하다며 낙심할 테고, 다니하라나 아사미도 그럼 카레를 먹자고 했을 것이다.

잠깐 줘봐, 하고 후카세는 펜과 공책을 잡았다.

'히로사와 요시키는 빈껍데기가 아니다.'

'히로사와 요시키의 커다란 몸속에는, 다정함이 가득하다.'

미호코와 얼굴을 마주 보고 다시 한 번 손을 잡으려는 찰나에 문이 벌컥 열렸다. 사장님이 안주인과 함께 들어왔다.

"역시 최고의 순간에는 바깥양반한테 부탁해야지."

안주인이 그렇게 말하자 사장은 "오랜만이네" 하고 후카세와 미호코를 향해 웃었고, 둘이 나란히 카운터 안쪽으로 들어갔다. 공책을 덮고 카운터에 한쪽 팔꿈치를 괴었다. 이렇게 사장님이 커피 내리는 모습을 바라보는 게 얼마 만일까? 정확한 날짜는 아무래도 좋다. 다시 이런 날이 찾아왔다, 지금 이 순간을 소중히 여기고 싶다.

사장은 갓 로스팅했다는 브라질 원두를 핸드밀로 정성스레 갈아, 에스프레소머신에 세팅했다. 안주인은 몸을 웅크린 채 뭔가 꼼지락거리고 있다. 쉬익 하고 압력이 가해지는 소리와 함께 하얀 드미타스 잔에 진한 커피가 방울방울 떨어지고 깊은 향기가 순식간에 퍼져나갔다. 그 향기를 콧속 가득 들이마신다. 머릿속부터 부드럽게 풀리더니 마음이 편안해졌다.

"여기."

일단 첫 잔은 진한 에스프레소를 그대로, 사장이 후카세와 미호코 앞에 잔을 내려놓았다. 광택이 느껴지는 진한 호박색을 눈으로 즐기고, 잔을 코끝에 대고 향기를 깊이 들이마신 다음, 한 모금 입에 머금었다.

"맛있어요. 역시 커피는 이게 최고네요."

온몸이 녹아내릴 것 같았다. 미호코도 정중하게 음미하듯 입에 머금고 있다.

"어머나, 그동안 딴 가게에 한눈을 팔았나보네?"

안주인이 웃으면서 그렇게 말하더니 후카세와 미호코의 잔 사이에 등나무 바구니를 두었다. 작은 병이 잔뜩 들어 있다. 벌꿀이다.

"두 번째 잔은 에스프레소 레귤러로 해서, 이걸 먹어봐."

"그래도 됩니까?"

후카세는 사장의 얼굴을 살폈다. 이미 두 번째 잔을 준비하고 있던 사장의 얼굴은 진지하기 그지없었다.

"실은 바깥양반이 푹 빠져 있거든. 아무리 봐도 커피에 벌꿀이라니 사이비라고 말할 것 같은데."

"조합하는 가짓수가 늘어나는 게 심오하단 말이야."

사장이 인도네시아 원두를 갈면서 말했다. 그렇구나, 산미가 약한 원두이니 벌꿀과 궁합이 잘 맞을 것 같다.

"전부 다른 종류인가요?"

미호코가 작은 병을 하나 집었다. 큰 병에서 옮겨 담았는지 라벨이 없었다. 대신 병마다 지름 1센티미터의 동그란 스티커가 색깔별로 붙어 있었다.

"맞아. 이 양반이 전국에서 인터넷으로 주문한 거야."

"굉장해요. 색도 다 다르네요."

미호코는 바구니에서 병을 꺼내, 카운터에 나란히 늘어놓았다. 여섯 개의 병을 색이 진한 꿀부터 옅은 꿀로, 그러데이션을 이루도록 늘어놓고 있다.

"색이 제일 옅은 건 벚꽃 벌꿀인가요?"

후카세가 물었다. 안주인이 앞치마 주머니에서 커닝페이퍼를 꺼냈다.

"정답. 후카세 씨 대단하네."

미호코도 어떻게 알았어? 하고 감탄스러운 눈빛으로 후카세를 바라보았다. 후루카와와 허니 토스트를 먹었을 때 나온 꿀과 색이 같았기 때문이지만, 다른 카페에 한눈을 팔았다는 이야기로 들릴까봐 머리만 긁적거리고 말았다.

"마셔봐."

사장이 두 번째 잔을 내밀었다. 일반 사이즈의 컵에 에스프레소 레귤러가 담겨 있었다. 흙의 향기가 나는 커피였다.

"뭘 넣어볼까?"

미호코가 후카세에게 물었다.

"사장님한테 추천받을까?"

후카세가 대답했다. 사장은 카운터에 늘어놓은 병을 보더니 "맨 끝에 있는 진한 색으로" 하고 말했다. 커피를 젤리로 굳힌 것처럼 진한 갈색의 벌꿀이었다.

"이런 색은 처음 보지? 맛도 개성 있어."

안주인이 작은 스푼을 내밀었다. 미호코가 먼저 꿀을 떠서, 커피에 넣지 않고 그대로 입으로 가져갔다.

"정말이네. 벌꿀이라고 하지 않으면 졸인 캐러멜 소스인 줄 알겠어요. 가즈히사도 이대로 먹어봐."

미호코가 내미는 병을 받아 시키는 대로 작은 스푼으로 떠서 먹어보았는데, 후카세는 처음 먹어보는 맛이 아니었다. 색깔을 봤을 때부터 짐작했지만 마다라오카 고원 휴게소에서 샀던 벌꿀과 같은 맛이다. 한입 먹어보고 커피에 잘 어울리겠다고 생각했던 것을 혀가 기억했다.

"후카세 씨, 무슨 벌꿀인지 알겠어?"

안주인이 물었다. 하지만 색이나 맛은 기억해도 무슨 꽃인지는 몰랐다. 그때도 병에 아무것도 적혀 있지 않았기 때문이다.

"뭘까요. 수액 같은 느낌이니까 나무에 피는 꽃…… 사과인가요?"

"땡. 정답은…… 메밀꽃."

안주인이 들뜬 목소리로 말했다.

메밀.

정말 신기해요, 그런 벌꿀도 있구나. 미호코의 목소리가 볼륨을 낮추는 것처럼 후카세의 귓가에서 멀어져갔다.

메밀, 메밀, 메밀…….

진한 갈색의 끈끈한 액체가 소용돌이치면서 후카세의 머릿속을 그날 밤의 광경으로 데려갔다.

'내가 갈게.'

무라이를 데리러 가게 된 히로사와. 후카세는 주방으로 가서 커피를 준비했다. 융 필터로 정성들여 내린 커피를 텀블러에 담아, 단것을 좋아하는 히로사와를 위해 낮에 휴게소에서 산 진한 갈색의 벌꿀을 듬뿍 넣어 잘 저은 다음, 뚜껑을 덮었다.

'이거.'

마루 끝에 걸터앉아 스니커를 신고 있던 히로사와에게 텀블러를 내밀었다.

'커피 끓여준 거야?'

'이런 것밖에 못해서, 미안.'

히로사와는 큰 손으로 컵을 받아들고 마개를 열어 실눈을 뜬 채 향을 맡더니 다시 마개를 꾹 닫았다.

'운전기사한테 떨어지는 콩고물이네. 잘 마실게.'

그렇게 말하고 일어서더니 두꺼운 목제 문을 열었다. 쏴아아, 격렬한 빗소리가 냉기와 함께 실내로 들이닥쳤다.

'조심해.'

히로사와는 텀블러를 든 손을 들어올리며 후카세를 향해 미소를 지었다.

후카세의 귀에 히로사와의 마지막 말이 메아리쳤다.

'그럼 다녀올게.'

히로사와를 죽인 건…… 나였나.

옮긴이 **김선영**

한국외국어대학교 일본어과를 졸업했다. KBS를 비롯한 다양한 매체에서 전문 번역가로 활동했다. 옮긴 책으로 미나토 가나에의 《고백》《왕복서간》을 비롯해, 사사키 조의 《경관의 피》《경관의 조건》, 나가오카 히로키의 《교장》, 오카지마 후타리의 《클라인의 항아리》, 아리스가와 아리스의 《주홍색 연구》, 그밖에 《야경》《완전연애》《살아 있는 시체의 죽음》《엠브리오 기담》 등이 있다.

리버스 블랙&화이트 071

1판 1쇄 인쇄 2016년 6월 24일 **1판 1쇄 발행** 2016년 7월 4일
지은이 미나토 가나에 **옮긴이** 김선영
펴낸이 김강유
편집 장선정 이승희 박정선 **디자인** 정지현

발행처 비채
주소 경기도 파주시 문발로 197(문발동) 우편번호 10881
등록 1979년 5월 17일(제406-2003-036호)
구입 문의 전화 031)955-3100 **팩스** 031)955-3111
편집부 전화 02)3668-3295 **팩스** 02)745-4827 **전자우편** literature@gimmyoung.com
비채 카페 http://cafe.naver.com/vichebooks
트위터 @vichebook **페이스북** www.facebook.com/vichebook
ISBN 978-89-349-7516-8 03830 책값은 뒤표지에 있습니다.

비채는 김영사의 문학 브랜드입니다.
이 도서의 국립중앙도서관 출판예정도서목록(CIP)은 서지정보유통지원시스템 홈페이지(http://seoji.nl.go.kr)와 국가자료공동목록시스템(http://www.nl.go.kr/kolisnet)에서 이용하실 수 있습니다.
(CIP제어번호: CIP2016015411)